臺城 대성

강 위에 비 흩뿌리고 강가의 풀은 가지런한데
육조의 영화는 꿈과 같고 새만 부질없이 울고 있다
무정한 것은 궁성에 늘어진 버드나무이건만
변함없이 연기처럼 십리 제방을 감싸고 있다

江雨霏霏江草齊
六朝如夢鳥空啼
無情最是臺城柳
依舊煙籠十里堤

이름없이
一葦 正

일위강 1

일류 新무협 판타지소설

초판 1쇄 찍은 날 § 2006년 1월 10일
초판 1쇄 펴낸 날 § 2006년 1월 20일

지은이 § 일류
펴낸이 § 서경석

편집장 § 문혜영
편집책임 § 서지현
편집 § 장상수 · 이재권

펴낸곳 § 도서출판 청어람
등록번호 § 제1081-1-89호
등록일자 § 1999. 5. 31
어람번호 § 제2-0803호

주소 § 경기도 부천시 원미구 심곡1동 350-1 남성B/D 3F (우) 420-011
전화 § 032-656-4452 팩스 § 032-656-4453
http://www.chungeoram.com
E-mail § eoram99@chollian.net

ⓒ 일류, 2006

ISBN 89-5831-931-3 04810
ISBN 89-5831-930-5 (세트)

一葦 罡

일륜 新무협 판타지 소설

1

천산인연

일우강

도서출판 청어람

목차

序   7

第一章 악성   9

第二章 제제   35

第三章 천궁무백(天弓武伯)   77

第四章 암황무적군단   113

第五章 천마신공   151

第六章 무혼시   187

第七章 사도마련   223

第八章 의형제   257

第九章 철문비   287

"이기어검(以氣御劍)을 잘라내고, 어검술(御劍術)을 파괴하는 강기(罡氣)가 있다면 믿겠느냐?"

"강기… 믿을 수 없습니다. 만약 그 말씀이 사실이라면 누가 이기어 검이나, 어검술의 경지에 들려 할 것이며, 심검(心劍)을 익히려 하겠습니까? 강기는 강기일 뿐입니다."

"일반적으론 그렇지. 그러나 네가 알고 있는 모든 것은 일종의 순서에 불과하다. 하나 다음에는 둘, 셋, 그리고 넷. 모두 결(訣)에 의존하는 무공이란 뜻이지."

"순… 서 결이요?"

"사람이 태어나고 죽는 것이 세상의 이치라면, 무공이 완성되고 사라지는 것 또한 하나의 이치일 것이다. 그것을 원리라고 한다더구나. 결이 아닌 원리를 사용하는 인간. 후후후, 그런 자라면 강기가 아니라

보통의 기만으로도 세상을 자를 수도 있지 않겠느냐?"
　"그 원리로 펼치는 강기란 것이 무엇입니까?"
　"일위강(一葦罡)이라 한다."

第一章
악성

하얀 굴곡이 능선을 이루며 아래로 내려가 강(江)을 만들었다. 그리고 강바닥에서 일어선 거대함이 끝 모르게 뻗어 올라갔다. 그 끝이 하늘과 맞닿았다 해서 천산(天山)이라고 불리게 된다.

그 거대함만이 하늘과 유일하게 경계를 나누었으나, 가끔 구름이라도 지날 때면 그 경계조차 불투명해져서 어디가 하늘이고, 어디가 땅인지 구별이 가질 않을 정도였다.

쨍―!

햇빛이 설원(雪原)에 반사되어 사방으로 퍼져 나가자 청년은 눈을 가리며 살짝 인상을 찡그렸다.

빛이 너무 강해 제대로 눈을 뜰 수가 없었다.

강의 수면이 얼어 너른 벌판을 연상시킨다. 그 위에 서서 한 손으로 햇빛을 가리는 청년의 모습. 가히 한 폭의 그림이 아닐 수 없었다.

"조화롭다고 해서 천지인(天地人)이라 부른다. 하나라도 제 위치를 벗어나면 이미 조화로운 것이 아니다. 조화란 작은 동작 하나에도 천지인의 뜻을 헤아려 움직이는 것을 말하며, 너무 조심스러워도 안 되고, 너무 조급해서도 안 된다. 천천히 그리고 넓게 받아들여 넉넉하게 내뿜으면 되는 것이다."

스물다섯 살의 악성(樂聖)은 늘 하던 것처럼 습관적으로 '천지인의 조화'를 읊조리고 나서야 낚시 장비를 꺼냈다. 장비라고 해봐야 손목에 여러 번 감은 줄과 단단한 차돌이 전부였다.

스무 살까지는 강에 두 개의 구멍을 뚫었으나, 이제는 그럴 필요가 없었다. 아버지가 돌아가신 지 벌써 오 년이 흘렀기 때문이다.

"후……."

팍팍거리며 강바닥을 힘껏 때리자, 얼마 지나지 않아 악성의 손바닥 두 개 정도의 공간이 만들어졌다.

그곳으로 가만히 실을 내렸다.

이각쯤 지났을까?

실이 흔들리는 걸 보며 악성의 얼굴에 미소가 떠올랐다.

운이 좋았다. 천산에서만 서식하는 빙화어(氷花魚)는 내장까지 훤히 보이는 물고기였다. 건져 올리는 즉시 빛을 받아 은빛으로 변하는 물고기로, 맛 또한 기가 막혔다.

악성은 준비한 가죽 주머니에 담았다.

막 줄을 다시 내리려는 순간 뒤쪽에서 소름이 쫙 돋게 만드는 목소리가 들렸다.

"비켜라."

"힉!"

느닷없는 목소리에 깜짝 놀라 잡고 있던 실을 놓칠 뻔했다.

재빨리 실 위에 얼음덩어리를 올려놓고 돌아봤다.

강퍅하게 생긴 키 작은 노인이 악성의 뒤에서 종종걸음으로 다가오고 있었다. 상처를 입은 듯, 몸 곳곳에 핏자국이 보였다.

"이, 이런!"

악성은 눈을 동그랗게 뜨며 노인한테 다가가려 일어섰다.

"거기 가만히 계세요. 괜히 움직이시다 쓰러지시면 큰일납니다. 어쩌다… 제가 갈 테니까 거기 꼼짝 말고 계세요."

저런 몸으로 강을 건너겠다고 다가온 것만 봐도 보통 고집불통이 아니리라. 최대한 빨리 움직였다. 그러나 그것은 악성의 생각일 뿐, 몸이 따라주질 않았다.

"어어……!"

쿵!

"이런, 어어……!"

쿵!

몇 번을 넘어지고서야 노인에게 다가갈 수 있었다.

'저게 무슨 짓이지?'

노인은 악성이 왜 저렇게 자빠지는지 이해할 수 없었다.

"지금 뭐 하는 게냐?"

작은 체구에 어울리지 않는 강단있는 목소리였다.

악성은 머쓱한 표정으로 웃어 넘겼다.

"하하하. 불안해하지 마세요. 제가 넘어지는 건 예사랍니다. 그나저나 이거 구해드리기도 전에 윽, 휴… 먼저 빠지겠는데요? 하지만 걱정 마세요. 이곳에서만 이십오 년을 살았으니 이 정도는 거뜬합니다. 자,

이제 줄을 잡으세요."

두어 걸음 정도 떨어진 거리에서 줄을 던졌다.

"……."

바닥에 떨어진 줄을 노인은 물끄러미 바라봤다.

'줄로 나를 끌어주겠다고? 왜?'

노인은 악성의 의도를 몰라 이해할 수 없는 눈으로 쳐다봤다.

걱정 가득한 눈으로 쳐다보는 걸로 봐서 아마도 줄을 잡으라는 눈치 같았다.

'지, 지금 내가 다칠까 봐 저러고 있는 거냐? 다른 사람도 아니고 내가 다칠까 봐? 하!'

어이가 없어 코에서 김이 날 지경이다.

그는 다른 사람에게 도움을 받아야 할 정도로 늙었다는 생각을 이날 이때까지 단 한 번도 해본 적이 없었다. 그런 그에게 어설픈 동작으로 빙판을 기다시피 하는 어린 녀석이 땀을 삐질삐질 흘리며 줄을 던져준다. 아무리 다친 상태의 몸이라고 해도 자존심이 상하지 않을 수 없었다.

천마(天魔) 제륭(帝隆)!

암황무적군단(暗皇無敵軍團)의 지배자이며, 사파제일의 고수가 바로 그였다.

사파(邪派)의 굵직한 세력들을 평정하는 데 불과 이십 년도 걸리지 않았고, 지난해에는 정파제일의 세력을 지닌 백리풍(白狸風)까지 꺾었다.

그런 그가 촌무지렁이에게 도움을 받아야 한단 말인가?

'빌어먹을! 사형만 만나지 않았으면 이런 기가 막힌 일도 당하지 않았을 거 아냐! 나이를 백오십 살 가까이 처먹었으면 죽을 때도 됐잖아, 왜 아직도 안 죽고 사람을 패냔 말이야!'

제룡은 사형을 떠올리자 머리가 지끈거리고 내상이 도지는 것을 느꼈다.

"으……."

어떻게 인간이 백오십 년을 살 수 있는가 말이다. 더구나 무공도 전혀 줄지 않고. 아니, 더 강해지고 있었다. 오 년 전에 비해 더 강해졌다.

이젠 사형의 손에서 백 초도 견디지 못한다.

당연히 악성의 도움은 그를 침통하게 만들고 말았다.

"크하……."

"……?"

악성은 혼자서 굉장히 다양한 표정을 만드는 노인을 신기한 눈으로 바라봤다. 아버지가 돌아가신 스무 살 이후로는 사람을 거의 만난 적이 없는 그였다. 당연히 제룡의 모습은 너무 재미있었다.

"어르신?"

"크흠……."

기로였다. 제룡이 처음으로 누군가에게 도움을 받아야 할지도 모르는 상황이 된 것이다.

그래도 결정은 내려야 했다.

"알았다."

제룡의 체념 섞인 목소리는 악성에게 안쓰러운 생각이 들게 했고, 서둘러 강가로 나가 줄을 잡아당겼다.

제룡을 부축하자, 몸이 떨리는 걸 느낄 수 있었다. 내상 때문이란 생각을 못하고 추워서 그런다고 판단한 악성은 마음이 좋지 않았다.

제룡을 강가에 앉힌 뒤, 나뭇가지를 찾아서 분주히 움직였다.

"뭐 하는 게냐?"

"불이라도 피우려고요. 추우시죠? 잠시만 기다리세요."

"기다릴 시간 없다."

"그럼 그만둘까요?"

"그걸 왜 내게 물어."

"예?"

"니 손모가지 갖고 니가 움직이는데, 왜 내 허락이 필요하냐고. 하려면 빨리 하든지!"

"아, 예에……."

불을 피우라는 뜻이다.

악성은 무슨 말을 해도 화를 내는 것처럼 보이게 하는 제룡의 말투에 참으로 기막힌 재주를 가진 분이라고 생각했다.

"제가 추워서… 잠시 불 좀 피우겠습니다."

'제법이군.'

암황무적군단의 수많은 부하들을 봐왔으나, 이렇게 자신 앞에서도 떨지 않는 녀석은 처음 봤다.

"이곳에서 혼자 사느냐?"

"예."

"언제부터?"

"오 년 전에 아버님께서 돌아가신 후부터는 혼자입니다."

물어본 것만 대답하면 또 물을까 봐 한꺼번에 대답했으나, 제룡의 질문은 끝날 줄을 몰랐다.

“그럼 산을 내려가지, 뭐 먹을 게 있다고 여기 있어?”

“이곳이 좋습니다.”

“아무도 없는 데 좋다고?”

“하하하. 세상은 고뇌를 부르는 곳이잖습니까.”

‘고뇌?’

악성의 너무 태연한 대답에 제룡은 순간적으로 멍해졌다.

이곳에 있으면 고뇌가 없어진단 말인가?

제룡의 기준으로는 이해할 수 없는 말이었다.

그 역시 강호의 험난함을 뼈저리게 느끼며 살아왔다. 그걸 해결할 수 있는 것은 오직 강해지는 것밖에는 없었다, 강해지고 또 강해져서 죽음의 공포에서 벗어나는.

악성의 몸에는 쌀 한 톨만큼의 기도 느껴지지 않았다.

“고뇌에서 벗어나니까 좋으냐?”

“생각보다 쉬운 일은 아닌 것 같습니다.”

“크흐흐, 뭘 했는데 생각보다 쉽지 않다는 말이냐?”

“고뇌를 일으키는 주요 원인은 저입니다. 움직일 때, 잠잘 때, 공부할 때 등 어디에서도 저를 잊을 수 있을 때가 되면 내려가려고 합니다. 하지만 아직은 요원하기만 합니다.”

‘아하! 도(道)로구나! 도를 터득하겠다고 설치는 녀석이었어. 이런 녀석은 고지식해서 재미없는데.’

악성은 진지한 대답에도 불구하고 제룡이 못마땅한 눈으로 계속 바라보자, 시선을 둘 곳이 없어 몸 이곳저곳을 털었다.

잠시 침묵이 흘렀다.

“갈란다.”

제룡이 간단히 말을 하고는 천천히 돌아섰다.

악성이 아무리 눈치가 없어도 너무 뻔한 상황이었다.

배는 고픈데 차마 말하기 창피해서 말을 꺼내지 못한 것이리라.

자존심을 건들지 말고 떠나기 전에 붙들기로 했다.

"저, 어르신."

제룡은 돌아설 때와는 비교도 안 될 속도로 돌아섰다.

"왜?"

'역시… 하하하, 그냥 말씀을 하시지.'

이럴 때는 상대의 입장을 고려해서 부탁하듯이 말해야 한다.

"누추하지만, 어르신께 차 한잔 대접해 드리고 싶습니다. 건강하신 분들도 산을 내려가시려면 배 속이 든든해야 합니다. 따뜻한 차와 말린 고기 몇 점밖에 없지만, 몸이나 녹이고 가십시오."

"……."

다친 몸이긴 해도 어디서든 잠시만 쉬면 전혀 문제될 것이 없는 제룡이었다. 이미 수화불침(水火不侵)을 이뤄, 백 년을 이곳에 머문다고 해도 해를 입을까. 그러나 순순히 고개를 끄덕였다.

신세를 갚아야 하기 때문이다.

'빌어먹을 도사 같은 놈. 고리타분한 말만 하기만 해봐라.'

그의 몸이 성하기만 했어도 악성은 벌써 반으로 쪼개져서 저 세상을 날아다닐지도 몰랐다. 사형의 모습과 악성의 모습이 겹쳐져 보였기 때문에 싫은 감정과 싫지 않은 감정이 뒤섞였다.

"어디냐."

"예? 이쪽입니다."

악성은 웃으며 재빨리 도구를 챙겨 앞장섰다.

강가를 건너가는 것만으로도 힘겨운지, 제륭은 볼멘소리를 자꾸만 뱉었다.

"아직도 멀었냐. 멀다고 했으면 안 왔을 거 아냐!"

"어르신, 건너편 산중턱까지만 가면… 휴, 업히세요."

제륭은 악성의 등에 업히고 싶은 충동을 순간적으로 느꼈으나, 자존심이 허락하질 않았다.

"됐다."

"그러지 마시고……."

"가던 길이나 가. 충분히 따라갈 수 있으니까."

악성은 머쓱해져서 서둘러 앞장섰다.

"큼, 혼인은 했느냐?"

"아직입니다."

"스물다섯이라며?"

"하하하, 언제고 인연이 닿겠지요."

"그래. 기다리다 평생 늙어 죽어도 조상 탓은 하지 마라."

"…예."

착하기만 해서 남의 말에 잘 속는 종자치고, 좋은 종자는 없었다. 악성에게 왜 혼인 얘기를 했는지 그 스스로도 잘 이해가 가지 않았다.

"너, 그거 아냐?"

"예?"

"너무 멍청하면 금방 죽어."

악성은 강한 바람 때문에 제륭의 말을 듣지 못했다.

"예? 잘 듣지 못했습니다."

돌아온 대답은 엄청났다.

"빨리 가라고, 이 굼뱅아! 산 하나 넘는데 하루 종일 걸릴 거야! 답답해서 내가 앞장이라도 서야지. 윽!"

앞장이라도 설 것처럼 제룡이 막 한 걸음 떼어놓다가 갑자기 가슴을 쥐며 무릎을 꿇었다.

악성은 화들짝 놀라 제룡을 업고는 서둘러 집으로 향했다.

'흐흐흐, 이것도 재미나군.'

제룡은 악성이 등에 업자, 조금 전과 달리 무척이나 즐거운 얼굴로 웃었다.

소축 안으로 들어선 제룡은 깔끔하게 정리된 집을 보며 기분이 좋아졌다. 따로 치우거나 하지 않는 행동에서 부지런하다는 걸 알 수 있기 때문이다.

"여기냐?"

"누추합니다."

"그래 보인다."

"……."

악성은 무안한 얼굴로 자리에서 일어났다. 차를 내오기 위해서였다. 이곳에서 차가 있을 리 없었다. 새순이 날 때 뽑은 약초를 말려놓은 것이 있었다. 의외로 그것이 제룡의 입맛에 맞는 모양이다.

쓴 맛이 전부일 텐데도 인상 하나 찡그리지 않고 모두 마셨다.

그 모습에 악성은 조금 용기를 냈다.

괴팍한 할아버지한테 말을 붙인 것이다.

"이곳은 계절의 구분 없이 항상 눈이 쌓여 있는 관계로 음식을 익혀서 먹지 않습니다. 그래서 눈에 묻어둔 말린 고기뿐인데……."

제룡은 꺼낸 육포를 집어서 입으로 가져갔다.

"맛있다."

멋대가리 없어 보이지만, 악성을 미소 짓게 하기엔 충분했다.

'말투가 좀 거칠어서 그렇지, 좋은 사람 같다.'

육포를 먹는 모습이 며칠은 굶은 사람 같았다.

좀 더 가져오겠다며 일어서자, 제룡은 됐다며 자리에 앉혔다.

"나는 음식을 먹지 않아도 한 달은 충분히 버틸 수 있으니 괜찮다."

"한 달이요?"

"무공을 익히면 그렇게 돼."

"아, 무공!"

악성은 놀란 얼굴로 제룡을 쳐다봤다.

"왜 놀라느냐?"

"아, 아닙니다."

말은 아니라고 했지만, 악성 역시 무공에 대해서라면 어느 정도는 알고 있었다. 그러나 괴팍한 노인의 성격을 종잡을 수 없기에 모른 척 넘어가기로 했다.

"아니긴. 겁을 잔뜩 집어먹은 표정인데. 무공을 익혔다니까 겁이 난 게냐?"

"정말 아닙니다."

손까지 저으며 억지로 웃음을 지어보였다.

"그럼 뭐냐."

"제가 한번도 접해보지 못한 것이라 그렇습니다. 불쾌하셨다면 용서하세요, 어르신."

악성이 정중하게 고개를 숙이자, 제룡은 나지도 않은 화를 억지로 가라앉히는 척했다.

"됐다. 불쾌해도 무공을 모르는 놈은 죽이지 않는다."

"……!"

불쾌하긴 한데 악성이 무공을 모르기 때문이란 말이 아닌가?

참으로 괴팍한 노인이었다. 더 이상 대화를 계속하기엔 아무래도 무리가 있었다.

"차를 한 잔 더 드릴까요, 어르신?"

제룡은 눈살을 찌푸리며 악성을 노려봤다.

"너는 밸도 없냐?"

"예?"

"내가 무공을 익혔다고 하니까 겁을 집어먹는 한심한 꼬락서니 하고는. 쯧쯧쯧."

"……!"

악성의 표정이 순간적으로 굳었다. 그러나 이내 고개를 저으며 씁쓸한 웃음을 짓고 말았다

'이해하고 넘어가자. 불쌍한 어르신이었구나.'

제룡이 억지를 부릴 때부터 그의 처지를 생각하고 모른 척 넘어가 준 것이다. 얼마나 무공의 고수 대접을 받고 싶었으면 이런 강짜를 부리겠는가.

"몸이 안 좋으신 것 같은데, 불을 좀 때겠습니다. 며칠 쉬시고 날이 풀리면 돌아가세요."

"……."

제룡은 악성을 참으로 간도 쓸개도 없는 놈이라고 여겼다.

이렇게 모질게 대했으면 한 번쯤은 화를 낼 만도 하건만, 마지막까

지 예의를 지키려 하지 않는가.

괜히 심술이 났다.

충동질을 해보기로 한 것이다.

"험, 무공을 익혔다고 해서 마냥 무섭거나, 너와는 전혀 별개의 인간처럼은 느끼지 마라. 그저 네가 하릴없이 이곳에 지내는 것과 마찬가지로 무공만 익힌 얼치기들도 허다하니까."

"감사합……."

"너도 들어본 적이 있는지 모르지만, 나는 강호에서 천마라 불리는 사람이다. 소위 말하는 사파에 몸담고 있다."

"예에……."

건성으로라도 대답하지 않으면 또 경을 치리라.

"내 무공을 배우고 싶으면 언제든지 말해라. 당장이라도 너를 고수로 만들어줄 테니까. 흐흐흐."

악성의 얼굴에 고민이 묻어났다.

제룡은 그 표정이 무공을 배우고 싶다는 말을 하기 위함이라고 여겼다. 당연했다. 강호에는 그의 무공 한 가지라도 배우기 위해 난리가 아니잖은가.

'옳지! 말만 해라. 무공을 배우겠다는 말만 하면 후딱 전해주고 떠날 테니까. 흐흐흐.'

얼음판에서 구해준 것과 따뜻한 차와 육포의 값으로 무공을 전해줄 요량이었다.

평생 다른 사람의 도움을 받아본 적 없는 그였다.

두 가지나 신세를 지고서 모른 척하기엔 그의 자존심이 허락지 않았다.

　그러나 정작 당사자인 악성의 생각과는 너무 동떨어진 혼자만의 상상이었다. 이곳은 사람이 잘 다니지 않는 곳이다. 몇 년 만에 사람 얼굴을 대할 수 있는 곳에서 무공은 그리 큰 유혹은 되지 않았다.

　'생각보다 상태가 훨씬 심각한 노인이시다. 어쩐다? 거절했다가는 자존심에 상처를 입으실 것 같고, 따르자니 지금과 같은 황당한 경험을 언제까지 해야 할지도 모르고. 에이, 모르겠다. 최대한 정중하게 사양하는 쪽으로 말하자.'

　고민을 끝낸 악성은 자세를 바르게 했다.

　"저는 정파와 사파의 구분을 잘 모릅니다. 하지만 어르신께선 이미 어느 한쪽으로 치우치실 분은 아니란 건 알 것 같습니다."

　'호~ 기특한 놈이로고.'

　제룡은 속으로 깜짝 놀랐다.

　악성이 한 말을 나름대로 해석한 까닭이다.

　그를 치켜세운다는 것은 무공에 관심이 있다는 뜻일 테고, 정파든 사파든 무공만 알려주면 감사히 받겠다는 뜻이 아닌가.

　그가 듣기에는 분명히 그랬다.

　신이 나서 크게 웃었다.

　"파하하하! 잠시만 기다려라. 내 운기조식이 끝난 후에 너를 고수로 만들어주마. 만약, 물론 그럴 일은 없겠지만 내상이 치료가 안 되더라도 너무 걱정은 하지 마라. 암황무적군단으로 너를 데려가면 더 굉장한 고수가 될 수 있으니 말이다."

　악성은 운기조식을 알지 못하기에 쉬겠다는 말의 다른 표현이라고 여기고, 웃으며 일어섰다.

　"그럼 저는 나가보겠습니다."

"엉? 대답을 해야지. 나가긴 어딜 나가?"

"무슨……."

"운기조식이 끝날 때까지 기다리겠냐고!"

대답을 주저했다가는 또 무슨 호통이 날아올지 몰랐다.

"예? 예!"

"거기 꼼짝 말고 있어라."

"…예."

제릉은 악성의 대답이 끝나자마자 벽에 등을 기댔다.

"휘유, 정신이 하나도 없구나."

한참을 기다려도 제릉이 눈을 뜰 기미가 보이지 않자, 재빨리 밖으로 나와 방 안에 마른 장작을 넣었다.

간단한 요깃거리와 방에 군불을 때기 위해서였다.

요깃거리라고 해봐야 오늘 잡은 빙화어 두 마리가 전부였으나, 정성껏 구워 상에 올렸다. 그 정도면 악성에겐 진수성찬이었다.

"어르신, 들어가도 되겠습니까?"

"……."

안에서 아무런 대답이 없었다.

"어르신?"

문을 열고 들어가자 땀을 뻘뻘 흘리며 등을 벽에 기대고 있는 제릉이 보였다. 찬바람이 들어올까 싶어 얼른 문을 닫고는 제릉이 일어날 때까지 다시 방 한쪽에 앉아서 기다렸다.

한 시진이 지나자 제릉의 얼굴에 가득했던 땀이 서서히 줄어들었다. 화들짝 놀라 아궁이에 불을 더 땠다. 그러나 두 시진이 지나도 땀은 다시 흐르지 않았다. 오히려 지켜보는 악성의 얼굴에 땀이 그득했다. 방 안의 온도 때문이었다.

제룡이 처음으로 눈을 뜬 것은 세 시진 가까이 지났을 때였다.

벽에 등을 기댄 채로 눈을 뜬 제룡의 얼굴은 이전과 비교해 크게 달라져 있었다, 적어도 한 가지는.

"크흠, 몇 놈 죽이고 와야 개운해질 것 같은데, 이곳에는 영 인간이 다니질 않으니 참을 수밖에. 저건 뭐냐."

더 과격해졌다.

"요, 요기라도 하시라고……."

악성은 상을 들고 밖으로 나가려 몸을 일으켰다.

"어딜 가."

"익힌 음식을 준비했는데, 어르신께서 쉬시는 동안 식어버려서 다시 데워 오려고 합니다."

"음식? 험, 됐고. 어떡하겠느냐."

"예?"

"아, 무공!"

"……!"

절로 몸이 움츠러들게 하는 커다란 소리였다.

"아, 아까도 말씀드렸듯이 저는 산을 떠날 수가 없습니다."

'흐흐흐. 이놈아, 천하의 제룡이 그걸 예상 못했을까. 이걸 보여주면 마음이 바뀔 것이다.'

제룡은 음흉한 웃음을 짓고는 자신의 머리카락 한 올을 뽑았다.

"자, 이건 내 머리카락이다."

자신의 머리에서 뽑은 머리카락이 악성의 머리카락일 리는 없잖은가.

악성은 고개를 끄덕이며 흐늘거리는 머리카락이 나무 잔 위로 올라가는 것을 보았다.

제룡은 무공을, 그것도 아주 높은 경지의 무공을 익히고 있다는 걸 알려주기 위해서 시범을 보여주려는 것이다.

"이 머리카락으로 잔을 자를 수 있는 수법은 수도 없이 많다. 머리카락에 내공을… 가만, 내공이란 말을 아나? 흠, 당연히 모르겠지. 잠력? 그래, 잠력 좋다! 그 말은 알지? 숨어 있는 힘 말이야!"

"예, 잠재 능력을 말씀하시는 거라면."

"그래, 그거! 사람은 누구나 그걸 갖고 있다. 몸 안에 갇혀 있어서 끌어내기가 어려워 그렇지, 일단 끌어내기만 하면 놀라운 힘이 되지. 흐흐흐. 궁금하지 않으냐, 어떤 힘을 내는지? 흐핫! 당연히 궁금하겠지. 자, 간단히 말해주마. 단단한 것을 더 단단하게, 예리한 것을 더 예리하게, 가벼운 것을 더 가볍게 할 수 있는 힘! 그것이 바로 잠력이니라. 너의 몸에도, 나의 몸에도 숨어 있지."

말을 마친 제룡은 검지와 엄지만으로 잡은 머리카락을 가볍게 내리는 시늉을 했다.

순간, 아무 소리도 없이 나무 잔이 반으로 쪼개졌다.

"……!"

악성은 자신의 눈을 비비며 제룡을 쳐다봤다.

그저 머리카락을 잡고서 천천히 아래로 내린 것이 전부인데, 나무 잔이 거짓말처럼 잘려진 것이 아닌가?

잘려진 잔을 이리저리 만져 보는 악성의 모습에 제룡은 회심의 미소를 지었다.

"흐흐흐. 어때, 신기하지? 배우고 싶지? 나와 같이 가고 싶지?"

"정말 대단합니다."

"푸하하! 잔과 머리카락 중 어느 것이 더 날카롭느냐?"

"당연히… 둘 다 날카로운 것과는 거리가 멉니다."

"아니. 날카로운 것은 머리카락이고, 두꺼운 것은 나무 잔이야. 내가 그렇게 되라고 했거든."

어깨를 으쓱하며 말하는 제룡의 모습만 아니었으면 꽤나 신비로울 수도 있었을 텐데…….

악성은 제룡의 모습에서 미리 잘라놓았을지도 모른다는 생각을 했다. 분명히 그랬을 것이다. 하지만 질문을 하면 이번엔 또 무슨 수를 쓸지 모르잖은가. 이쯤에서 놀라는 척하며 넘기기로 했다.

"그, 그러셨군요."

"흐흐흐, 이래도 고수가 되고 싶지 않느냐?"

운기조식으로 회복한 내공은 겨우 이 할에 불과했다.

조금만 더 회복할 수 있었다면, 악성의 입이 쩍 벌어지도록 대단한 한 수를 보여주고 싶었으나, 어쩔 수 없이 이걸 보여주고 말았다.

사형한테 신나게 두들겨 맞으며 배운 일위강의 원리였다. 그것도 슬쩍 내공을 실어 잘랐다. 그러나 이 정도면 충분히 악성에겐 놀라운 수법이 됐으리라.

일위강은 그가 백 년이 지난 지금까지도 대성하지 못해서 늘상 사형한테 얻어맞고 살게 만든 아주 더럽게 어려운 원리다.

이름만 그럴싸하면 뭐 하는가, 사람이 익히도록 만들어지지도 않았는데.

'쳇, 또 사형이 생각나네.'

사형은 그를 죽도록 패고서 '일위강만 익혔으면 이런 일을 겪지 않아도 되거늘' 이란 말을 했다. 그 음성이 아직도 귀에 들리는 것 같았다.

제룡과 그의 사형은 오 년마다 한 번씩 싸웠다.

햇수로 육십 년. 말이 그렇지 백 년이나 다름없는 시간이었다.

제룡이 가장 듣기 싫은 말이 '일위강만 익히면' 이다.

익힐 수가 없는 상태로 백 년을 지냈건만 이제 와서 그런 말을 하는 저의가 뭔가 말이다.

"제길, 내공을 익힌 사람보고 어쩌라고!"

쩌렁, 울리는 제룡의 목소리에 악성은 귀를 막고 놀란 눈을 크게 떴다.

'이 어르신의 성정은 정말로 어디로 튈지도 모르고 무슨 생각을 하는지 전혀 짐작할 수가 없구나. 더욱 조심해야겠다.'

"아!"

"……?"

화를 내다가 갑자기 생각났다는 듯 제룡은 자신의 소매에서 하얀 얼음덩어리를 꺼내더니 악성에게 내밀었다.

"이게 뭡니까?"

"일단 하나는 그걸로 해결하자."

"예?"

"강가에서 날 도와준 건 그걸로 끝이다."

"어르신, 그 일은 보답을 바라고 한 일이 아닌걸요. 마음만 감사히 받겠습니다."

"이게 뭔지나 알고 그런 소릴 하는 게냐!"

제륭이 화를 내는 것도 당연했다.

악성에게 건넨 얼음덩어리는 빙정(氷精)이라고 하는, 일종의 영약과도 같은 물건이다. 제륭을 죽도록 팬 그의 사형이 치료하라고 건네준 것이었으나, 내공을 지닌 그에겐 아무런 효험이 없기에 그냥 건네려는 것이다.

빙정은, 내공이 없는 사람이 먹으면 몸 안의 피를 깨끗하게 만들어주어 태어날 때와 같은 순수한 상태가 되는 효능이 있었다.

그런 사실을 알 리가 없는 악성이지만, 귀하다는 건 직감적으로 느낄 수 있었다.

"안 받아?"

제륭의 위협적인 시선이 악성을 직시했다.

받지 않았다가는 받을 때까지 노려볼 것만 같았다.

"감사합니다."

"먹어."

"예?"

"그건 그 자리에서 바로 먹어야 효과가 있다. 어서 먹어."

빙정을 볼 때마다 그의 사형을 떠올리느니 차라리 지금 이 자리에서부터 앞으로 오 년간은 떠올리고 싶지 않았다.

'빌어먹을 자식, 노련한 고수와 싸우는 것보다 더 힘들잖아. 그래도 기연에 눈이 먼 녀석들보단 나은 건가? 인연이란 이래서 정해진다고 하는지도… 큼, 이참에 마안(魔眼)까지 확 줘버려?

마안을 악성이 견뎌내면, 따로 고수를 만들어줄 수고까지 줄일 수 있으니 좋고, 그렇지 않더라도 적당히 고수를 만들어주면 그만이었다.

제륭의 머리카락과 나무 잔을 만지작거리는 악성을 불렀다.

“야!”

“예? 억!”

악성은 갑자기 ‘땅’ 하는 느낌과 함께 목 뒤쪽이 뻣뻣해지며 눈앞이 캄캄해졌다. 머리털이 모두 하늘로 솟구치는 것 같았고, 등은 식은땀으로 젖어들었다.

제룡은 마안을 통해 천마신공(天魔神功)의 구결을 악성의 뇌에 각인시키는 작업을 곧바로 실행시켰다.

마안은 내공의 소모와는 전혀 상관없으나, 상대의 뇌를 자극시켜야 하기 때문에 양쪽 모두가 위험한 방법이었다.

“으아아아! 우햐, 헉… 제, 제가 이상… 컥!”

악성의 얼굴 가득 땀이 비처럼 흘렀다. 자신의 몸이 이상해지는 걸 느끼고는 제룡이 다가오지 못하도록 손을 마구 저었다.

‘어? 의식이 있다고?’

제룡은 악성의 손짓에 깜짝 놀랐다.

마안을 받게 되면 순간적으로 뇌의 기능이 정지해 의식을 잃는다. 의식이 돌아오려면 최소한 반나절은 꼼짝없이 쓰러져 있어야 하는데, 악성은 앉은 채로 손까지 젓는 게 아닌가?

이런 황당한 얘긴 들어본 적도 없었다.

‘혹시 내가 잘못 전한 건가?’

신세 갚으려다 엉뚱한 일을 저지른 것 같아 악성의 마혈을 제압해 버렸다.

“읍읍… 모, 몸이 이상해요.”

제룡은 악성의 손에 있던 빙정을 먹였다.

“말을 하지 말고 참아.”

"모, 몸이… 끄음."

"이거 뭐야. 왜 정신을 잃지 않는 거야? 제길."

제륭은 악성의 의식을 마안이 완전히 점령하지 못하자 신기한 눈으로 쳐다봤다.

악성이 늘상 되뇌던 천지인의 조화 때문에 생긴 현상이었다.

무의식적으로 마안이 위험하다는 걸 알고서 대항한 것이다.

"뭐, 상관없다."

곧바로 제륭의 손이 빠르게 허공을 유영했다.

타타탁—

'백회혈을 닫고 천주(天柱), 대추혈(大推穴)을 통해 앞쪽으로 인도… 옳지, 별 이상은 없다. 자, 이제 옥당혈(玉堂穴)에서 곧바로 심장으로 이어놓으면 된다!'

정신을 잃은 악성의 몸이 크게 꿈틀댔다.

제륭은 허공으로 악성을 띄웠다.

'마지막이다. 놈! 너는 나를 찾아올 수밖에 없을 게다. 흐흐흐.'

번쩍!

그의 눈에서 쏟아져 나온 안광이 악성의 이마를 강하게 때렸고, 안광은 녹색 광채를 띤 상태로 마(魔) 자를 새긴 후에 사라졌다. 그제야 제륭은 눈을 거두고 악성을 자리에 뉘였다.

"헥헥… 더럽게 힘드네. 내 몸도 성하지 않은데 너무 무리… 했다. 헥헥… 그래도 마안에 마인까지 심었으니… 절반은 성공한 셈인가? 앞으로… 헥헥… 칠주야는 깨어나지 못할 테니 잠이나 푹 자라. 파하하하!'

악성의 이마에 새겨진 마인은 목숨이 경각에 달하지 않는 이상 몸

밖으로 빠져나오지 않을 것이다.

제룡이 잘라진 나무 잔을 끌어당기는 시늉을 하자, 반 토막 난 나무 잔 한쪽이 그의 손으로 빨려 들어갔다.

죽기 싫으면 암황무적군단로 찾아오너라.

—제룡.

툭—

나무 잔 반 토막이 악성의 옆으로 떨어졌다.

제룡이 방문을 열자, 새벽의 끝자락이 서서히 자취를 감추고 있었다.

"나중에 보자꾸나."

악성과 함께 소축으로 올 때와는 다르게 그의 신형은 새벽바람과 함께 사라져 버렸다.

악성은 제룡의 예견과 달리, 날이 저물고 완전한 어둠이 하늘을 가렸을 때 신음과 함께 깨어났다.

"음… 엇, 어르신!"

제룡을 불렀으나, 마치 꿈속에서 만난 것처럼 어디에도 사람의 모습은 없었다. 소축 밖으로 나가봐도 역시 하얀 바람과 검은 어둠 외에는 아무것도 없었다.

"가셨구나."

후우웅—

제룡과 악성의 첫 만남이었다.

第二章
제제

제릉이 다녀간 지 삼 일이 지났다.

악성은 여느 때와 똑같은 하루를 시작했다.

모서놓은 아버지의 위패에 절을 올리고 나서 강가로 갔다.

삼 일 전과 똑같은 자리, 똑같은 과정으로 얼음을 깨고 앉았다.

"……."

도저히 마음이 잡히지 않았다.

천지인의 조화를 중얼거려 봐도 마음이 가라앉기는커녕 더욱 머릿속이 복잡해졌다.

'어르신이 다녀간 뒤로 삼 일 내내 똑같은 꿈을 꾼다.'

잠이 들면 제릉의 앞에 있던 머리카락과 나무 잔이 보였다.

그가 하던 동작 그대로 나무 잔을 가르자, 갑자기 그 안에서 무수한 글자들이 머릿속을 마구 헤집고 다녔다.

잠을 잘 수가 없는 건 당연했고, 삼 일 전부터 아침에 일어나 ‘내게 무슨 일이 일어난 거지?’ 라는 말로 하루를 시작하고 있었다.

“후웁······.”

고개를 저으며 차가운 공기를 들이마시자, 망막이 시렸다. 멀리 백안봉(白雁峯)의 모습이 하얗게 머리 쉰 할아버지처럼 보였다.

간밤에 폭설이 내린 모습이었다.

내린 줄을 끌어 올려 바닥에 놓았다.

하늘을 올려다봤다.

“몸을 피곤하게 만들면 잠을 잘 수 있으려나······.”

손가락을 구름에 대고 그었다.

그저 손 가는 대로 따라서 그렇게.

한참을 반복하다가 그대로 누웠다.

삼 일 전이었다면 벌써 등이 시려 일어나 앉았겠지만, 일 다경(一茶頃:차 한 잔 마실 시간)이 지나도록 추위는 느낄 수가 없었다.

악성의 몸은 이미 변화하고 있는 것이었다.

한 달이 지났다.

이젠 하루 종일 움직여도 몸이 피곤해지지 않았다.

천산의 험한 계곡이란 계곡은 모두 헤매고 다녔으나, 체력이 소모되기는커녕 더 정신만 또렷해졌다.

그러면서도 밤이 되면 여전히 꿈에 시달렸다.

꿈을 꾸지 않으려 정신을 바짝 차려도 피곤하진 않으면서 잠이 들고 말았다.

신기한 건, 계곡 아래든 어디든 잠이 들고 일어나면 소축에 누워 있다는 것이다.

소축에서 잠을 자면 꿈을 꾸게 되는 줄 알고서 했던 행동이, 소축에서 가능하면 멀리 떨어지기 위해 노력하는 쪽으로 바뀌었다.

그러나 이젠 신기하지도 않았다.

아무리 먼 곳으로 가도 아침이 되면 소축으로 돌아와 있는 데에야 별수없잖은가.

몸은 점점 단단해졌다. 만년빙을 맨손으로 부순 일이며, 가파른 산도 손가락만 세우면 쉽게 올라갈 수 있었다.

앞으로 언제까지 이런 생활을 해야 할지 모르지만 이젠 점점 오기가 치솟기 시작했다.

그렇게 하루하루를 보내던 어느 날.

제룡이 나무 잔 반쪽에 쓴 글을 발견했다.

벌써 석 달이나 지난 후였다.

정신이 없는 상태에서 소축을 청소하느라 발견하지 못한 것이다. 나무 잔 반쪽을 집어 든 악성은 허탈한 표정을 지었다.

죽고 싶지 않으면 오라니.

악성의 몸에 무슨 장난을 해놓은 것이 분명했다.

아마도 지금까지 경험했던 것들과 연관이 있으리라.

"아직은 멀쩡한 걸 보면 죽을 때는 아닌 것 같은데? 흠, 후아… 암황무적군단으로 오라는 뜻은 살려주시겠다는 말씀이시겠지? 하하하."

'죽기 싫으면……' 이란 글귀가 유난히 장난스럽게 보였다.

그래도 한 번쯤은 가봐야 할지도…….

*　　　　*　　　　*

사천성(四川省)에 위치한 암황무적군단의 내부에 겨우내 얼었던 얼음들이 녹았다. 삭막했던 겨울의 연못이 봄으로 살아나고 있었다.

새로운 시작을 알리는 듯 이곳저곳에서 새소리까지 들렸다.

한적한 정자에 앉아 차를 마시던 제룡은 찻잔을 내려놓았다.

보고를 올리는 군사 신도장후(申屠長吼)의 말을 듣는 둥 마는 둥 하며 이렇다 할 반응을 보이지 않자, 신도장후는 불안한 표정을 지었다.

"주군, 이젠 겨울이 모두 지나가는 모양입니다."

"벌써 그렇게 됐나? 빌어먹을! 천산에 다녀온 지 벌써 반년이 다 지나가는군. 근데 이 자식은 왜 소식이 없는 게야!"

"예? 누굴 기다리십니까?"

"응? 아니."

"방에 있는지 확인해 보라고 할까요?"

"아니."

"…예."

제룡은 천산을 다녀온 뒤, 지금처럼 말을 꺼냈다가는 엉뚱한 결론을 내렸다.

"지난 이 년간 정말 많은 싸움이 있었습니다, 주군."

"예전의 위세를 갖추려면 십 년 이상의 재충전이 필요하다며? 얘기했잖아."

"저희가 강북을, 정도연합맹인 정천(正天)이 강남을 지배하기로 했으나, 그건 어디까지나 암묵적인 약조일 뿐입니다. 주군께서 언제든 끝내시려면 끝낼 수 있습니다."

"잊었나? 지금은 공존을 해야 돼. 죽여도 죽여도 나타나는 놈들을 무슨 수로 끝내? 실질적인 전쟁은 완전히 끝났다고 봐야 돼."

"혹시, 기분 언짢은 일이라도……."

"없어. 손이 한가해지니까 손녀사위가 보고 싶어서 그래."

신도장후는 하마터면 잔을 엎지를 뻔했다.

"암황사패(暗皇四覇) 때문이십니까?"

"그 녀석들은 왜?"

제룡의 대답이 시큰둥했다.

"제 아가씨의 짝으로 그들만한 인물은 사파에 없습니다."

"제, 그 녀석이 거들떠도 안 보잖아. 그런 녀석들을 어따 써."

"……."

누군가가 두 사람의 대화를 들었다면 그 자리에서 기절하고 말았을 것이다.

암황사패는 제룡의 의형제들인 사마군(四魔君)의 제자들이었다.

그들이 손수 키운 만큼, 이십대 후반의 나이에 불과하면서도 모두 강기무공(罡氣武功)을 펼칠 수 있었다. 현 무림에서 강기무공을 펼칠 수 있는 고수가 채 백 명이 안 된다는 걸 생각하면 엄청난 고수들인 것이다.

그러나 그들의 실력으로도 넘볼 수 없는 여인이 있었다.

바로 제룡의 손녀 제제(帝歸)였다.

올해로 스물세 살이 된 그녀의 아름다움은 그들을 열렬한 추종자로 만들었지만, 아름다움만큼이나 차가운 냉기는 감히 범접할 수 없게 했다.

"아, 참! 마웅관(魔雄關)에 들어간 녀석들은 어떻게 됐어? 확, 그 녀석들 중 하나로 사위를 결정할까?"

덜컥!

신도장후는 심장이 땅에 떨어졌나를 확인하고 싶을 정도로 철렁거렸다. 만약, 제룡이 정말로 그렇게 하겠다면 그날로 줄초상을 치르게 되기 때문이다.

왜 안 그렇겠는가.

제룡의 한마디에 의해 마웅관을 나온 자들은 암황사패의 표적이 될 테고, 암황무적군단에서 하루도 못 버티리라.

"주, 주군, 좀 더 신중하게 생각하심이 옳을 줄 압니다."

"농담이야. 놀라긴. 누구 없나?"

"휴우, 전 또… 곧 제 아가씨와 걸맞는 사람이 나타날 것입니다."

"그렇지? 흐흐흐, 나도 그렇게 생각하고 있었어. 한데, 왜 이리 굼뜨냔 말이야!"

"예? 누가 굼뜨단 말씀이신지……."

"응? 아, 있어! 자넨 일도 없나? 일을 해야 할 거 아냐!"

"아, 안 그래도 지금 막 일어서려던 참입니다. 그럼."

신도장후는 입맛을 다시며 자리를 떠났다.

쾅—!

제룡의 집무실인 무적신전(無敵神殿)의 문을 밀치며 한 여인이 들어왔다.

"할아버지!"

암황무적군단에 몸담은 모든 청년 제자들의 우상이자, 사파 최고의 여걸로 추앙받는 여인이었다.

그녀를 일컫는 말은 많았다.

사파 제일의 미모란 말은 이미 그녀가 태어났을 때부터 따라다녔고, 자라면서 만들어진 짱짱한 성격이 그 두 번째고, 마지막으로 사파의 절대자인 제륭의 손녀란 신분이었다.

"왔느냐."

"저도 모르는 제 신랑이 정해졌다는 게 무슨 말씀이세요!"

제제는 인사도 없이 들어오자마자 시퍼런 안광을 빛내며 마구 따졌다.

"저는 인정할 수 없어요. 저보다 약한 남자 따위와 혼례를 치러야 한다는 걸 인정할 수 없다고요!"

그녀가 발동 걸리면 천하의 제륭이라도 말릴 수가 없었다.

제륭은 손녀의 말이 끝나길 기다렸다.

"할아버지, 사파 전체에 저보다 강한 남자가 있다는 소리는 들어보지도 못했어요. 어떻게 이런 결정이… 흑… 말씀해 주세요. 차라리 제게 암황무적군단을 물려주세요. 왜 저는 안 되는 건데요! 흑흑흑……."

끝내 울음을 터뜨리는 손녀.

측은한 눈빛이 될 법도 하건만, 제륭은 다독일 생각은 않고 단호하게 고개를 저었다.

"안 돼."

"할아버지! 저는 반드시 단주가 되어야 한다구요! 왜 정천을 없애도록 명령하지 않으시는 거죠? 아빠가 그들 손에 죽었어요. 그런데 왜 명령을 안 하시는 거예요, 왜!"

그랬다. 그녀의 아버지이자, 제륭의 아들인 제천상이 정천 고수들의 합공으로 죽었다. 그러나 당시의 상황을 조합해 보면 정천 때문만은 아니었다. 하지만 그것만으로도 무림은 잔인한 몇 년을 보내야 했다.

‘너보다 이 할아비 가슴이 더 아파! 빌어먹을, 그 녀석 생각이 나니까 또 분노가 치미네.’

제룡의 눈시울이 뜨거워졌다.

제룡을 넘어서겠다며 호기롭게 나갔던 아들이 죽어서 돌아왔다.

더 이상 제제의 어리광을 받아줄 수 없었다. 더 얘기를 듣다가는 그가 참지 못하고 당장 정천의 씨를 말려 버릴지도 모르기 때문이다.

“갈! 그만 방으로 돌아가거라.”

“할아버지, 제게 물려주세요!”

“안 된다고 했다.”

“할아버지!”

“글쎄, 안 된다면 안 되는 줄 알아!”

제룡의 호통에 제제의 얼굴이 잠시 굳어졌으나, 이내 결연한 표정으로 다시 고개를 들었다.

“손녀사위는 되고, 저는 안 된다는 말씀이죠?”

“그래.”

“제가 어떻게 하든지요?”

“…그래.”

“할아버지께서 돌아가시면 그는 제 손에 죽을 수도 있어요. 그래도 돼요?”

“……”

제룡은 대답을 잠시 미루고 고민에 빠졌다.

제제가 정말로 그런 일을 하려고 마음먹으면 불가능한 일도 아니었다. 그러나 그 정도에 죽을 놈이라면 선택할 필요도 없었다.

“그건 너와 그놈의 문제다.”

"……!"

제제는 이를 악물었다.

"알았어요. 할아버지께서 정하시면 혼례는 치르도록 할게요."

제제의 아랫입술이 금방이라도 터질 것처럼 짓눌려졌다.

'무서운 것. 저런 독한 성격은 누굴 닮아서. 쯧쯧쯧.'

준비한 말을 건넸다.

"참!"

"……?"

"천산에 다녀오너라. 일전에 구해놓은 설련실(雪蓮實)을 깜빡 잊고 왔지 뭐냐. 청해 쪽의 지리에 해박한 놈 몇 데리고 다녀와라."

제제는 대답도 없이 문을 나섰다.

제룡의 성격을 누구보다 잘 아는 그녀였다.

뒤에서 제룡의 목소리가 들렸다.

"잘못 먹으면 큰일나니까, 조심해서 가져와라."

설련실에 대해서는 제제도 잘 알고 있었다.

남자보다는 여자한테 큰 효험이 있는 영물이다.

그녀를 달래기 위한 선물이리라.

*　　　　*　　　　*

쿵쿵쿵—

악성은 심장이 뛰는 속도를 임의로 조절했다.

지난 서너 달 동안 깨우친 것 중 가장 큰 소득이었다.

심장이 뜨거워지면 힘을 사용할 곳을 떠올려라.

퍽—!

강바닥에 주먹만한 구멍이 뚫렸다.

이렇게 힘을 쓰고 나면 가슴이 후련해졌다.

"생각만으로 몸속의 불길을 조절할 수 있게 됐다. 하하하, 재미있어."

한 가지 더.

뭐든지 자를 수 있다는 자신감을 계속 되뇌어서 그런지, 어제저녁에는 머리카락으로 얇은 나뭇잎 끝을 자를 수 있었다. 비록 끄트머리 약간에 불과했지만, 자르긴 자른 것이다.

한껏 고무된 기분으로 날이 밝자마자 이곳으로 달려왔다.

"이런 기분 때문일까?"

무림이란 곳에 대한 막연한 동경이 생겼다.

악성은 과연 자신이 얼마나 강해졌는지 알고 싶었다.

"머리카락은 약하다. 그러나 강하다고, 세상 무엇보다 날카롭다고 믿어라. 그럼 된다."

제룡의 목소리가 들리는 것 같았다.

직접 보지 않았다면 평생 생각지도 못할 일이 아닐 수 없었다.

실없이 웃으며 고개를 들어올렸다.

'응?

이십여 장 떨어진 곳에 다섯 명의 남녀가 강 위를 걸어오는 모습이 보였다.

쿵. 쿵. 쿵.

그들이 가까워올수록 윤곽이 또렷해졌고, 그에 따라 악성의 심장도 점점 빨라졌다. 그러나 이 반응은 천마신공에 의한 반응이 아니라, 순수한 악성의 감정으로 인한 반응이었다.

눈 내린 강가. 고요한 순백색의 여인이 다가온다.

태어나 처음으로 여자를 보며 가슴이 뛰고 있는 것이다.

"험!"

여인이 알아차리도록 일부러 크게 기침을 한 후 일어섰다.

긴 흑발을 날리며 다가오는 여인.

점점 가까워지면서 악성과 비슷한 나이란 걸 알 수 있었다.

더욱 가슴이 뛰었다.

여인은 흑발이 하얀 피부에 닿자, 흑발을 쓸어 넘겼다.

제룡의 명령으로 설련실을 찾으러 천산에 온 제제였다.

악성은 속으론 잔뜩 긴장했지만, 겉으론 최대한 내색하지 않았다. 일어서며 먼저 인사말을 건넸다.

"길을 잃으셨나 보군요."

제제의 시선이 악성의 얼굴에 닿자, 악성은 얼굴을 붉히며 당황해서 귀가 멍해졌다.

"얘가 뭐라는 거야."

'헉!'

정말이지 홀딱 깨는 말투.

무안해진 악성은 그 자리에 석상이 된 듯 얼어버렸다.

그녀의 곁에 있던 사내가 한마디 거들었다.

"제 생각에는 총령께서 길을 잃어버리셨을까 봐 걱정하는 것 같습니다."

그녀는 악성이 뚫어놓은 얼음 구멍을 보며 냉소했다.

"하던 일이나 열심히 하라고 해."

"예."

사내는 악성을 보며 히죽 웃었다.

"하던 일이나 열심히 하라신다. 큭큭."

다른 수하들도 킥킥대며 제제의 뒤를 따라 얼음판 위를 미끄러지듯이 움직였다.

'대뜸 반말을? 더구나 친절을 베푼 사람에게 비웃음으로 대신한다고? 정말 황당하기 이를 데가 없구나.'

제륭과 만났을 때와 거의 차이가 없는 만남이었으나, 충격은 그때와 비할 바가 아니었다.

짐을 챙긴 뒤 소축으로 향했다.

제제를 다시 만난 건 저녁 무렵 악성의 소축에서였다.

밖에서 누군가를 부르는 소리에 문을 열자, 그녀와 일행이 놀란 눈으로 악성을 바라봤다.

"너는 낮에 강가에서 봤던!"

악성은 속으로 운도 없다고, 아침나절에 저들에게 당한 것만으로 충분하다고 되뇌었다. 하지만 겉으로는 내색하지 않고 밖으로 나갔다.

"무슨 일이십니까?"

대답이라고 하는 그녀의 말이란,

"단도직입적으로 묻겠다. 설련실이란 열매를 본 적이 있느냐?"

악성을 똑바로 주시하며 짤막한 명령조의 말투.

짜증이 덕지덕지 묻은 목소리였다.

설련실이란 열매를 찾느라 종일 헤맨 듯, 부하들로 보이는 사내들은 많이 지쳐 보였다.

낮에는 안하무인으로 대하더니, 이제는 아예 악성을 부하처럼 대했다. 그런 대접을 받을 이유가 악성에겐 전혀 없었다.

"모르오."

"정말이냐?"

"더 할 말이 없으면 이만 돌아가 주시오."

제제의 눈꼬리가 위로 확 치켜졌다.

그녀의 의중을 파악한 부하가 재빨리 앞으로 나섰다.

"꿇리겠습니다."

'저 자식, 내 눈을 전혀 피하지 않아.'

"이분이 누군 줄 알고서 그따위 태도를!"

제제는 손을 들어 사내의 말을 자르고는 악성을 쳐다봤다.

"백운봉이 어디 있는지는 알겠지?"

악성이 늘 다니는 길목에 있는 봉우리였다. 지금은 어두워서 잘 보이지 않았으나 방향은 알려줄 수 있었다. 소축에서 계곡 아래로 내려가면 갈라지는 길이 나온다. 강가로 가는 반대편 길로 가다 보면 마주하는 봉우리가 백운봉이라 설명해 주었다.

"그곳에도 사람이 사느냐?"

여전히 마음에 들지 않는 말투였으나, 빨리 가주기를 바라는 마음으로 대답해 주었다.

"사냥을 하는 분들이 가끔 묵는 곳이 있소."

'저걸 그냥!'

제제는 제륭의 말만 아니었으면 벌써 악성을 바닥에 내팽개쳤으리라.

그녀가 억지로 참고 있는 줄도 모르고 악성이 잘도 신경을 건드리고 있는 것이다.

"그곳 근처를 뒤져 보면 네 또래의 사내자식이 살고 있는 소축이 있다. 찾기 어려울 테니 그 녀석에게 도움을 청해라. 아마도 내 이름을 대면 친절하게 잘 가르쳐 줄 게다. 흐흐흐."

제릉의 말을 무시하고 혼자서 찾고 싶었다.

설련실이란 열매를 찾는 것이 뭐가 그리 대단하겠는가.

그러나 상황은 그녀의 예상과 전혀 달랐다.

일단 천산은 험했다. 게다가 어디가 어딘지 온통 백색천지라 길을 잃기 십상이었다. 종일 돌아다닌 봉우리만도 다섯 개는 넘을 것이다.

포기하고 찾은 것이 악성의 소축이었다.

제제와 비슷한 나이에 백운봉 근처 소축에 사는 자.

영락없는 악성이었다.

왜 강가에서 마주쳤을 때 그냥 지나쳤는지… 그제야 후회하면 뭘 하겠는가.

지금까지 해본 적이 없는 부탁이란 걸 하려니 차마 입이 떨어지지 않았다. 그러나 하루 빨리 돌아가고 싶은 욕심에 나름대로 예의를 갖추었다.

"네 도움이 필요하다. 내일부터 우리가 설련실을 찾는 걸 돕도록 해라."

생각은 부탁이었으나, 통보였고, 일방적인 명령이었다.

악성은 황당한 목소리로 되물었다.

“내가 무엇 때문에 당신을 도와야 하지?”

제제는 한 발 앞으로 다가서며 살기를 드러냈다.

“안 그러면 죽으니까. 죽기 싫으면 말 잘 듣는 강아지처럼 얌전하게 굴어. 알았어?”

이 정도면 악성의 기가 꺾였을 거라 여겼는지, 웃는 얼굴로 부하들에게 명령을 내렸다.

“오늘은 이곳에서 묵도록 한다.”

그러나 그것은 그녀만의 착각이었다.

“정말 오만한 여인이군. 부탁을 하려면 정중하게 해. 우르르 몰려와서 강아지처럼 굴라고? 예의부터 갖춰!”

제제는 악성의 호통에 전신을 바르르 떨었다.

그녀가 언제 이런 말을 들었던 적이 있던가?

무엇이든 말만 하면 이루어지는 것에 익숙했지, 반항이란 건 그녀에겐 있을 수 없었다.

분노로 인해 그녀의 안색이 창백하게 변했다. 그러면서도 제제의 눈과 얼굴에 떠오른 표정은 여전히 악성을 눈 아래로 보고 있었다.

“호호호, 너 따위가 감히 내게 그런 말을 했단 말이지.”

‘정말 가관이군.’

악성은 어이가 없어 웃음이 다 나왔다.

제제의 부하들은 얼굴이 벌겋게 상기됐으나, 제제의 허락 없이는 움직이지 못하기에 억지로 참고 있었다.

“빌어. 그럼 조금 전에 한 말은 용서해 주겠다.”

악성을 날려 버릴 기세였다. 그러나 분한 걸로 따지면 악성이 더

했다.

"용서? 누가 누굴 용서한단 말이지?"

한마디도 지지 않고 대답하는 자기 또래의 남자.

암황무적군단에서는 상상도 하지 못할 일이었다. 당연히 싫었다. 부릅뜬 눈으로 쳐다보는 것도 싫었고, 잠시지만 실수를 했을지도 모른다는 생각을 한 그녀 자신도 싫었다.

악성의 말은 아직 끝나지 않았다.

"설련실이란 열매를 찾는다고 했나? 그럼 도와달라고 하는 것이 순서다. 무공도 모르는 사람에게 단지 무공을 익혔다는 것 하나로 행패를 부리고, 그것도 모자라 협박까지 하는 게 무슨 짓인가!"

제제는 이미 아무것도 듣지 않으려 했다.

"으드득! 네가 무공을 익혔든 안 익혔든 내 알 바 아니야. 지금까지 내 명령을 듣지 않은 자는 없어. 너도 내 말을 들어야 해. 어서 사과하란 말이야!"

"못해! 아니, 오히려 당신이 사과를 해!"

"못… 해?"

섬뜩!

제제가 쳐다보는 것만으로 오한이 일었다.

철썩!

"억!"

그녀가 언제 움직였는지 악성은 전혀 볼 수가 없었다. 단지, 엄청난 고통이 왼쪽 뺨에 느껴진다 싶은 순간, 몸이 제멋대로 뒤틀리며 허공으로 떠오른 후 그대로 땅에 처박혔다.

"감히 내 말을 거부해?"

악성은 몸을 뒤척이다 겨우 일어서며 꾸짖듯이 소리쳤다.

"이런다고 내가 빌기라도 할 것 같은가? 어림없는 소리! 정중하게 사과를 해도 도와줄까 말까 한데, 힘으로 누르겠다고? 하하하하! 어디 마음대로 해봐라!"

"무공도 모르는 자식이… 자존심만 살았다는 거냐? 좋아, 어디까지 견디나 보자."

세상이 악성만 남겨두고 어딘가로 옮겨졌던가?

도대체 이해할 수 없었다.

무공을 모르면 것이 남자로서 수치스러운 일인가? 그래서 이런 수모를 당하는 것이 당연한 것인가?

심장이 뜨거워졌다.

불끈거리며 격렬한 감정이 속을 다 태울 것처럼 분노하게 만들었다. 그러나 제제를 향해 손만 뻗으면 될 것 같은데 몸이 따라주질 않았다.

'퍽' 하는 소리와 함께 복부에 엄청난 충격이 느껴졌다. 또다시 몸이 붕 떠오르며 까만 하늘이 눈에 들어왔다. 고통으로 시신경이 마비된 듯 눈앞이 보이지 않았다.

"우엑!"

묵직한 충격이 위를 건드렸는지 웅크린 채로 안에 있는 걸 모두 쏟아냈다.

"아프지? 내 말을 듣지 않으면 그렇게 되는 거야. 아까 뭐라고 했지? 설련실이 어디 있는지 알려면 어떡하라고?"

퍽!

"컥!"

숨을 쉴 수가 없었다.

명치 부근이 콱 막히는 충격에 호흡이 끊긴 것이다.

이번에는 까맣게 보이던 눈앞이 하얗게 변했다.

"말 안 해?"

악성은 입으로는 연신 토악질을 해댔고, 손으로는 명치 부근을 두드려 어떡하든 살아나려고 바둥거렸다.

그 모습에 제제는 어딘가를 발로 툭 쳤다.

"흡, 흡……."

막혀 있던 숨통이 트이자, 악성은 벌렁 대 자로 누우며 숨을 있는 힘껏 들이마셨다.

세네 번을 반복할 때쯤, 제제가 다시 다가왔다.

"어때, 이젠 말을 하고 싶지?"

광기처럼 눈을 번들거리며 악성을 쳐다봤다.

악성의 고개가 밋밋하게 끄덕여졌다.

"호호호. 어서 말해봐, 어서!"

"다, 당신, 하아… 정말… 못된 여자군. 혁혁… 나를 보고 웃는 당신! 혁혁… 결코 아무것도 얻지 못할 거야."

"……!"

좀 전과는 비교도 할 수 없는 기운이 그녀의 몸에서 흘러나왔고, 역시나 둔중한 충격이 느껴졌다.

쩍―!

뺨이 돌아가자 제제의 주먹이 반대쪽 얼굴에 박혀들었다.

빡―!

"다시 말해봐."

"절대… 얻을 수 없을 거다."

철썩—!

“다시!”

철썩철썩—!

악성의 입술과 입 안쪽이 모두 터져서 피가 입 밖으로 흘러나왔다.

“다시! 다시! 다시!”

퍽퍽퍽—!

피할 수도 없는 여인의 빠른 주먹이 마구 얼굴과 전신으로 쏟아졌다. 신기한 것은, 손가락 하나 까딱할 기운도 없으면서 오히려 가슴은 냉정을 되찾고 있다는 점이었다.

서서히 온몸의 신경이 고통을 호소하던 걸 멈추었고, 심장에서 나온 열기가 빠르게 전신으로 퍼졌다.

그 순간.

퍽—!

짧은 소리와 함께 제제는 마지막 일격으로 악성을 벽쪽으로 날려 버렸다.

“훅훅……”

그녀는 죽은 듯이 누워 있는 악성을 바라보고서야 때리는 걸 멈췄다.

“네까짓 게 알면 얼마나 안다고 그런 말을 해! 벌레만도 못한 자식. 네가 말해주지 않아도 얼마든지 찾을 수 있어!”

제제의 행동을 보면서도 총령대원들은 한마디도 하지 못했다.

그것은 곧 자살 행위와 다를 바 없기 때문이다.

후우우웅—

싸늘한 바람 소리가 악성을 먹어치우러 다가왔다가 이내 벽에 부딪쳐 되돌아갔다.

후우웅—

새벽이 깊어지면서 바람이 거세졌다.

바람이 가져온 얼음 찌꺼기들이 소축의 문에 부딪치면서 요란한 소리를 냈다.

악성이 쓰러진 채로 있는 시간이 두 시진(한 시진은 두 시간)가량 지났을 때였다. 죽은 듯이 누워 있던 악성의 몸이 조금씩 꿈틀거리기 시작했다.

봄이라고는 해도 천산의 봄은 겨울과 크게 다를 바 없다. 오히려 새벽은 아래쪽에서 올라온 따뜻한 기온 때문에 바람이 심해, 더욱 춥다.

스스슥—

악성의 몸에 난 무수한 상처가 붉게 물들었다.

멍이 들면 생겨야 하는 파란 반점은 온데간데없고, 붉어진 멍 자국이 이내 꺼멓게 죽은 피부로 변했다.

의식을 잃은 악성 대신, 악성의 몸이 알아서 치료를 시작한 것이다. 심장을 통해 상처 부위로 깨끗한 피를 순환시켰고, 미약하던 심장의 움직임을 점점 빠르게 만들었다.

이내 꺼멓게 죽었던 피부가 검버섯이 핀 것처럼 까만 점으로 화했다.

이런 신체의 변화를 가능하게 해준 것은 악성의 의식에서 일어난 변화 때문이었다. 머릿속에서는 계속해서 '천지인의 조화'가, 몸에서는 마안에 의한 천마신공이 동시에 작용한 까닭이다.

“조화롭다 해서 천지인이라 부른다. 셋 중 …(중략)…너무 조심스러워도, 너무 조급해서도 안 된다. 천천히 그리고 넓게…….”

넉 달 가까이 꾼 꿈.

복잡하게 얽혀 있어 잘 보이지 않던 도식들이 서서히 하나의 원으로 변하며 빙글빙글 돌기 시작했다.

만들어진 원을 어지러워 외면하려 할 때, 원의 중앙에서 무언가가 살짝 나타났다. 눈동자였다. 눈동자는 악성의 의식의 눈과 마주치자마자 강렬한 빛을 뿜어냈다.

악성은 있을 수 없는 일이라고 속으로 외쳤으나, 원은 점점 길어지다 못해 완벽한 눈으로 변했다.

원 안의 눈동자. 그것은 거대한 눈이었다.

띵―

머릿속을 울리는 목소리.

“최초 삼변된 형상은 하나에서 양의, 다시 사상… 팔괘(八卦)로 나뉜다. 이는 모든 무공의 근원이 하나임을… 건(乾), 태(兌), 이(離), 진(震), 손(巽), 감(坎), 간(艮), 곤(坤)에 시작되는… 하나는 우주의 무한한 변화이며, 전부이니… 역으로, 머리를 땅에 두고, 하늘을 밟고 일어서는 …(중략)… 일시에 삼에 사, 십이 변에 다시 팔을 반복하면 구십육 변을 얻게 되느니, 거꾸로 구십육 변에 사를, 다시 삼을 추가하여… 일천오십이 변을 일시에…….”

익숙한 목소리였다. 목소리는 바로 네 달 전에 들었던 제륭의 목소리 그대로였다.

거대한 눈은 움직임으로는 도식을, 음향을 제륭의 목소리로 만들어

이상한 구결을 알려주었다.

현실에서는 의식을 잃은 상태였으나, 악성의 입술은 제릉의 목소리에 따라 구결을 따라 달싹였다.

끝까지 구결을 따라하자, 거대한 눈은 기다렸다는 듯이 악성의 몸속으로 파고들며 전신 구석구석을 헤집고 다녔다. 멈춘 곳은 심장이었다.

꿈틀!

심장을 손에 쥐고 꾹 누른 것 같은 충격에 악성의 몸이 '파득' 거렸다. 머릿속으로는 구결을, 움찔거리는 손가락과 몸은 무언가를 따라했다.

제제가 소축으로 다시 돌아온 시각은 날이 훤히 밝았을 때였다.

부하들은 쉬지도 못하고 밤새 그녀의 명령대로 이 산에서 저 산으로 뛰어다녀 기진맥진한 상태였다.

"총령님, 그자가 죽었으면 어떡하죠?"

새벽 내내 찬바람이 지나간 소축은 을씨년스러웠다.

부하의 말은 그녀의 귀에 들어오지 않았다.

'그 자식이 혹시라도 할아버지와 특별한 관계라도 있으면 어떡하지?'

덜컥 겁이 나 소축으로 달려온 이유였다.

제릉과 관계가 없다면 굳이 백운봉 근처로 보내지 않았으리라.

제제는 순간적인 화를 참지 못한 것을 후회했으나, 이미 저질러진 일이었다.

막 소축으로 들어서던 부하 한 명이 크게 소리쳤다.

“엇!”

“왜 그러느냐.”

“어, 없습니다.”

“뭐라고?”

제제는 재빨리 안으로 들어가 아성이 쓰러져 있던 곳을 봤다.

없었다. 분명히 꼼짝도 못하고 쓰러져 있었건만.

그때 ‘덜컹’ 하며 방문이 열렸다.

“……!”

제제와 눈이 마주친 사람은 악성이었다.

부하들 중 둘은 놀라서 바닥에 주저앉았다.

“저저…….”

“귀, 귀신!”

죽었던 사람이 다시 그들 눈앞에 나타난 것이다.

제제는 눈을 껌뻑거리다 무감정한 목소리로 말했다.

“아직 살아 있네?”

말속에, 제룡 때문에 걱정했는데 이젠 안심할 수 있다는 뜻이 포함되어 있었다.

악성은 아무렇지도 않다는 듯이 대답했다.

“다행스럽게도.”

“다행이다.”

“그래.”

“…….”

이전과 달라진 악성의 말투가 이상할 만도 한데, 제제는 화를 내지 않았다. 오히려 당연하다는 듯이 받아들였다.

제륭이 지칭한 사람이 바로 악성임을 깨달았기 때문이고, 무엇보다 악성이 평범하지 않다는 사실을 인정했기 때문이다.

그녀에게 있어서 평범하지 않다는 사실은 중요했다.

압도적인 힘만이 상대를 죽일 수도 있고, 살릴 수도 있다고 믿는 그녀였다. 오죽하면 그녀의 아버지가 죽은 이유를, 아버지가 약했기 때문이라고 믿겠는가.

정천을 모조리 몰살시키려면 강해져야 한다. 상상도 못할 만큼 강한 무공을 지녀야 한다. 그녀가 알기로는 그런 무공은 오로지 한 사람밖에는 갖고 있지 않았다.

제륭.

"할아버지께서 왜 너를 찾으라고 하셨는지 이제야 알겠다."

"할아버지?"

"천마 제륭이라고 하면 알겠지?"

"제 어르신!"

부르짖듯이 외친 악성의 표정이 완전히 일그러졌다.

"역시 알고 있었구나. 좀 더 일찍 알았다면 그런 일을 없었을 텐데, 미안하게 됐다."

뒤에서 대화를 듣고 있던 네 명의 총령대원은 입을 쩍 벌렸다. 그들이 알고 있는 한, 제제의 사과를 받은 사람은 지금까지 한 명도 없었다.

그러나 그것은 그녀의 부하들에게나 해당되는 말이었다.

'미안하게 됐다? 사람을 죽이려고 했으면서?'

악성은 허탈한 표정으로 웃었다.

"큭큭, 미안하게 됐다고? 크크크큭."

인연이란 참으로 기묘한 것이다.

꿈에서 제륭의 목소리를 들은 것이 우연일까?

제제를 용서하라고 알려주려 했던 것이란 말인가?

눈앞의 아름답지만 증오스러운 여인을 보면서 웃을 수밖에 없었다.

'왜 지난 넉 달 동안 이상한 꿈을 꾸게 됐는지를 깨달았건만, 그걸 깨닫게 해준 사람이 그분의 손녀라니. 다시 올 것이리 믿고 사람을 함부로 모욕한 대가를 치르게 해주려 했건만.'

진정하기 위해 어금니를 악물었다.

그녀가 도착하기 전에 정신을 차린 악성은, 더 이상 맞는 것이 두렵지 않았다. 아니, 제제의 모든 동작이 머릿속에 기억되어 있었다.

맞을 이유가 없는 것이다. 그러나,

"휴, 어쩌다 어르신의 손녀가 됐는지 모르지만, 그분의 손녀라니 사과를 받아들이기로 하지. 악성이라고 한다. 올해로 스물다섯이다."

모든 것을 잊어야 할 것 같았다.

"제제. 난 스물셋."

악성이 바라보자 제제는 입을 쌜쭉하게 만들고는 말을 이었다.

"난 할아버지 외에는 다 반말해. 따져도 소용없어."

악성은 피식 웃었다. 그녀의 모든 것에 관심이 없는데 그런 것이 무슨 상관이겠는가.

"어르신은 잘 지내시나?"

"물론."

"그렇군. 후우… 들어와서 몸이나 녹여라. 뒤에 있는 사람들도."

어색한 대화는 여기서 끊겼다.

날이 밝으면서 총령대원 한 사람의 배에서 '꼬르륵' 하는 소리가 우렁차게 울렸다.

　백운봉은 생각보다 만만한 곳이 아니었다. 깊은 계곡으로 내려가는 길은 언뜻 보기엔 막힌 것 같으나, 모두 뚫려 있었다. 단지, 바닥이 빛을 삼켜 버려 보이지 않을 뿐이다.

　물론 그러한 사실은 악성만이 알고 있는 사실이었다.

　"이곳은 막혔어."

　제제는 몇 번이나 그냥 지나쳤던 곳을 악성이 안내하자, 고개를 저으며 돌아서려 했다. 그러나 악성은 끊긴 길처럼 보이는 곳의 한쪽으로 가더니 오라는 손짓을 했다.

　"이쪽으로."

　너무 교묘하게 가려져 있어 열 발자국만 떨어져 있어도 발견하지 못할 장소였다. 절벽 옆으로 돌자마자 동굴이 입을 벌리고 있었다.

　"아!"

　악성이 아니면 누구도 발견할 수 없는 장소라고 여겨졌다.

　동굴은 나선형으로 완만한 경사를 이루며 내려가도록 되어 있었다. 한참을 내려가던 제제는 주위를 둘러보며 긴장하는 얼굴이 됐다.

　'만약 이곳에서 이자가 없어지면 길을 찾아 나올 수 있을까?

　내려가는 동안 봤던 수도 없이 뚫려진 구멍들. 그걸 일일이 구분해서 나올 자신이 없었다. 도저히 올라올 수 없다는 생각이 들자, 악성의 뒤를 바짝 따라붙었다.

　'자신을 죽일 뻔한 나를 할아버지 때문에 용서를 했단 말인데, 그럼 할아버지 얘기를 꺼내지 않았다면 복수라도 할 생각이었다는 건가?

　방문이 열리며 마주쳤던 악성의 눈에서는 그런 생각을 전혀 읽을 수 없었다. 무공을 모른다는 자가 몇 시진 만에 눈빛만으로 그녀를 겁줄 수 있을까? 생각보다 무서운 자일지도 모른다는 생각이 들었다.

악성은 계곡 바닥에 가까워지자, 무슨 표식을 찾는 것처럼 동굴 천장을 이리저리 둘러봤다. 이내 얼굴이 밝아지며 한쪽으로 발걸음을 서둘렀다.

제제와 네 명의 총령대원은 갑자기 한가득 쏟아지는 빛 때문에 눈을 가렸다.

위에서 볼 때는 빛이라고는 없을 것 같던 아래쪽이 빙벽에 의해 반사된 빛으로 가득했다.

'아름답다.'

제제는 실눈을 뜨며 얼음 천지인 주위를 몽롱한 표정으로 돌아봤다.

"가끔 이곳에 올 때마다 이상한 향기가 난다고 생각했는데, 지금 생각해 보니 그것이 설련실이었던 것 같다. 이쪽이야."

"……."

제제는 도둑질하다 걸린 사람처럼 흠칫했다.

다른 총령대원들은 황홀경에 빠져 바닥과 벽 등을 만져 보며 신기해하고 있었다.

"어린애들처럼 저게 뭐야."

자신은 전혀 그런 적이 없다는 듯이 인상까지 찌푸렸다.

한쪽으로 안내하던 악성의 입에서 탄성이 나왔다.

"저 꽃이지?"

"어디? 아, 설련실!"

제제의 얼굴이 활짝 피었다.

웃는 얼굴을 바라보는 악성의 표정이 그리 밝지는 않았다.

'이제 올라가야겠지?'

악성의 시선이 위쪽으로 올라갔다.

절벽이 까마득한 높이로 하늘까지 뻗어 있었다.

끼아악—

"……!"

음산하면서도 귀기스러운 음향이 간헐적으로 들리다 완전히 멎었다. 바람 소리였다.

제제는 재빨리 위쪽을 올려다보았다.

앞서 가던 악성이 돌아봤다.

"부서지는 얼음조각들이 바람에 흩날리다 계곡 안으로 빨려들면서 만들어지는 소리야."

그 말을 듣고서야 제제는 안심이 되는 듯 한숨을 내쉬었다.

계곡을 빠져나가는 것은 내려갈 때보다 훨씬 어려웠다.

신법을 펼쳐 움직이기엔 동굴이 너무 좁았다. 결국 벽을 더듬으며 올라갈 수밖에 없는 것이다.

막 손을 뻗어 틈에 넣으려는 순간,

"……!"

그녀의 몸을 두드리던 바람이 갑자기 사라졌다.

이상해서 위쪽을 쳐다보자, 빽빽한 어둠이 몰려오고 있었다.

"흡!"

몸을 의지하고 있던 손을 놓으며 곧바로 몸을 피했다.

파바바박—!

피한 자리에 빽빽한 어둠을 만들어낸 물체가 마구 달라붙었다.

이어지는 기이한 음향.

찌지— 쬐에엑—!

“……!”

박쥐였다. 무식하게 많은 박쥐 떼가 그녀의 아래쪽에 있던 총령대원들을 삼키며 떨어져 내렸다.

급했다.

제제는 사라지는 총령대원들을 구하기 위해 한 손으로 장력을 날렸다. 그러나 어느새 박쥐 떼가 그녀를 향해서 달려들고 있었다. 이젠 보이지도 않는 그들을 구하기엔 너무 늦은 것이다.

보통 박쥐들이 아니었다. 장력에 날아갔다가 금방 다시 덤벼드는 걸로 봐서 가죽이 단단한 녀석들 같았다.

천마수(天魔手)를 펼치기 위해 내공을 끌어올렸다.

그제야 그녀의 손에 닿은 박쥐들이 한줌의 먼지로 푸석거리며 사라졌다.

“헉!”

시커먼 구름이 그녀를 향해 돌진해 왔다.

숨 돌릴 틈도 없이 빠르게 다가온 박쥐 떼들은 잡아먹을 듯이 입을 크게 벌렸다.

‘이 자식은 어딜 간 거야!’

악성이 필요했다. 이곳을 자주 다녔다면 충분히 박쥐 떼를 물리칠 방법을 잘 알고 있으리라.

“야! 어디 있어? 이것들을 어떻게 좀 해봐!”

그러나 위쪽에서는 아무런 대답도 들리지 않았다.

발이 고정되지 않은 상태에선 제대로 힘을 쓸 수가 없었다.

“야, 이 망할 자식아!”

마지막 말을 하기 직전에 악성의 목소리가 들렸다.

"벽에 붙어."

"……!"

주르륵 미끄러지며 누군가가 내려오는 모습이 보였다.

"왜 이렇게 늦었어!"

"눈 감아."

다가온 악성이 공중에 무언가를 뿌렸다.

제제는 눈을 감지 않고 고개를 아래로 숙였다. 암기라 여겼던 그녀의 생각과 달리, 아래로 떨어지는 것은 얼음 알갱이들이었다.

'뭐야?'

그녀의 생각과 달리 얼음 알갱이의 효과는 대단했다.

공중에 흩어진 알갱이들이 빛을 발하며, 빛에 민감한 박쥐들을 주춤하게 만들었다.

그사이, 악성은 제제의 손을 잡고서 위쪽으로 끌어 올렸다.

박쥐 떼가 제제의 머리를 스치며 돌진해 왔다.

"으악! 징그러, 저리 가!"

악성은 손을 마구 젓는 제제의 행동에 쓴웃음을 지었다.

"괜찮아. 빛을 무서워하니까 곧 그칠 거야. 그나저나 그들은 어디 있어?"

"……."

총령대원의 모습이 보이지 않아 물었으나, 제제는 아랫입술을 깨물 뿐, 아무런 대답을 하지 않았다.

"떨어졌군."

'떨어졌다고? 혹시, 이 자식이?'

제제는 문득, 이 모든 상황이 악성에 의해 만들어진 상황이란 생각이 들었다. 잡힌 손을 뿌리치며 올라가자마자 내공을 끌어올렸다.

그 모습에 악성은 깜짝 놀랐다.

"뭐 하는 거야?"

세세는 악성을 노려보다가 시선을 아래쪽으로 돌렸다.

"저것들을 모두 태워 죽일 거야."

"그만둬. 그럴 시간 없어."

제제는 들은 척도 안 하고 아래쪽을 향해 양손을 뻗었다.

우우웅—

기이한 소리와 함께 그녀의 양손이 빛을 뿜어냈다.

천마사우탄(天魔絲雨彈)이란 초식으로, 그녀가 펼칠 수 있는 가장 강한 위력의 무공이었다.

악성은 자신도 모르게 탄성을 질렀다.

수많은 실가닥 같은 희미한 빛들이 비처럼 뿌려지는 모습은 장관이 아닐 수 없었다.

"대단하구나!"

한 번 이상은 힘든지, 제제는 숨을 몰아쉬었다.

쾅—!

계곡으로 내려가는 입구에 올라온 제제는 벽을 무너뜨렸다.

요란한 소리와 함께 입구가 완전히 봉쇄됐다.

"이 정도 크기의 무덤이라면 그들도 만족하겠지."

"안 됐다."

악성의 진심 어린 말에 제제는 고개를 저었다.

"아니, 곧 복수를 해줄 거니까 괜찮아. 왜 그랬어?"

"……?"

악성은 어리둥절한 표정으로 제제를 쳐다봤다.

"네가 꾸민 거 다 알아. 복수를 하려면 나에게 하지, 아무 상관도 없는 대원을 왜 죽였어, 왜!"

"복수?"

"그래, 복수!"

박쥐 떼들이 덤벼든 것을 악성이 한 일로 믿는 것이다.

"그러니까 너를 이곳에 데려와 박쥐 떼에게 물려 죽게 하려고 했다고? 내려갈 때는 아무 일도 안 일어나게 하고, 올라올 때 죽이려고? 설마 그게 가능하다고 생각하는 건 아니지?"

"아니, 그렇게 생각하고 있어."

제제의 단정적인 말투에는 적의가 가득했다.

"……!"

화가 났다.

악성이 제제보다 먼저 올라간 이유는, 박쥐들의 이상한 소리를 듣고서 알아보기 위해서였다. 몰려오는 박쥐 떼를 확인하고서 취한 행동은 구멍을 내는 것이었다.

제룡의 모습을 떠올리고 간신히 참았다.

"생각하는 건 네 자유니까, 그럴 수 있다고 생각한다. 하지만 이건 알아둬. 내가 만약 복수할 생각이었다면, 너와 너의 부하들은 저 계곡에서 나오지 못했을 거야."

"이 비겁한 자식! 이제야 실토를 하는구나. 걔들이 얼마나 불쌍한 애들인 줄 알아? 살려내, 살려내지 않으면 너도 저 아래로 던져 버리고 말 거야!"

"비겁? 지금 내게 비겁하다고 했어?"

"그래, 그랬다. 이 비겁한 자식아!"

"닥쳐! 사람을 죽기 직전까지 패놓고 달랑 미안하다는 말 한마디로 때우는 너보다야 낫지. 구해주니, 이젠 보따리 내놓으리는 식으로 그들의 죽음을 보상하라고? 내가 신이라도 그런 일은 못해. 아니, 안 해! 어르신을 봐서 참는 것도 한계가 있어. 이게 마지막이다."

"익!"

제제는 두 눈만 부릅뜨고서 행동은 취하지 못했다.

성질상 많이 참은 셈이었다.

똑바로 쳐다보는 악성의 눈이 보기 싫었다.

봐준다는, 그러니 말 들으라는.

"그런 눈으로 보지 마!"

퍽—!

짤막한 타격음과 함께 악성이 빙벽에 부딪쳤다.

"이젠 몰라. 네가 자초한 일이니까."

제제는 모르고 있었다.

참고 있는 사람은 그녀가 아니라, 오히려 악성이었다.

계곡에 내려갔을 때만 해도 속에서 치미는 화를 참기 힘들었다.

그래도 참았다. 이미 참기로 한 이상, 화를 억눌러야 했다.

그러나 이젠 자제하기 힘들었다. 또다시 말도 안 되는 이유로 싸움을 거는 모습에 완전히 질려 버렸다.

"핑계 좋군. 뭐든 네가 잘못한 건 없지. 네가 그들을 끌고 와서 죽게 만들었다고는 생각 안 하지? 어련할까. 어르신 때문에 위험을 감수하고 설련실까지 구해준 내가 바보였어. 좋아, 어디 한 번 해보자!"

"아니야, 아니야… 아니야! 나 때문이 아니야!"

제제에게 있어 총령대원들은 가족과 마찬가지였다.

그녀가 보호해야 하는 사람들인 것이다.

인정할 수 없었다. 그들의 죽음이 왜 그녀 탓이란 말인가.

'저 자식 때문이야. 저 자식이 그냥 죽었으면 대원들을 잃지 않았어. 다 저 자식 때문이야. 반드시 죽여 버릴 거야.'

제제의 눈에서 줄기줄기 살기가 뻗어 나왔다.

천마수 제일식.

"탄(彈)!"

무시무시한 경력이 악성의 몸을 때렸다.

악성은 막고 어쩌고 할 겨를도 없었다. 눈 깜짝할 사이에 다가온 제제의 손이 그의 가슴에 닿았다.

'펑' 하는 가죽공 터지는 소리와 함께 등에 묵직한 고통이 느껴졌다.

조금 전에 부딪쳤던 빙벽에 이젠 완전히 파묻혀 버렸다.

거기서 끝이 아니었다. 작정을 한 제제의 열 손가락에서 지력이 일제히 쏟아졌다.

퍼버버벅—!

제이식 타(墮)였다.

"마지막이다!"

제삼식은 천마사우탄이었다.

박쥐 떼를 태워 버리던 그 무시무시한 열기가 악성에게 전해졌다.

쿵쿵쿵쿵.

빠르게 심장을 향해 피가 치달았다. 심장에서 양손으로, 발끝으로, 머리끝으로.

빙벽에 박힌 몸을 빼내겠다는 생각이 들자마자 악성의 몸에 일어난 반응이었다.

머리카락으로 나무 진을 자르는 원리는, 머리키락이 날카롭기 때문이다. 그렇게 믿기 때문이다.

'저 여자보다 내가 더 날카롭다. 공격이 아무리 거세도 날카로우면 죽지 않는다.'

몸을 짓누르던 빙벽에 균열이 갔다. 마치 악성의 몸에서 일어난 변화가 날카로운 칼날을 밖으로 뿜어내기라도 한 것처럼 균열을 만들었다.

틈이 생기자, 빙벽을 빠져나오는 것은 너무 쉬웠다.

뒤에서 누가 밀었나? 피하는 속도가 엄청났다.

쾅―!

악성이 빠져나온 빙벽에 제제의 천마사우탄이 일제히 박혀들며 거대한 구멍을 만들었다. 피하지 않았다면 상상이 안 갈 정도의 파괴력이었다.

"지, 지금 뭐 한 거지? 너, 너… 뭐야!"

제제의 경악스런 음성이 떨렸다. 그러나 악성은 방금 전의 일을 설명하고 싶은 마음은 눈곱만큼도 없었다.

짝―!

제제는 '획' 돌아간 뺨을 어루만졌다.

윙윙거리는 귀로 악성의 고함 소리가 들렸다.

"정신 차려!"

“지, 지금 뭐 한 거야. 날… 때렸어?!”

멍한 표정으로 제제는 아직도 뺨에서 손을 떼지 못했다.

쩡ㅡ!

빙벽 위쪽에서 비명이 터졌다. 인간의 비명이 아닌, 자연이 내지른 비명이었다.

“헛!”

악성은 그 비명의 정체를 알고 있었다.

조금 전 제제의 공격으로 인해 만년빙에 금이 가는 소리였다.

“피해!”

“흥! 어딜 도망가. 감히 내 얼굴에 손을 대?”

“더 늦으면…….”

찌아아아ㅡ 앙!

급했다. 그러나 제제의 전력이 담긴 천마수가 먼저였다.

퍽ㅡ!

“억!”

어깨가 빠개지는 통증이 느껴졌다.

그러나 한가하게 비명이나 지를 겨를이 없었다.

이를 악물고 제제의 손을 잡고서 곧장 몸을 뒤로 던졌다.

악성이 박혀 있던 빙벽으로 들어간 제제는 벌떡 일어나 다시 덤벼들 태세를 취했다.

등을 돌리고 선 악성을 보며 돌아서라고 말하려는 순간, 어마어마한 굉음과 함께 진동이 느껴졌다.

콰과과과과ㅡ!

그제야 몸을 돌린 악성.

제제를 보며 그대로 몸을 날렸다.

“……!”

제제의 몸이 굳어버렸다.

어깨를 맞으면서도 뒤로 던진 이유를 알았기 때문이다.

“익!”

제제는 전력을 다해 악성에게 손을 뻗었다.

쿠르르르— 콰콰쾅—!

떨어진 암빙에 의해 빙벽은 완전히 사라지고 말았다.

진동이 멎을 때까지 두 사람은 아무 말도 하지 못하고 서로의 눈을 응시했다.

악성은 제제를 위에서 누르며 꼼짝도 못하고 있었다.

그런 악성을 바라보는 제제의 눈에는 더 이상 화가 담겨 있지 않았다. 그 눈이 더욱 부담스러웠다. 그러나 비키려 해도 한쪽 어깨에 전혀 힘이 들어가질 않아 움직일 수 없었다.

‘이런……’

낭패였다.

마지막 순간, 제제의 천마수를 보고 모든 것을 포기했다.

그것이 도와주기 위해 손을 쓴 거란 사실에, 악성 역시 화가 많이 풀린 상태였다.

제제의 도움이 아니었다면, 악성은 두 발을 잃었을지도 모른다.

제제 역시 악성의 도움이 아니었다면, 암빙에 의해 깔려 죽었으리라.

서로가 이러한 사실을 잘 알고 있기에 아무 말도 하지 못하고 있었다. 어색한 상황을 깬 사람은 제제가 먼저였다.

"좀 비켜."

"아, 안 돼. 끙……! 안 되겠다. 어깨에 힘이 안 들어가."

어깨가 부들부들 떨리기만 할 뿐, 힘이 들어가지지 않았다.

"나, 나도 움직일 수 없어……."

그녀의 시선이 아래쪽으로 향했다.

"헛, 너!"

그녀의 허리 쪽에서 붉은 피가 흘러나오고 있었다.

번진 정도는 그리 넓지 않았으나, 삐죽 튀어나온 만년빙 조각이 날카롭게 빛나고 있었다.

"빨리 치료부터 해야……."

그녀가 악성의 말에 피식 웃었다.

"왜?"

"아까 날린 천마수에 전력을 쏟아버렸어. 움직일 힘도 없다."

악성의 하체는 얼음 때문에 감각이 점점 사라지고 있었다.

더 이대로 있다가는 꼼짝없이 둘 다 죽을 것 같았다.

우드득—!

"큭!"

악성의 입에서 난 소리였다.

땀을 뻘뻘 흘리며 양팔로 몸을 지지했다. 무척이나 고통스러운 듯 아래쪽에 있는 제제의 얼굴에 땀이 자꾸만 떨어졌다.

그녀의 상처를 보자 도저히 가만히 있을 수가 없었다.

정신을 집중했다. 심장만 뛰면 된다. 거대한 눈이 전신을 돌아다니기만 하면 된다. 그 눈이 필요해!

거대한 눈의 정체는 천마신공이었다.

피의 순환을 거대한 눈이 돌아다닌다고 느끼는 것이다.

일 다경 정도의 시간이 흘렀다.

틱—

“……?”

제제는 미약하지만 분명히 무언가가 깨지는 소리를 들었다.

팍—!

“뭐야?”

“후… 됐어. 이제 좀 움직일 수 있게 됐다.”

악성이 몸을 이리저리 비틀더니 양 발을 빼냈다.

탈골된 어깨까지 움직이는 것이 아닌가?

“악!”

그녀의 몸에 박힌 얼음이 빠지는 소리였다.

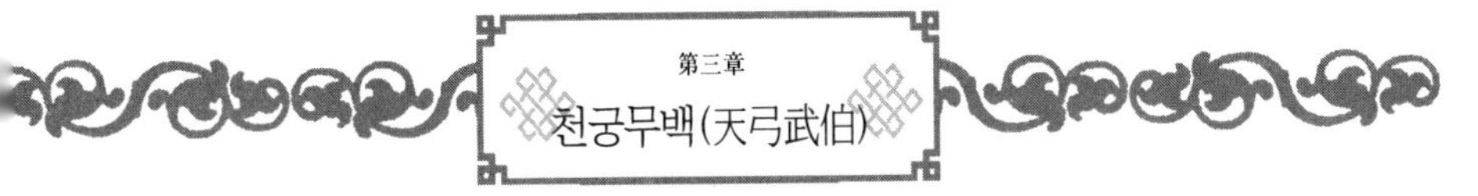

第三章
천궁무백(天弓武伯)

어떻게 그런 힘이 생겨났는지 빙벽을 빠져나오고서도 제제는 이해할 수가 없었다.

겨우 움직이게 된 것과 갇힌 곳에서 빠져나가는 것과의 차이는 엄청났다. 게다가 만년빙으로 된 벽은 무척이나 두꺼웠다. 그걸 악성이 전부 깨뜨린 것이다.

제제는 백운봉을 빠져나오자마자 설련실을 복용하고 운기조식에 들었다. 악성의 밤낮없는 배려에 제제의 상처는 빠르게 아물었고, 이틀 만에 움직일 수 있었다.

더 이상 머물 이유가 없어진 제제는 곧바로 떠날 차비를 했다.

가만히 지켜보던 악성이 말을 꺼냈다.

"너 혼자 보내면 어르신 볼 면목이 없다."

"뭐야. 데려다 주기라도 할 것처럼 말하네? 호호호."

약간은 놀리는 말투였다.

악성은 제제를 보며 웃었다.

"맞아."

"뭐? 정말로 함께 간다고?"

"응."

악성의 결심은 제제와 싸울 때 이미 섰다.

무공이란 것을 배우고 싶었다. 제룡의 협박 때문이란 핑계를 대서라도 꼭 배우고 싶었다. 무엇보다, 천산을 떠날 때가 됐다고 여겨졌기 때문이다.

제제는 의외로 순순히 따랐고, 두 사람은 간단히 짐을 꾸려 소축을 나왔다.

"어르신께서 사고뭉치 손녀를 보내시고 나서 얼마나 걱정하실지 안 봐도 훤하다. 너를 데리고 오라는 말씀이신 것 같다."

장난스런 악성의 말에 제제는 삐친 표정을 지었다.

"흥! 나는 부탁 안 했어."

"그래, 넌 부탁 안 했어. 죽이겠다고 덤벼들지만 말아라. 하긴, 이제 겁나지도 않는다."

"뭐라고!"

"몸도 성치 않은데 무리하지 마."

제법 여유가 있었다.

제제가 소축에 처음 왔을 때와는 완전히 입장이 뒤바뀌었다.

그러나 그녀도 악성과의 동행이 싫지만은 않았다. 청해성의 지리를 아는 총령대원 한 명도 없이 사천성까지 가기란 쉽지 않을 뿐더러 상처도 완전히 아문 것이 아니질 않은가.

"상처가 아직 아물지 않아서 따라오는 걸 허락하는 줄이나 알아. 고 집은 하여간… 길도 모르면서. 앞장 설 테니까 부지런히 쫓아와."

그녀는 눈을 흘기고는 앞장서서 걸어갔다.

이런 모습을 암황무적군단의 제자들이 봤다면 아마도 입에 거품을 물고 쓰러지리라.

그녀가 누군가의 말을 듣는다?

암황무적군단에서는 상상도 못할 큰 사건이었다.

*　　　　*　　　　*

제제가 악성과 함께 염라문(閻羅門)에 들른 건 말을 구하기 위해서였다. 신법을 모르는 악성과 다니기 위해서는 옷차림도 바꿔야 했다.

악성에게 옷이란 멋을 부리는 수단이 아니었다. 추위를 피하고 부끄러움을 피하기만 하면 그만이었다. 즉, 사람들의 시선을 받게끔 입고 있었다.

천산에서는 몰랐던 것이 산을 내려오자, 영 어색했던 것이다.

염라문은 전대 문주 때부터 암황무적군단의 청해지부를 자청한 곳이었다. 여타의 문파들에 비해 실력은 형편없었으나, 암황무적군단에서 버린 자들을 보내기엔 아주 적당한 장소였다.

비밀이 새어나갈 이유가 전혀 없기 때문이었다.

당연히 그녀를 알아보는 사람이 있을 리 없었다.

'염라문주가 누구더라? 구치소라고 했지, 아마?'

무슨 전투인가에서 명령을 제대로 수행하지 못해 십 년 전에 쫓겨난 자였다.

일개 지부를 그녀가 들르는 것만으로도 염라문으로서는 영광으로 생각하리라.

정문을 지키는 위사 둘이 눈에 보였다.

건장한 체격의 청년들이었다.

둘은 다가가는 제제의 미모에 놀라서 입을 다물지 못하고 있었다. 악성은 속으로 숫자를 세었다. 그들의 환상이 깨지는 건 시간문제이리라.

속으로 웃으며 제제가 말을 하는 순간을 기다렸다.

"뭘 봐, 구치소가 이따위로 가르쳤냐? 전해라, 사천성에서 귀한 손님이 왔다고."

지독히 차가운 말투.

청년들의 깜짝 놀라는 모습을 보며 악성은 터져 나오는 웃음을 참느라 이를 악물었다.

'응?

곧 안으로 뛰어들어 갈 것 같던 둘은 제자리에서 꼼짝도 하지 않았다.

'왜 저러지? 땀을 뻘뻘 흘리면서 갑옷도 벗지 않고.'

악성은 의아한 얼굴로 소년들을 이리저리 살펴봤다.

명령을 내린 제제의 얼굴이 좀 전보다 차가워졌다.

당장 수를 내지 않으면 두 소년을 죽일 것 같았다. 그녀의 고양한 성질이 어디 가겠는가. 막 나서려던 악성의 발을 묶은 것은 거대한 굉음이었다.

물론 그전에 제제의 호통이 먼저였다.

"벙어리들이냐, 왜 말이 없어!"

꽝—!

두 소년은 정문이 부서지는 소리에 놀라 목을 바짝 움츠렸다.

그래도 움직이지 않았다.

제제는 더 이상 참지 못하겠는지 양손을 바르르 떨면서 구멍난 정문을 가리켰다.

"어서 알리지 못해!"

그때였다. 안쪽에서 한 사내가 급히 튀어나오며 개기름 반짝이는 얼굴을 들이댔다.

"적이 쳐들어 왔느냐! 어디야, 어디!"

땀을 뻘뻘 흘리는 청년들은 눈으로 제제를 가리켰다.

"엥? 적은 어디가고 아리따운 소저만……."

"저분께서 문을 부수고… 문주님을 찾았습니다."

"뭐! 이것들을 뭐에 쓰나. 적이 아니면 응당 안에다 보고를 해야 할 거 아냐! 죄송합니다, 소저. 저것들은 쓸모없이 밥만 축내는 걸 자랑으로 여기는 놈들이지요. 결례를 용서하시고, 문주님을 찾으시는 용건을 말씀해 주시면 잽싸게 알리겠습니다."

사내는 말도 끝내기 전에 청년의 입을 갈겼다.

쥐어박는 수준이 아니라, 악감정이 가득 들어간 동작이었다.

제제의 표정이 이전보다 더욱 굳어졌다.

화가 머리끝까지 치밀었다는 증거였다.

악성은 고개를 저으며 청년들의 다리를 가리켰다.

"화 내지 마. 저들 잘못이 아니니까. 움직이지 못하게 다리를 붙여 놓았네."

"뭐?"

위사들의 다리는 한 번도 땅에서 떨어진 적이 없었다.

일단은 제제의 관심이 배불뚝이 사내로 옮겨진 것에 안도했다.

그러나 그녀의 성격상 그냥 넘어갈 리가 없었다.

배불뚝이 사내를 힐끔 쳐다보고는 가볍게 손을 저었다.

퍽—!

간단한 동작에 사내는 뻥 뚫려진 정문 안으로 날아가 버렸다.

"구치소를 데려오라고, 이 배불뚝이야!"

배불뚝이 사내는 아픔도 잊고 재빨리 일어나 안쪽을 가리켰다.

"아, 안채에 계십니다."

그제야 제제는 악성을 돌아보며 '잘봤지' 하는 얼굴로 웃었다.

"사람을 보낼 테니까 천천히 와."

"그래."

막 제제가 날아간 방향으로 움직이려 할 때였다.

요란한 소리가 뒤에서 들려왔다.

"야, 이 쓸모라고는 눈을 씻고 찾아봐도 없는 새끼들아! 내가 니들 때문에 우스운 꼴을 당해야겠어, 엉! 가뜩이나 다급한 상황에 이게 뭐냐고. 에잇!"

배불뚝이 사내는 위사들의 전신을 마구 차고 때렸다.

'해도 너무 하는군.'

악성은 되돌아 와 사내의 팔을 잡아 비틀었다.

'억' 소리를 내며 무릎을 꿇은 사내의 뒤쪽.

가만히 맞고만 있던 위사 중 한 명이 검을 뽑아 들고 달려들었다.

"그 손을 놓아라!"

그러나 제법 호기롭게 외치던 것과 달리, 갑옷의 무게 때문에 움직여지지 않아 다리를 채 뻗기도 전에 넘어지고 말았다. 쓰러진 위사는 몸을 가누지 못해 허우적거렸다.

악성은 황당한 상황에 사내의 팔을 놓아주며 위사를 쳐다봤다.

"괜찮나요?"

위사는 이어질 악성의 행동이 걱정되는지, 눈에 보일 정도로 허둥지둥댔다.

상관의 곤경을 모른 척할 수가 없었던 모양이다.

"괜찮소. 당신을 때리지 못하게 하려고 했던 것뿐이니까."

악성이 편하게 해주려 말을 했음에도 그는 여전히 떨었다.

"이름이 뭡니까?"

"곽명(郭明)입니다!"

기합이 들어간 목소리였다.

"많이 힘들겠네요."

곽명은 고개를 저었다.

"모두 겪는 과정입니다. 힘들다고 안 하면 언제나 뒤처지게 된다고 배웠습니다. 저는 그런 것이 싫습니다."

당차게 대답하는 모습이 보기 좋았다.

'상관을 위해 자신을 돌보지 않고 달려든 행동이며, 용서를 구하기에 앞서 보여준 당당한 행동. 그리 나쁜 곳만은 아닌 것 같은데?

절로 웃음이 흘러나왔다.

뒤쪽에서 인기척이 들리며 엄청난 거구의 중년인이 달려왔다.

"초, 총령님과 함께 오신 분이십니까?"

"그렇기는 합니다."

"아이구, 죄송합니다. 쓸데없는 부하들 덕분에 제가 자꾸만 살이 빠집니다. 거듭 죄송합니다.”

사내는 이목구비가 살에 파묻힐 정도로 피둥피둥한 자로, 그 때문인지 몹시 간사하게 보였다.

염라문주 구치소.

제제에게 어떻게 당했는지, 두려운 눈으로 악성의 눈치를 살폈다. 주눅 든 티가 팍팍 났다.

“혹시, 총령님의 호위십니까?”

“아니오. 누구를 호위할 정도의 실력은 못 됩니다. 그저… 제 총령과 친구처럼 지내고 있습니다.”

“컥!”

‘치, 친구! 이거 뭐야!’

구치소는 다리가 후들거려 말을 할 수가 없었다.

제제와 친구라면 내로라하는 실력을 지닌 고수가 분명했다.

까딱 잘못하면 그대로 목이 날아갈 수도 있었다.

그의 일생에 있어 어쩌면 최대의 고비일지도 몰랐다.

몸에선 연신 땀이 끊이지 않고 흘러내렸다.

“이, 이쪽입니다.”

“어디 아프십니까? 왜 그리 땀을 흘리시죠?”

“예? 아, 아닙니다. 어서 들어가시지요.”

당황한 얼굴이었다.

‘뭐지?’

이유가 있는 모양이었다.

악성은 모른 척 구치소가 안내하는 곳으로 따라갔다.

마구간 앞에 선 악성은 의아한 눈으로 구치소를 돌아봤다.

“총령님께서 말이 필요하시다고 해서 괜찮은 놈으로 두 마리를 골라 놓았습니다. 들어가시지요.”

‘말?’

안으로 들어가자, 제제가 활짝 웃으며 반겼다.

“이놈, 어때?”

“뭐가?”

“마음에 드냐고.”

“음, 그게… 말이란 거야?”

“…….”

제제뿐만 아니라, 구치소도 난감한 표정이 됐다.

‘저 자식 설마 말을 한 번도 안 타봤다는 말은 아니겠지?’

설마가 사람 잡는다고 했다.

“이렇게 생겼구나. 하하하, 이거 어떻게 타는 거야?”

“……!”

제제는 구치소를 돌아봤다.

“구 문주, 날이 어두워지기 전에 떠날 수 있도록 만들어봐.”

“예? 예.”

어정쩡한 대답이 마음에 안 드는지, 제제의 표정이 사나워졌다.

“왜 그래, 불안해하는 이유가 뭐지?”

“그, 그런 것 없습니다.”

“정말 아무 일 없어?”

제제의 시선이 벼락같이 꽂혀들자, 구치소는 이마를 닦았다.

말 못할 난감한 일이 있는 게 분명했다.

“잠시 자리 좀 비켜줘.”

제제는 악성의 대답도 듣지 않고 구치소를 한쪽으로 데려갔다.

밖으로 나온 악성은 신기한 눈으로 담을 구경하며 걸었다.

얼마나 걸었을까?

건너편 담에서 누군가가 화를 내는 소리가 들렸다.

"너 이 새끼, 너 때문에 내가 한참 어린 새끼에게 팔을 잡혀야겠어? 다 죽어가는 걸 살려줬더니 이제 와서 내 인생을 이렇게 조져 놔? 한 번 죽어봐라, 이 새끼!"

여러 번 밟혔는지 곽명의 얼굴은 퉁퉁 부어 있었다.

배불뚝이 사내가 화풀이 대상으로 찍은 모양이다.

악성은 그냥 지나칠 수 없어 담을 넘었다.

"그만 좀 하세요!"

"헛!"

사내는 깜짝 놀라 그 자리에서 무릎을 꿇었다.

자신을 낮추는 것을 버릇처럼 여기는 자 같았다.

악성이 아무리 강호의 생리를 모른다지만, 남자로서 살아가려면 어떻게 해야 하는지 잘 알고 있었다. 사내를 외면하고는 곽명에게 다가갔다.

"뭣 때문에 그렇게 맞고 있나요?"

악성의 목소리가 딱딱해져 있었다. 한심할 정도로 순진한 곽명의 모습에 화가 난 탓이었다.

"…않습니다."

"뭐라고요?"

악성은 귀를 곽명의 입 가까이 가져갔다.

"강한 무인이 되기 위해선 힘들지 않습니다. 이런 정도의 시련은 얼마든지 견딜 수 있습니다."

악성은 곽명과 눈높이를 맞추기 위해 땅바닥에 앉았다.

진지한 눈으로 곽명을 바라보며 자신의 생각을 말해주었다.

"강한 무인이 되면 뭘 할 거죠?"

"복수를 해야죠. 정천을 싸그리 쓸어버릴 거예요."

"정천? 그들이 그렇게 나쁜 곳인가요?"

"부모님을 죽인 원수입니다. 똑같이 해줄 겁니다. 암황무적군단에 들어가기만 하면 모두 갚아줄 겁니다."

"……!"

악성은 선뜻 뭐라고 해줄 말이 떠오르질 않았다.

눈치를 보던 배불뚝이 사내가 조심스럽게 입을 열었다.

"그저 어린 새끼가 생각없이 지껄이는 말입니다. 신경 쓰지 마세요. 헤헤헤, 그나저나 제가 아까 한 말은 잊으심이……."

"무슨 말 말입니까?"

모른 척해주겠다는 말로 들은 것 같았다.

"용서해 주서서 감사합니다."

악성은 '픽' 하고 실소했다.

"이 사람을 앞으로 때리지 않으면 뭔지 몰라도 용서해 드리죠."

사내의 얼굴이 갑자기 활짝 펴지며 땅에 고개를 박았다.

"걱정 붙들어두십시오. 앞으로는 명… 아니, 곽 소제를 때리는 일은 없을 겁니다. 하면… 저는 가봐도……."

"가보세요."

"감사합니다!"

사내는 나는 듯이 자리를 빠져나갔다.

허둥대는 모습이 어찌나 우스운지 악성은 절로 웃음이 나왔다.

"이보세요, 복수를 하려면 이렇게 무거운 갑옷을 입기보다는 노력을 해야 하지 않나요?"

"아니오. 이걸 입어야 맞아도 덜 아픕니다."

"……!"

악성은 속에서 무언가가 울컥하고 치솟는 걸 느꼈다.

"이제 곧 스무 살이 됩니다. 그러면 염라문의 최고 무공인 염라도법을 완전히 익히게 됩니다."

'염라도법이란 무공은 시간을 정해놓고 그 시간까지 버티면 강해지는 건가? 이상하군.'

악성이 본 염라문은 곽명의 바람을 들어줄 곳으론 보이지 않았다. 사람들의 모습이 어딘가 어설퍼 보였다.

괜히 꿈을 깨게 만들긴 싫지만, 뭔가 도와주고 싶었다.

"지금 배우고 있는 무공인가 보죠?"

"염라도법이라고 이 근방에서는 적수를 찾기 힘든 무공입니다."

처음으로 곽명의 눈이 번쩍거렸다.

"염라도법? 잘은 모르지만, 도법을 잘 쓰는 사람을 보면 어떻게 해야 고수가 되는지 물어봐 줄 테니까, 한번 보여줄래요?"

"저, 정말입니까?"

"예."

곽명은 무거운 갑옷을 입고서 재빨리 검을 꺼내 들었다.

악성이 아무리 무공에 관해서 문외한이라도 검과 도는 구별할 줄 알았다.

"왜 검을 꺼내죠? 도법이라고 하지 않았던가요?"

"스무 살이 되기 전까지는 검이나 도나 똑같습니다."

이곳 사람들이 지어낸 말이리라.

악성의 검미가 꿈틀거렸다.

배움에 있어, 처음이 틀어지면 끝까지 틀어지게 마련이나. 그것은 학문이든, 무학이든 마찬가지가 아니겠는가. 그러나 열심히 검을 들고 움직이는 곽명의 동작을 끝까지 지켜보고 나서야 일어섰다.

"잠시만 기다리세요. 곧 다시 올 테니까."

'화가 나셨다.'

곽명은 악성의 표정이 굳어지는 것이, 자신이 보여준 염라도법이 형편없어서인 줄 알고 고개를 숙였다.

곽명을 가리킨 사람은 배불뚝이 사내일 것이다.

그가 어느 정도의 성취를 얻고 있는지 알아야 제제든 누구에게든 물어볼 수 있었다.

악성이 찾자, 그는 비겁한 웃음을 흘리며 또다시 살살거렸다.

"대인께선 저를 왜……."

"곽명이란 청년이 배운 도법에 관해서 물어보려고요."

"예?"

"염라도법이라고 한답니다."

"아! 푸헤헤헤."

"……?"

사내가 참지 못하고 입을 가린 채로 마구 웃자, 악성은 어리둥절한 표정으로 쳐다봤다.

"대인, 염라도법이란 건 원래 없습니다. 애들을 다루려면 어쩔 수 없이 거짓말을 해야 하거든요."

딴에는 자신의 관리 수완을 자랑하고 싶었던 모양이다. 그러나 악성은 흐뭇하게 웃는 그의 얼굴이 너무도 보기 싫었다. '한 대 패주고 싶다'는 생각과 동시에 손이 저절로 뻗어나갔다.

퍽—!

"켁!"

거짓말로 사람들을 꼬드겨서 얻을 게 뭐란 말인가.

"어찌 저를 때리십니까?"

"나는 때린 적 없소. 종종 손이 말을 안 들을 뿐이지. 어?"

다시 한 번 '퍽' 하는 소리와 함께 사내의 몸이 날아갔다.

"도대체 뭣 때문에 이러십니까!"

일어서는 사내의 얼굴이 퉁퉁 부어 있었다.

그걸 바라보는 악성의 표정이 싸늘했다.

'그 사람은 매일 당하고 살았을 테니 그 정도면 양호한 거요.'

사내의 비명 소리가 몇 번 더 이어졌다.

"앞으로는 거짓말을 절대 하지 마시오. 알겠습니까?"

"예! 예! 예! 예!"

우렁찬 대답이 됐다고 할 때까지 계속됐다.

제제 덕분에 깨어난 몸속의 힘을 처음으로 사용한 것치곤 꽤나 흐뭇했다.

"곽 위사."

악성은 웃으며 곽명에게 다가갔다.

"알아왔습니다. 염라도법, 생각보다 어렵더군요. 처음에 잘 익히지 않으면 나중이 힘들어진다고 합니다."

나뭇가지를 꺾어서 곽명의 손에 들려준 악성은 천천히 자세를 잡았다. 악성이 알고 있는 무공이라고는, 천마신공이 전부였다. 그것도 의 시내로 펼칠 수도 없었다.

그러나 그것만으로도 제제의 공격도 막았지 않은가.

염라도법이란 것은 없지만, 수라도법이란 도법은 있었다.

인상 한 번 쓰고서 얻은 정보였다. 책자를 구할 수 없어 배불뚝이 사내가 펼치는 걸 모두 기억하고 왔다.

"자, 앞발을 처음에는……."

"……?"

따라하려던 곽명은 갑자기 멈춰 선 악성을 이상한 눈으로 쳐다봤다.

악성이 외워온 수라도법은 모두 십육초식으로 이루어져 있었다.

막상 움직이려니, 그 모든 게 필요하지 않을 것도 같았다.

'십육초식 모두가 한 가지에서 파생된 것 같은데?

마안을 통해 넉 달간 하루 세 시진씩 꼬박꼬박 수련을 해온 악성이었다. 그 자신은 모르지만, 이미 상당한 경지에 오른 상태였다.

바둑도 훈수를 두는 사람은 양쪽을 모두 보지만, 실제로 흑과 백을 쥔 사람은 자신의 것만 보이게 된다. 일정한 경지를 벗어나기 전까지는 그 시선에서 벗어나기 힘들었다.

현재의 악성이 그랬다. 보는 눈은 이미 한참을 앞서 있으나, 실제로 펼칠 수 있는 것은 짧았다.

머릿속에서 수라도법의 쓸데없는 동작을 모두 지웠다. 오로지 찌르기 한 초식만을 생각하며 움직였다.

악성의 나뭇가지에서 '쇄액' 하는 소리가 났다.

"우와!"

곽명은 자신이 익히게 될 도법의 위력에 감탄사를 연발했다.

놀라기는 악성 역시 마찬가지였다.

'이거 대단하다! 내가 이런 걸 어떻게 할 줄 알지?'

악성은 자신이 펼친 동작을 몇 번 반복해 보고는 곽명에게 알려주었다.

기대를 전혀 하지 않은 것은 아니었으나 서너 번 동작을 되풀이해서 따라할 정도일 줄은 몰랐다. 십육초식이 아닌 단 한 초식이라 그럴 수 있다 생각했다.

기분이 좋아진 악성은 나란히 서서 함께 연습을 했다.

악성이 몰랐기 때문에 그냥 넘어갈 수 있는 것이다.

제제라도 곁에서 지켜봤다면 결코 곽명을 가만히 내버려 두지 않았으리라. 그만큼 곽명은 뛰어난 자질을 지니고 있었다.

한 가지 악성의 눈에 거슬리는 점이 있다면, 왼팔을 휘두를 때보다 오른팔을 휘두를 때가 훨씬 강하다는 정도?

서로 무공의 초짜들끼리 그런 걸 따지겠는가.

곽명이 악성과 함께 무언가를 열심히 하면서 즐거워하는 것 자체가 좋았다.

제제는 구치소가 긴장했던 이유를 듣고서 도저히 가만히 있을 수가 없었다.

"천궁무백의 아들이 확실해?"

"그, 그게… 데려오고 나서 보니까, 천궁무백의 궁에 있는 표식과 같은 문양이 발바닥에 새겨져 있었습니다."

"누구냐?"

"그 녀석은… 죽었습니다."

"뭐라고?"

"후환이 두려워서……."

구치소는 제제의 눈빛을 보고 입을 닫았다.

천궁무백이 누군가.

세력으로 따지면 암황무적군단와 정천이 현 무림을 양분하고 있었지만, 세력이 아닌 무공 실력만 따지면 제룡과 백리풍을 상대할 고수는 최소한 다섯은 됐다.

구유대제(九幽大帝)가 그랬고, 철전패왕(鐵錢覇王)이 그랬으며, 적각선(赤脚仙)이 그랬다. 이들 외에도 둘이 더 있지만, 그들의 활동 시기가 너무 오래돼서 생사 여부가 불투명했다.

제제가 천궁무백을 기억하는 이유는 한 가지 사건 때문이었다.

이십 년 전, 암황무적군단의 호북지부와 정천의 호북분타가 칠주야 만에 사라진 일이 있었다.

강호는 그 일로 인해 들끓었다.

두 세력을 공격한 곳이 어디냐, 드디어 새로운 세력이 등장하는구나 등등의 말들이 퍼졌다.

그러나 소문과 달리, 그 일을 저지른 사람은 단 한 명이었다.

그가 바로 천궁무백이었다.

홀홀 단신으로 오백 명에 달하는 인원을 몰살시킨 대살성.

그가 왜 그랬는지 제제는 구치소의 말을 듣고서야 이해가 갔다.

구치소가 벌벌 떠는 이유를 알 것 같았다.

"그런 사실을 왜 이제야 고백해! 사천성에는 연락을 취했느냐?"

구치소는 대답을 주저하다가 용기를 내서 말했다.

"그렇게 되면 제가 정말로 납치했다는 걸 인정하는 셈이 되잖습니까. 그래서 못했습니다."

"이런, 병신 같은!"

연락하기엔 이미 늦은 것이다.

"그가 오기로 한 것이 내일이란 말이지?"

"…예."

천궁무백의 일로 머리가 복잡한 제제는 들어오는 악성에게 짜증을 냈다. 악성 혼자가 아니라, 땀 냄새를 풀풀 풍기는 곽명과 함께 들어왔기 때문이다.

"얘는 왜 데리고 왔어?"

"너한테 부탁 하나 하려고."

"부탁?"

"음, 사정은 나중에 말하기로 하고, 염라도법을 익히려면 내공이 필요한데, 내공을 익히려면 어떻게 해야 하는지는 물어볼 사람이 없어서."

"염라도법?"

제제가 구치소를 돌아보자, 그는 어리둥절한 얼굴로 눈만 껌뻑거렸다.

"염라문에는 그런 도법이……."

"잠시만 따로 보자."

악성은 재빨리 제제의 손을 잡고서 방을 나왔다.

제제는 '어어' 하면서도 구치소에게 눈 돌리란 위협을 잊지 않았다.

밖으로 나온 악성은 제제에게 곽명이 내공을 지닐 수 있도록 해달라고 부탁했다. 그러나 그녀의 입장이 지금 그렇게 한가한 입장이 아니질 않은가.

"안 돼. 지금 다른 사람에게 무공이나 전해줄 여유가 없어."

"곽 위사와 약속했는데……."

악성이 난감한 표정을 지었다.

"하여간 지금은 안 되고, 내일이 지나도 내가 살아 있으면 적당한 걸 알려주기로 하지."

"내일? 살아 있다니, 그게 무슨 말이야?"

"응. 좀 골치 아픈 일이 있어."

"……."

제제의 표정이 꽤나 심각해 보였다.

'무슨 일이지?'

다음날.

사십대 중반의 사내가 검은 무복에 궁 하나를 걸쳐 메고 염라문을 찾아왔다.

이십 년 전, 천궁천하(天弓天下)란 강기무공으로 일약 유명인이 된, 무공에 있어서만큼은 몇 안 되는 천재라고 소문이 자자한 천궁무백이었다.

그가 익힌 천궁천하는 화살 한 대 한 대가 모두 강기로 화하는 무공으로, 이기어시(以氣御矢)의 경지에 이르는 것도 꿈만은 아닐 거란 소문이 자자했다.

호북에서 아들을 잃고 이십 년 동안 무수한 싸움을 벌인 대가였다.

아무 짝에도 쓸모없는 허명일 뿐이기도 했다.

아들이 태어나던 날이었다.

만년삼왕을 구하러 간 그 짧은 동안, 그가 평생을 고통 속에서 살아야 하는 일이 일어났다. 바로 만삭의 부인이 애를 낳은 탯줄만 남기고 죽었다.

성수신의(聖手神醫)를 찾아가 부인과 탯줄을 보여주니 부인은 누군가의 손에 죽은 것이 아니라 아들을 낳고 죽었다고 했다, 아들을.

그 후로 이십 년.

그날 그 자리를 지나간 사람을 한 명도 빠짐없이 알아내어 일일이 찾아다녔다.

이제 마지막 한 명만을 남겨놓고 있었다.

구치소란 자가 어떻게 생겨먹은 자인지, 어떤 위치에 있는 자인지는 관심없었다. 단지, 그가 반드시 아들의 행방을 알아야 했다.

만약, 그 역시도 모른다면 그의 분노는 곧바로 무림을 향해 폭발할 것이기에.

서찰을 보낼 필요도 없을지 모른다. 곧장 찾아가 아들의 행방을 묻고 싶었다. 그러나 구치소가 아들을 찾을 수 있는 유일한 단서였다. 혹시나 구치소 역시 아들의 행방을 모르면 더 이상 살아야 할 이유가 없었다.

"외면하지 말아다오."

염라문의 정문을 바라보며 읊조리는 그의 목소리가 애잔했다.

그가 움직이면서 흑포 사이로 드러난 그의 상반신.

왼쪽보다 오른쪽 어깨가 넓었다.

천궁천하를 완성하기 위해서는 반드시 필요한 신체적 조건이다. 균형과는 거리가 멀지만 현재의 그를 만들어준 상체였다.

그는 이미 오래전에 전설이 된 한 사람의 제자였다.

철전패왕.

철전만 지니고 있으면 그를 당적할 자가 없다던 무인이었다.

그러나 천궁무백은 무기가 그와 맞지 않는다는 이유로 과감히 철전을 버렸다.

일렬로 붙이면 어떠한 무기로도 화할 수 있고, 분리되면 그 하나하나가 엄청난 암기로 변하는 철전을 버린 것이다.

대신, 그는 궁을 선택했다.

만년한철을 백 년 동안 제련한 재질의 궁은, 시위를 당기지 않으면 어떠한 무기 대용으로 사용이 가능하고, 시위를 당기면 천하에 다시없는 천궁이 된다.

정문을 지키는 위사들의 나이가 스무 살 안팎으로 보였다.

아들의 나이와 비슷한 그들의 모습에 분노가 또다시 일었다.

아들을 지키지 못했다는 죄책감 때문이었다.

"응?"

악성과 함께 염라도법을 수련하던 곽명의 시선이 정문으로 들어서는 천궁무백한테로 향했다.

'누구지?'

처음 본 중년인임에도 전혀 낯설지가 않았다.

곽명의 시선을 느꼈는지, 천궁무백 역시 고개를 돌렸다.

갑옷을 입고서 땀을 뻘뻘 흘리는 곽명의 얼굴… 어디서 많이 본 듯

한 얼굴이었다. 그래서인지 그 자신도 모르게 희미하게 웃어주었다.

"그만 할까?"

악성은 땀을 닦으며 물었다.

"예? 아니요."

곽명은 악성의 나이를 알고 나서는 말을 편하게 하도록 했다.

이미 호감을 갖고 있던 곽명이기에 악성은 쉽게 말을 놓았다.

"아는 분이니?"

"아뇨. 처음 뵙는 분이세요."

"그래?"

처음 보는 사람한테 보내는 시선치고는 너무 편안해 보였다.

악성과 곽명의 첫 대면을 생각하면 절로 고개가 갸우뚱해지는 모습이 아닐 수 없었다.

이상하기는 천궁무백 역시 마찬가지였다.

곽명에게서 시선을 뗄 수가 없었다.

악성과 함께 움직이는 동작이 눈에 박혀들었다.

'자세가 너무 엉성해. 저런 자세로는 제대로 된 위력이 나올 리가 없다. 조금만 가르치면… 이런, 내가 무슨 생각을.'

가르치는 악성의 자세가 형편없었기 때문에 배우는 곽명 역시 저런 상태이리라.

천궁무백은 안으로 들어서다 말고 방향을 바꾸었다.

"무공을 익히는 중인가?"

악성은 자연스럽게 말을 놓는 천궁무백의 모습에서 제륭과 같은 느낌을 받았다.

강자였다.

제룡처럼 악의없는 느낌을 주는 강자.

대답하는 악성의 표정이 밝았다.

"예. 염라도법을 익히고 있었습니다."

"염라도법?"

"예."

"염라문에 염라도법이라……."

전혀 유명하지 않았다. 아니, 한 번도 들어본 적 없는 도법이었다. 천궁무백은 왜 저런 도법을 익히느라 시간을 낭비하느냐는 듯한 얼굴로 악성을 쳐다봤다.

"자네는 다른 무공을 익히고 있는가?"

"아닙니다. 이것 하나밖에 모릅니다."

사실이었다. 천마신공을 딱히 무공이라고 하기엔 실제로 펼칠 수 있는 초식이 없잖은가?

천궁무백은 혀를 찼다.

'그것밖에 모르면서 엉터리로 사람을 가르치다니. 쯧쯧.'

"저 청년을 가르친 지는 얼마나 됐지?"

악성은 잠시 대답을 하지 못하고 웃었다.

"…하루 됐습니다. 하하하."

"하루?"

천궁무백은 안광을 빛내며 악성과 곽명의 전신을 훑어보았다.

'이상하군. 엉터리 도법이라도 저 정도로 펼치려면 내공이 전혀 없어서는 불가능하거늘. 게다가 단 하루 만에 익혔다니, 대단한 자질을 지닌 청년이구나.'

그의 젊은 시절이 떠올랐다, 철전패왕이 '자질이 뛰어나구나' 란 칭

찬 한마디에 곧바로 제자가 되었던 그때가.

그는 자신도 모르게 당시의 철전패왕과 똑같은 말투로 말을 하고 있었다.

"자질이 뛰어나구나."

"가, 감사합니다!"

곽명은 천궁무백이 다가왔을 때부터 지금까지 눈을 뗄 수가 없었다.

'저분의 말 한마디에 왜 가슴이 설레지?'

천궁무백은 곽명이 기대하던 다음 말을 하지 않자, 피식 웃고 말았다. 강요할 말이 아니기 때문이다. 그런 말은 가슴에서 찌릿한 전기가 흘러야 나오는 말이기에.

'그래도 인연이니……'

그는 곽명의 손에 있던 나뭇가지를 향해 손을 저었다.

"엇!"

곽명의 손을 벗어난 나뭇가지가 그의 손으로 빨려들어 갔다.

"네가 펼치는 도법은 제아무리 높이 올라봐야 대성하긴 힘들다. 인연이라 여기고 선물을 하나 주도록 하지."

"예?"

"잘 보아라. 보고, 못 보고는 네게 달렸으니."

곽명은 마른 침을 삼키며 그의 손에 집중했다.

천궁무백은 나뭇가지의 중간을 오른손으로 잡았다.

"모든 무공의 요체는 밀고, 당기는 힘에 있다."

"……!"

전음이었다.

나뭇가지를 횡으로 눕힌 천궁무백은 크게 소리쳤다.

음파를 차단하여 곽명 이외에는 누구도 들을 수 없게 했다.

"뿌리를 땅에 박는다."

'뿌리를? 아! 발을 의미하는구나.'

다음 동작은 나뭇가지를 회전시켜 앞뒤 사방을 일일이 찍었다.

"기(氣)는 펼친다!"

'펼친다? 나뭇가지가 수면에 닿은 것처럼 퍼지는구나'

잔상 때문에 그렇게 보인 것이었으나, 곽명의 눈에는 모두 실체처럼 보였다.

"몸에서 빠져나간 기는 자연에서 되돌아온다."

마지막 말을 마친 천궁무백은 나뭇가지를 내렸다.

곽명의 눈은 더 이상 커질 수 없을 정도로 커져 있었다.

"보았느냐?"

곽명은 자신이 본 것을 어찌 말해야 할지 몰라서 잠자코 있었다. 그러나 분명히 무언가를 본 것 같기는 했다. 아니, 무언가를 느꼈다고 해야 했다.

"예, 보았습니다."

"하하하! 좋구나."

천궁무백은 나뭇가지를 곽명에게 돌려주고 돌아서려 했다.

악성은 재빨리 고개를 숙이며 감사의 말을 건넸다.

"감사합니다. 명이에게 기연을 베풀어주신 것 감사드립니다."

"응?!"

돌아서려던 그의 신형이 순식간에 돌아섰다.

"지금 뭐라고 했지?"

"명이에게 기연을 베풀어주셔서 감사드린다고 했습니다."

“너도 봤단 말이냐?”

말이 되질 않았다. 곽명에게 그가 전한 것은 일종의 내공심법이었다. 곁에서 볼 때는 나뭇가지를 움직인 것처럼 보이나, 이미 기를 조정하여 운기하는 법을 가르친 것이다.

“오른손을 사용하는 순서라면 봤습니다만, 잊어야 하는 것이라면 잊도록 하겠습니다.”

“……!”

천궁무백의 시선은 악성에게서 떨어질 줄 몰랐다.

왠지 마음에 들지 않는 녀석이었다.

“너는 이곳에서 어떤 신분을 지니고 있느냐.”

“신분은 아니고… 그저 어제 온 손님일 뿐입니다.”

‘손님? 그럼, 염라도법을 접한 것이 어제란 말인가?’

의문은 곧바로 질문으로 이어졌다.

“염라도법을 배운 것은 언제지?”

“어제 명이와 함께 시작했습니다.”

“그럼 조금 전에 말했던 무공이란 것이…….”

“예, 염라도법입니다.”

‘어이가 없어 말이 다 안 나오는구나. 허!’

공개된 자리에서 보여준 무공은 누구든 배워도 된다는 뜻이 포함된다. 무림인들 사이에 통용되는 규칙이었다. 즉, 곽명뿐만 아니라, 악성 역시 천궁천하를 익혔다고 해도 그로서는 할 말이 없게 된 것이다.

무공도 모르는 녀석이 봤을 리 없었다. 그렇게 믿고 싶었다.

“이름이 뭐냐.”

“악성이라 합니다.”

천궁무백은 악성을 왠지 다시 만날 것 같았다.

"기억하마. 내가 보여준 것은 가능하면 잊도록. 무슨 뜻인지는 알겠지?"

"벌써 잊었습니다."

"……."

"……."

두 사람의 눈이 마주쳤다, 악성은 편안한 눈으로, 천궁무백은 은근한 살기를 띤 채.

"저……."

곽명도 자신의 이름을 알리고 싶은 생각에 입을 뗐으나, 뒤쪽에서 들려온 제제의 목소리에 묻히고 말았다.

"암황무적군단에서 총령이란 신분을 맡고 있습니다. 천궁무백 대협이신지요."

깍듯하게 인사를 건네는 제제.

악성은 반가운 얼굴로 제제를 쳐다봤다.

천궁무백의 시선을 계속 받는 것이 부담스러웠던 차에 나타나 준 것이 고마웠다.

"왔구나. 고민하던 일은 잘 해결됐어?"

"아직."

천궁무백은 겉으론 내색하지 않았으나, 속으로는 악성과 제제의 대화가 신경 쓰였다.

암황무적군단에 관해서 그가 알고 있는 사실은 극히 적었기 때문에 총령이란 지위가 어떤 위치인지 알지 못했다. 그러나 구치소의 굽실거리는 태도와 은근히 뿜어지는 기운만으로도 그녀가 꽤나 높은 지위라는 걸 알 수 있었다.

'그럼 이 녀석은 뭐지?'

그런 건 아무래도 좋았다.

더 급하고, 절실한 일이 그에겐 있잖은가.

천궁무백은 제제의 질문에는 대답도 하지 않고 구치소를 똑바로 쳐다봤다. 무시무시한 불길이 그의 눈에서 쏟아지는 것 같았다. 구치소는 제제에게 했던 모든 말을 까먹었는지, 말 잘 듣는 강아지처럼 고개를 움츠러뜨렸다.

"당신이 염라문주 구치소인가?"

"예? 그, 그렇습니다. 서찰에 적힌……."

천궁무백은 고개를 저었다.

"천궁이란 별호는 내 사부님께서 지어주셨다. 서른이 좀 넘어서 제법 이름을 날리니 상으로 주신 모양이야. 그날, 왜 그곳을 급히 떠났는가에 대해서는 묻지 않겠다. 하나, 그 두 눈으로 본 모든 광경은 똑바로 말해야 할 거야. 암황무적군단이란 이름으론 내게 협박이 안 된다는 걸 기억하고."

구치소의 안색이 창백하게 변했다.

제제는 불안한 생각이 머리를 스쳤다.

저 바보 같은 작자가 모두 말할지도 모른다는 생각이 들었다.

슬쩍 제제를 바라보는 구치소의 표정… 울고 자빠졌다.

'혹시 지금?'

아니다 다를까, 구치소는 곧바로 무릎을 꿇으며 통사정을 하는 것이 아닌가.

"저, 저는 잘못이 없습니다. 다 죽어가는 아이를 데려다 살려낸 죄밖

엔 없습니다.”

하얗게 질려서 말을 더듬는 구치소.

천궁무백의 손이 들려지자, 거짓말처럼 구치소의 입이 다물어졌다.

제제는 아차 싶었다. 고수, 그것도 그녀조차 함부로 나서기 겁나는 고수였다. 정면으로 마주보고 있는 구치소의 공포는 아마도 그녀의 상상 이상일 것이다.

그가 머릿속으로 아무리 다른 생각을 해도, 천궁무백의 눈과 부딪치는 순간 말짱 백지장이 되어버렸으리라.

엉뚱한 말을 하기 전에 구치소의 입을 막기로 했다.

“구 문주가 한 말은 진실입니다, 천궁무백 대협.”

“너는 가만히 있어라. 지금 중요한 얘기를 하고 있다. 내 아들은 어디 있느냐.”

“그, 그것이…….”

“갈! 거짓을 말한다면 이곳을 날려 버리겠다.”

“이곳에서 잘 크고 있습니다.”

“이곳에서?”

“……?”

제제는 황당한 눈으로 구치소를 쳐다봤다.

‘무슨 소리야!’

구치소는 제제의 눈을 볼 겨를이 없었다.

“아드님은 잘 크고 있습니다. 대협의 아들인 줄 알았다면 처음부터 데려오지도 않았을 겁니다.”

제제는 문득 의아한 생각이 들었다.

‘아들을 죽였다고 구치소, 지 입으로 말했잖아?’

“데려와라.”

천궁무백의 목소리가 떨려왔다. 이십 년간 생이별을 하게 만든 구치소를 죽여 버리고 싶은 걸 간신히 참고 있는 것이다.

“이곳에 없습니다.”

“뭐라고?!”

조금 전까지만 해도 이곳에서 잘 크고 있다고 하지 않았던가.

천궁무백의 얼굴이 딱딱하게 굳어졌다.

“한 번만 더 묻겠다. 내. 아. 들. 은. 어. 디. 있. 느. 냐!”

“사, 사천성 본단에 있습니다.”

구치소의 한마디에 천궁무백과 제제의 신형이 완전히 굳어버렸다.

‘무, 무슨 말을 하는 거야!’

제제는 구치소의 땀 흘리는 낯짝을 한 대 갈기고 싶었다.

모든 책임에 자기는 빠지고 제제를 끌어들인 것이 아니고 뭔가 말이다.

“큭큭큭.”

천궁무백은 조소를 머금었다.

한동안 그의 자조 섞인 웃음은 계속됐다.

하늘을 바라보는 눈이 허허롭게 변한 순간.

“오늘부로 염라문은 사라진다.”

“대, 대협, 무슨 말씀이십니까! 대협의 아드님은 분명히 본단에 있습니다.”

“아니, 없어.”

“예?”

구치소는 멍한 눈으로 천궁무백을 쳐다봤다.

“내가 제룡과 싸워서 네가 얻는 게 뭐지?”

“그, 그게 무슨 말씀이십니까. 대협의…….”

“너는 암황무적군단의 개다. 개가 짖는 건 주인의 책임이지.”

너무도 조용조용하게 말을 해서 천궁무백이 전혀 화가 나지 않은 사람처럼 보였으나, 반대였다. 너무도 화가 나서 오히려 표정에 드러나지 않는 것이다.

말이 끝나기 무섭게 천궁무백의 손이 구치소를 향해 뻗어갔다.

제제는 상대가 상대인 만큼 천마사우탄을 펼치며 달려들었다.

악성은 지켜보다 안타까운 심정으로 부르짖었다.

‘안 돼! 더 빠르게 움직여야 해!’

천궁무백의 궁과 제제의 천마수, 어느 쪽이 더 날카로운가?

답은 너무도 명확했다.

그녀의 천마사우탄이 일제히 그를 향해 쏟아졌으나, 그의 가벼운 동작에 모두 막히며 전진을 하지 못했다. 그사이, 궁이 흔들리며 그녀의 천마사우탄을 모조리 쳐냈다.

악성은 천궁무백의 한 수에 심장의 떨림이 더욱 심해졌다.

쿵. 쿵. 쿵.

어찌 해볼 수 없는 상황에서만 나타나던 거대한 눈이, 두 눈을 멀쩡히 뜨고 있는데도 보였다. 그 눈 안에서 어지러운 도식들이 마구 쏟아져 나왔다.

‘저 사람을 나무 잔으로 여겨야 한다.’

악성이 머리카락이 되기 위해서는 어쩔 수 없었다.

거리 이 보 반, 이미 그의 궁이 제제의 목을 향하고 있었다.

필사적으로 나뭇가지를 그에게 뻗었다.

"헛, 놈!"

제제의 목으로 향하던 그의 궁이 악성을 향해 돌려졌다.

악성의 목표는 제제가 아니라, 그의 가슴이었다.

머리카락과 나무 잔… 궁과 나뭇가지.

'내 것이 더 날카롭다. 날카롭다…….'

심장의 움직임은 더욱 격렬해졌고, 거대한 눈이 손끝으로 빠르게 움직였다.

슈악—!

공기 가르는 소리가 귀에 들렸다.

그뿐이었다. 그러나 손에서 시작된 경련이 몸 전체로 퍼지는 데 걸린 시간은 순식간이었다.

퍽—!

악성의 머릿속에서만 들리는 소리였다.

'뭐, 뭐지?

기우뚱.

악성의 몸이 허공에서 멈춘 후, 곧바로 아래로 떨어졌다.

귀가 멍멍하고 눈과 코, 입에서 찝찌름한 맛이 느껴졌다.

칠공에서 피가 나고 있는 것이다.

정작 손을 쓴 천궁무백은 믿을 수 없다는 얼굴로 악성을 쳐다보고 있었다.

겨우 나뭇가지 하나 자르는 데 사성에 달하는 내공을 사용했다.

그러고서도 잔떨림이 손에 남아 있었다.

'어제 무공을 배웠다는 놈이 내 궁을 막아?'

살심이 일었다.

그는 아들을 잃고 나서 정(正)과 사(邪)의 개념을 잊었다.

그러나 사도를 추구하는 놈들이 사악하지 않은 척할 때와 정도를 추구하는 놈들이 위선적으로 굴 때는 달랐다.

그가 생각할 때 악성은 무공을 숨겼던 것이다, 그것도 일부러.

손을 들어올릴 때였다.

"그분을 살려주십시오!"

곽명이 다급하게 소리치며 악성을 자신의 몸으로 가렸다.

천궁무백의 고개가 보일 듯 말 듯 좌우로 흔들렸다.

그러자 이번에는 제제가 나섰다.

"그 사람을 죽이는 건 당신 마음이에요. 하나, 그 순간 암황무적군단 전원이 당신과 적이 될 거예요. 할아버지께서 직접 명하실 테니까요."

천궁무백은 들은 척도 않고 걸었다.

"제릉이란 이름을 듣고도 계속 걸을 수 있으면 마음대로 해!"

"……!"

거짓말처럼 제제의 외침에 천궁무백이 멈췄다.

"네 조부가 제릉이라고?"

제제는 참담한 심정이었다. 그러나 천궁무백의 발걸음을 멈추게 하려면 다른 방도가 없었다.

고개를 끄덕였다.

第四章
암황무적군단

너무도 쉽게 나뭇가지가 잘렸다.

궁과 부딪칠 때까지만 해도 자를 수 있다고, 나뭇가지가 더 날카롭다고 생각했다. 그러나 막상 궁에 닿는 순간 '이건 아니다' 란 생각이 들었다.

힘의 균형이 제멋대로 흐트러지며 심장이 멎어버렸다.

안 되는 것이다.

겨우 제제의 주먹질 몇 번 막은 걸로 우쭐해져서는……

생각을 속일 수는 있으나, 마음은 속일 수 없었다.

믿지 않았던 것이다.

인정하고 나자 마음이 편안해졌다.

너무 급하지도, 너무 느리지도 않게 행하면 제자리에 놓이게 되느니……

쿵쿵쿵.

약하게 심장이 뛰기 시작했다.

그리고 닫혀 있던 몸이 열리기 시작했다.

악성은 한 가지를 잊고 있었다.

제룡이 알려준 것은 힘으로 힘을 이기는 게 아니었다. 힘이 아닌 원리로 힘을 이기는 것이었다.

제제를 상대할 때보다 더욱 빠르게 심장이 뛰었음에도 잘리고 말았다. 일어나야 했다. 그런 상대를 제제가 당해낼 리 없었다.

"끄음……."

"깨어나셨군요!"

곽명의 목소리였다.

울먹이고 있었던가?

목소리에 반가움이 가득 들어 있었다.

심장이 다시 뛰면서 거대한 눈이 전신을 마구 움직이는 게 느껴졌다.

"저들은 누구지?"

정신을 잃은 동안 사람들이 서 있는 위치가 이상해졌다.

구치소의 앞에 일곱 명이 나란히 서서 천궁무백을 향해 무기를 꺼내 들고 있었다.

이상한 것은 그들뿐만이 아니었다.

제제가 천궁무백과 나란히 서 있는 것이 아닌가?

"저건 또 어찌 된 상황이야?"

"저들은 무림에서 알아주는 세가와 문파의 가주들이랍니다."

"……?"

“천궁무백 대협과 같은 입장이라고…….”

“아들들?”

“예.”

‘뭐지? 어떻게 약속이나 한 듯이 아들을 찾으러 왔지?’

악성의 생각은 거기서 끊겼다.

제제의 분기탱천한 목소리가 장내를 떠들썩하게 만들었기 때문이다.

“개도 주인은 물지 않아, 이 더러운 자식아!”

구치소의 대답이 악성의 눈을 부릅뜨게 만들었다. 이전의 굽실거리고 쩔쩔매던 그의 모습은 사라지고 없었다.

“헹! 네년은 곧 그 말을 한 걸 후회하게 될 것이다. 흐흐흐.”

비열한 웃음을 지으며 자신의 앞에 서 있는 일곱 명에게 말했다.

“천궁무백은 당신들처럼 현명하지 못하더군. 제법 크게 물었다고 생각했는데 말이야. 지금이라도 늦지 않았어. 아들을 만나고 싶으면 내게 붙으라구, 응?”

이죽거리는 구치소의 얼굴에 자신감이 충만해 보였다.

악성은 곽명을 돌아봤다.

“저 사람이 왜 저렇게 바뀌었지?”

“아까 한 번 싸웠어요. 천궁무백 대협과 제 총령님을 저들이 물러나게 했습니다.”

“뭐?”

사실이었다.

악성이 정신을 잃고 있을 때, 천궁무백이 아들을 포기하고 염라문을 쓸어버리겠다며 궁을 들었다.

그때 구치소가 본색을 드러냈다.

자신의 계획을 말하고 따르라고 한 것이다.

결과는 곽명이 말한 대로였다.

일곱 명의 이름이나 신분은 몰라도 제제가 함부로 나서지 않는 것만 봐도 상당한 고수들임을 알 수 있었다.

주위에는 싸우는 소리를 듣고서 염라문의 무사들이 모두 나와 있었다.

불현듯 떠오르는 생각.

'모두 나와 있다면 아이들이 있는 곳엔 아무도 없지 않을까?

악성은 가능성이 있다고 여겨 곽명을 불렀다.

"명아, 너는… 아니다. 네가 알아볼 리 없지."

곽명은 악성의 팔을 잡았다.

"이름이나 몸에 난 상처 같은 것이 있으면 알 수 있습니다."

"그래? 그럼 물어보고 올게."

"아직 움직이… 셔도 되네요."

악성은 언제 아팠냐는 듯이 가볍게 몸을 털고 일어섰다.

곽명은 신기한 눈으로 악성의 뒤를 눈으로 쫓았다.

곧 싸움이 일어날 것 같은 험악한 분위기였다.

도저히 말을 걸 수 있는 상황이 아니었다.

'어쩐다?

마침 기척을 느끼고 천궁무백이 뒤를 돌아봤다.

"헛! 너, 너는… 어떻게 살아났지?"

제제도 뒤를 돌아보고 악성이 무사해 보이자, '풋' 하는 웃음과 말을 건넸다.

“일어났구나. 괜찮지?”

그녀는 이미 악성의 신기한 몸을 경험한 적이 있지 않던가.

혹시나 했던 그녀의 마음이 한결 가벼워졌다.

천궁무백은 고개를 저으며 자신의 궁을 쳐다봤다.

“정말 모를 녀석이군.”

“저 녀석을 얕본 게 당신의 실수예요. 언제고 당신을 찾아가 복수할지도 모르니, 잘 때 조심하시죠. 홍홍홍. 어쨌든, 저 개자식부터 때려잡자구요.”

‘후후후. 제룡의 손녀가 신경 쓰는 녀석이라… 운이 아니라 특별한 능력이 있다는 뜻인가? 아무튼.’

“나도 저 개자식은 마음에 안 든다.”

천궁무백은 제제의 말에 대답을 해준 뒤, 악성을 향해 웃어주었다.

“너무했나 싶었다.”

악성은 고개를 흔들었다.

“제 잘못도 있습니다.”

“후후후. 알면 됐다.”

“하하하.”

악성의 웃음에 천궁무백 역시 파안대소로 답했다.

구치소는 천궁무백의 웃음에 눈앞의 일곱 명이 안중에도 없다는 걸 깨달았다.

‘어떻게 한다? 저 녀석을 데려와야 하는데…….’

곽명이 악성의 곁에서 한시도 떨어지지 않고 있었다.

그만이 알고 있는 비밀이 밝혀질까 봐 얘기도 못하고, 무슨 꼴인지 몰랐다.

그래서였을까? 해서는 안 되는 선제공격을 감행했다.

"모두 일제히 덤벼! 이미 한 번 물러서게 했잖느냐. 아들을 만나고 싶으면 어서 공격하란 말이야!"

일곱 명은 내키지 않는 표정으로 일제히 날아올랐다.

제제가 움직이려는 순간, 천궁무백이 손을 저었다.

"움직이지 마라. 내가 왜 천궁이라 불리는지 보여주지."

이미 그의 손에는 궁이 들려 있었다.

일곱 명의 신형이 허공에서 곡선을 그리며 그에게 떨어져 내렸다.

그들이 각자의 무기를 천궁무백한테로 향했을 때, 그는 제자리에서 한 자 정도 높이로 떠올랐다. 그들이 조금 더 다가왔을 때, 어느새 그는 궁을 당겨 그들을 겨누었다. 마지막으로 채 이 장이 되지 않는 거리가 됐을 때, 일곱 발의 빛이 그들에게 쏘아져 갔다.

슝—!

빛이 살아 움직였다.

목표한 곳까지 일직선으로 날아가 모두의 단전에 구멍을 내고는 그대로 사라졌다.

깔끔한 동작과 군더더기없는 마무리였다.

"……!"

천궁무백이 땅에 내려서고 나서야 일곱 명의 몸이 바닥으로 떨어졌다.

투두둑—

"우와!"

곽명의 탄성이 터질 때였다.

'획' 하는 음향과 함께 무언가가 천궁무백을 향해 날아왔다.

구치소가 어딘가로 신형을 뽑아 올리는 것이 보였다.

평범한 암기를 던지고 사라질 만큼 둔한 자가 아니었다.

천궁무백은 재빨리 돌을 하나 끌어당겨 구치소에게 던지고는 날아든 물체를 허공에 멈추게 했다.

주먹만한 검은 공.

저런 모양의 암기는 한 가지 외에는 없었다.

"자모백장추(刺毛百丈追)! 모두 피해!"

뾰족한 침이 털처럼 가늘게 만들어져, 백 장 안의 생명체를 모두 없앤다는 무서운 암기다.

츠츠— 차라랏—!

진기로 막을 치기 바로 직전에 터진 자모백장추의 일부가 그를 지나쳤다.

주춤!

뒤쪽에 있는 곽명이 생각났다.

빠져나간 침을 막기 위해서는 현재 펼치고 있는 막을 유형화시켜 고정하고, 몸을 빼내 빨아들일 수밖에 없었다.

무형의 기를 유형화시키기 위해서는 엄청난 손해를 감수해야 한다. 내공의 이 할을 버려야 하는 것이다.

그러나 지금 상황에서는 어쩔 수가 없었다.

뒤로 돌아 끌어당기는 시늉을 했다.

뒤쪽으로 쏟아지던 붉은 침들의 속도가 현저히 줄어들다가, 이내 천궁무백의 손으로 되돌아가기 시작했다.

완전히 모든 침들을 수거한 후에야 그는 진기를 풀었다.

'저, 정말 놀랍다!'

악성은 자신도 모르게 진저리를 쳤다.

인간의 힘이 어느 정도까지 대단해질 수 있는지 처음으로 경외감을 느꼈다. 그렇다고 그의 모습에 마냥 취해 있을 수만은 없었다.

제제의 표정이 무척이나 심각해져 있었기 때문이다.

자모백장추를 막기 위해 무리하게 내공을 운용한 탓이었다.

천궁무백에 의해 단전이 사라진 일곱 명의 인물이 그녀의 뒤에서 기어 나왔다.

"괜찮아?"

악성은 자신도 모르게 달려가 제제의 몸을 이리저리 살폈다.

"뭐, 뭐 하는 거야! 징그럽게……."

살짝 붉어진 얼굴로 악성을 뿌리치며 걸어갔다.

'감히 숙녀의 몸에 손을 대고. 흥! 신세만 지지 않았어도 가만두지 않았을 거야. 그나저나 저런 괴물은 왜 죽지도 않는 거야. 아무튼, 저 자식을 만난 후로 되는 일이 하나도 없어.'

악성을 돌아보다가 절레절레 고개를 흔들었다.

곽명은 의아한 눈으로 제제를 바라보다가 악성의 팔을 잡아당겼다.

"왜?"

"아이들이 있는 곳은 제가 알아요."

"그래?"

구치소는 어깨가 떨어져 나간 한 팔로 무언가를 꺼내 들었다.

"아이들을 찾겠다고? 흐흐흐, 어림없다. 제룡, 한 번 실패했다고 나를 이런 오지에 가둔 벌이 어떤 건지 알려주지."

그의 손에 들려 있는 물체는 자모백장추와 비슷하게 생긴 검은 공이었다. 그러나 달랐다. 천궁무백한테 던졌던 것과 달리 반들거리고 윤이 나는 것이 마치 검은 사과를 연상케 했다.

그는 하늘을 쳐다봤다.

검붉게 노을이 지고 있었다. 마치 그의 생명을 암시하는 듯이 마지막을 불사르고 있는 것처럼 보였다.

"너희들도 똑같아. 천궁무백을 불러들이라고 할 때는 언제고, 나 혼자 죽으라는 거냐? 흐흐흐, 그럴 수는 없지. 너희들의 계획을 완전히 망가뜨려 주마. 모두 죽는 거야, 모두!"

그의 눈빛에 광기가 번뜩거리며 광인처럼 침까지 흘렸다.

곽명이 안내한 곳은 감옥과 별 차이가 없는 지하 석실이었다.

위사들의 숙소라고 했다.

돌 침상 하나에 거적떼기 여러 겹을 말아놓은 이불.

안에는 바싹 마른 사람들이 겁먹은 눈을 하고 있었다.

"얘들이 왜… 헙!"

제제는 석실로 들어서는 순간 코를 막고 뒤로 물러섰다.

민감한 냄새가 석실 전체에서 확 풍겼기 때문이다.

썩은 내였다. 코를 막지 않은 사람은 곽명이 유일했다.

악성은 곽명의 어깨를 두드리곤 고개를 저었다.

"모두 밖으로 나오라고 하자. 그래야 얼굴을 확인할 수 있잖아."

"예. 모두 밖으로 나와. 나와도 돼."

곽명이 이들의 대장쯤 되는 것 같았다.

의심스러운 눈으로 경계를 하던 그들이 하나둘씩 자리에서 일어나 밖으로 나왔다.

악성과 제제가 곽명과 함께 밖으로 나왔다.

단전이 부서진 칠 인은 안으로 들어가 자신들의 아이를 찾겠다고 아직 나오지 않고 있었다. 덕분에 입구에는 아직 한 명도 나오질 못했다.

툭―

미세한 음향.

데구르르―

"……!"

천궁무백의 안색이 크게 변했다.

"자모백장추는 용케도 막았다만, 이건 어떻게 막을 테냐! 크하하하… 컥! 나만 죽는… 것이 아니다… 천뢰… 폭… 크허억!"

그것이 침 흘리는 구치소의 마지막 목소리였다.

천궁무백이 어느새 곽명의 검을 빼앗아 던졌기 때문이다.

"천뢰폭(天雷暴)! 저 미친놈이 그걸 어떻게 구했지? 어서 피해! 천뢰폭이 터지기 전에… 어서!"

이미 지하에는 천뢰폭이 들어간 상황이었다.

안으로 들어가는 것은 자살 행위였다.

제제는 재빨리 악성을 겨드랑이에 끼고 날아올랐다.

지하실 입구에서 가능한 한 멀리 떨어지기 위해서였다.

"안 돼요! 저들을 버리고는 떠날 수 없어요!"

천궁무백은 곽명의 어깨를 잡아챘다.

"늦었다."

"아니… 헉!"

천궁무백이 곽명의 마혈을 제압해 버렸다.

제제는 악성을 데리고 백여 장 가까이 전력을 다해 피했다.

그제야 뒤쪽에서 엄청난 굉음이 터졌다.

쿠콰콰콰―!

“…….”

악성은 엄청난 굉음에 할 말을 잃어버렸다.

곽명을 구하지 못한 죄책감에 멍한 눈으로 그곳을 쳐다봤다.

“내려놔.”

“…….”

제제는 내려놓을 생각이었으면 처음부터 데려오지 않았다.

“부탁이다.”

“이미 죽었어!”

“아닐지도 모르잖아.”

이때, 천궁무백의 목소리가 두 사람의 대화를 끊었다.

“모두 죽었다.”

“대협! 명아!”

악성은 얼굴이 환해지며 눈물만 흘리는 곽명의 손을 잡았다.

곽명은 천뢰폭의 영향 때문인지, 얼굴에 회색 먼지가 잔뜩 묻어 있었다.

천궁무백이 가볍게 손가락을 튕겼다.

곽명은 눈물 자국이 선명한 자신의 얼굴을 닦을 생각은 않고, 갑옷 안에 지니고 있던 땀 내나는 수건을 천궁무백한테 건넸다.

“고집을 부렸습니다. 죄송합니다.”

“…….”

천궁무백이 폭발을 막느라 화상을 입은 모양이었다.

화상에는 수건을 대는 것이 아니다. 짓물러진 살이 완전히 벗겨지기 때문에 오히려 상처가 덧날 수 있다. 그러나 천궁무백은 아무 말 없이 받아들였다.

"고맙다."

말은 그렇게 하지만, 그는 아들을 잃었다는 슬픔 때문에 제 정신이 아니었다.

곽명은 동료를 잃은 슬픔에 천궁무백의 슬픔까지 느껴져 눈물이 멈추지 않았다.

악성은 폐허가 된 건물과 담벼락을 바라보며 한숨을 내쉬었다.

*　　　*　　　*

염라문이 바라다 보이는 언덕 위.

붉은 옷을 입은 인영 둘이 시선을 한 곳에 고정시킨 채로 서 있었다. 둘은 무기가 아니면 거의 구분하기 어려울 정도로 닮아 있었다.

한 명은 검을, 한 명은 도를 차고 있었다.

검을 찬 자가 먼저 말을 꺼냈다.

"십 년 노력이 한순간에 사라졌군요. 혈왕(血王)께서 화를 많이 내시겠습니다."

그는 내용과 달리 목소리가 차분하게 가라앉아 있었다.

도를 찬 자가 비슷한 목소리로 말을 받았다.

"겨우 한 곳이 무너졌을 뿐입니다."

"그렇죠. 한 곳일 뿐입니다. 그륵그륵……."

"천궁무백은 염라문을 사라지게 하고 강북칠우(江北七友)의 공동 적이 됐네요. 저들의 식솔들을 모두 합치면 삼천 명쯤 됩니다. 정파도 사파도 아닌 자들은 의외로 인간들을 많이 끌어당기지요.”

“암황무적군단과 정천이 모두 나서면 재미있는 일이 일어나겠는데요? 키키키.”

“천궁무백을 상대할 고수를 꼽으라면, 현재 활동하는 자들 중에는 제룡과 백리풍 정도겠네요. 빨리 감숙성으로 가고 싶네요.”

옷차림 때문에 그들의 얼굴이 더욱 하얗게 보였으리라.

이를 드러내며 웃는 모습이 기괴해 보였다.

구치소가 죽으며 말한 ‘너희들’이 이들이었다.

아무짝에도 쓸모가 없는 구치소를, 아주 중요한 인물로 세뇌시킨 장본인들이었으며, 암황무적군단주 제룡의 손녀가 천궁무백과 함께 있다는 사실을 모르는 자들이기도 했다.

혈왕이란 자를 보좌하는 회섬마검(回閃魔劍) 추경과 단혼마도(斷魂魔刀) 패륵이었다.

*   *   *

폐허가 된 자리에 남겨진 네 사람.

한동안 아무 말도 하지 못하고 가만히 있었다.

제제가 먼저 말을 꺼냈다. 말보다는 궁시렁에 가까웠다.

“말도 못 구하고 이게 뭐야. 언제 돌아가냐고.”

악성은 고개를 휙 하고 돌리며 제제를 나무랐다.

“가만히 좀 못 있어? 사람이 몇십 명이나 죽었어. 게다가 그 아이들의 부모일지도 모르는 사람이 일곱이나 죽었다고! 좀 진지해질 수 없겠냐!"

"그게 나와 무슨 상관인데."

"총령대원 넷이 죽었을 때보다 더 슬퍼야 할 일이야!"

"그러니까, 그게 나와 무슨 상관이냐고!"

제제도 알고 있었다, 천궁무백의 슬픔이 특히 크다는 것도.

그러나 그건 그거고, 악성에게 혼이 나는 건 다른 문제였다.

그녀의 자존심을 건드린 것이다.

악성은 악성대로 화가 머리끝까지 치밀어 올랐다.

"너같이 이기적인 애가 어떻게 어르신한테서 나왔는지 모르겠다."

"뭐야! 너 말 다했어?"

"그래, 다했다."

"이게 정말!"

"두 분 그만하세요!"

곽명은 충혈된 눈으로 악성과 제제를 노려봤다.

"그만 하세요. 그만하시라고요!"

"……."

"……."

악성과 제제는 곽명의 울분에 찬 목소리에 입을 다물었다.

악성은 눈물이 뚝뚝 떨어지는 곽명의 눈을 볼 수 없어 고개를 돌렸다.

수건으로 양손을 감싼 천궁무백이 일어섰다.

곽명에게 다가간 그는 갑옷을 잡았다.

땅—!

"……!"

곽명의 갑옷이 반으로 갈라졌다.

오른쪽과 왼쪽의 균형이 맞지 않는 바짝 마른 몸이 그대로 드러났다.

“……!”

천궁무백은 너무 놀라 오히려 이를 악다물어야 했다.

무거울까 봐 갑옷을 벗겨준다는 것이, 이런 엄청난 결과를 초래한 것이다.

곽명의 갑옷을 잡고 있는 손이 떨렸다.

‘저 체형… 내가 놀림받던 어린 시절의 그것이다.’

인위적으로는 얻을 수 없는 체형… 아들이었다.

그는 떨리는 몸을 간신히 진정시키며 입을 뗐다.

“저, 정말로 곽씨였구나…….”

“……?”

곽명은 갑작스런 상황에 눈물만 흘리며 천궁무백을 쳐다봤다.

“나와 함께 가자.”

“…….”

“네 동료를 죽인 자들에게 복수를 하고 싶지 않느냐? 내 무공이라면 네게 힘을 줄 수 있을 것 같은데, 어떠냐.”

곽명은 대답할 수가 없었다. 아니, 대답할 상황이 아니었다.

천궁무백의 말이 이어졌다.

“아니다. 너는 나와 무조건 함께 간다.”

“……!”

곽명의 눈이 찢어질 듯 커졌다.

악성은 또다시 나서려는 제제의 손을 잡고서 고개를 저었다.

알 것 같았다, 천궁무백이 왜 처음 본 순간부터 곽명에게 관심을 가졌는지를.

'아들이었어.'

절로 입가에 미소가 지어졌다.

"명아, 사부님께 인사드려야지."

"저, 저는……."

"당당해도 돼. 네가 잘못한 게 아니야. 누구라도 어쩔 수 없는 상황이었다. 천궁무백 대협처럼 강한 사람이 됐을 때 다시 보자꾸나."

"크흑… 흑흑……."

곽명은 마른 몸을 무너뜨리며 마구 울었다.

소리 내어 우는 모습이 얼마나 절실했는지, 보고 있던 악성도 눈시울이 뜨거워졌다.

'뭐야, 이 자식, 촌뜨기가 알면 얼마나 안다고… 왜 갑자기 멋있어 보이는 거야. 으아!'

제제는 자신의 가슴이 두근거린다는 걸 믿을 수가 없었다.

총령대원이 아닌 다른 사람들의 목숨에 대해서는 한번도 궁금해 본 적이 없었다. 궁금할 이유가 없잖은가. 그녀와는 아무 상관없는 자들의 죽음 따위, 알고 싶지 않았다.

그러나 악성을 보고 있자니, 전염이라도 됐는지 절로 따라 울게 됐다. 더구나 도저히 시선을 뗄 수가 없었다.

'그때는 몰랐었는데, 이제 보니 제법 남자다운 구석이 있는 것도 같고… 아닌가?'

그녀는 고개를 갸우뚱하며 악성의 얼굴을 요모조모 뜯어보았다.

외면하고 있지만 천궁무백은 겉옷을 벗어 곽명의 몸을 씌워주면서 모두 보고 있었다.

'둔하긴…….'

악성을 가리킨 말이었다.

한마디 해줄까 싶었는지, 악성을 똑바로 쳐다봤다.

그러나 고개를 섯고는 돌아섰다.

'감정이란 것이 말을 한다고 알게 되는 건 아니지. 후후후.'

"이보게, 내 본명이 뭔지 아나?"

"……?"

느닷없는 전음에 악성은 주위를 두리번거렸다.

"전음이란 걸세. 자네에게는 말해줘야 할 것 같더군. 내 본명은…곽무백일세. 후후후."

"아!"

악성은 탄성을 질렀다.

이미 곽명의 아버지일 것이란 걸 짐작했으나, 귀로 직접 듣게 되자 절로 탄성이 나오고 말았다.

"곽명!"

곽명은 악성의 부름에 뒤를 돌아봤다.

"좋은 성을 가졌다는 걸 알려주고 싶어서."

곽명은 지금까지 볼 수 없었던 해맑은 웃음을 지었다.

"예, 감사합니다."

떠나가는 천궁무백, 아니, 천궁 곽무백 부자의 모습이 시야에서 완전히 사라지자, 제제가 표독스런 눈으로 악성을 쏘아봤다.

"뭐야."

"응? 뭐가?"

“나 몰래 저 치가 뭐라고 했지?”

‘귀신이네.’

“아, 아니야, 무슨 소리를 해?”

“흠…….”

제제는 눈을 흘기고는 엉망이 되어버린 염라문을 둘러봤다.

“성한 것이 없네. 휘유…….”

*   *   *

“염라문 소문 들었어? 천뢰폭이 터졌다지 아마?”

“천궁 대협이 무슨 일로 그렇게 화가 났나 몰라. 지난 몇 년간은 조용했잖아?”

“그러게 말이야. 염라문이 소문은 안 났어도 암황무적군단의 지부잖아. 그걸 알고서도 건드린 건가? 혹시… 암황무적군단을 상대로 전쟁이라도 벌이려는 거야? 암황무적군단하고 정천의 싸움이 끝난 지 얼마나 됐다고.”

웅성웅성—

사람들은 대화를 나누면서도 한쪽으로 자꾸만 시선을 던졌다.

벌써 몇 번이나 주루 안의 인간들을 모조리 때려죽이고 싶은지, 참고 또 참는 제제였다.

“저것들이 사람을 처음 보나.”

“네 얼굴 때문이지. 예쁘잖아.”

악성이 씨익 웃어주었다.

“그, 그래?”

발그레…….

제제는 홍조를 띠우며 입을 조밀하게 오므렸다.

모르는 사람이 봤다면 황홀해질 만도 한 표정이었으나, 이미 한 번 깨본 경험이 있는 악성에겐 징그러운 표정으로밖에 보이지 않았다.

"밥두 먹기 전에 왜 그래?"

"으응? 뭐라고?"

"얼굴도 갑자기 빨개지고."

"나 예쁘다며?"

"말 안 하면."

"그게 무슨 말이야."

"말하면… 탄로나잖아."

"뭐가?"

제제의 목소리가 점점 격앙되어 갔다.

"빨리 말해."

"있네요, 그런 게."

악성은 주위로 시선을 돌리며 말을 얼버무렸다.

제제의 노려보는 모습이 예사롭지 않았다.

"그나저나 사람들이 온통 천궁무백 대협에 관한 얘기들뿐이네."

제제는 잔뜩 화가 난 얼굴이 됐다.

"뭐라고 지껄이든 나하고 상관없어."

"또!"

"뭐!"

"너하고 왜 상관이 없어. 네가 명이를 구해줬잖아."

"내가 구해주고 싶어서 구했냐. 네가 나를… 구하려다 다쳐서 나도 모르게 그렇게 한 거지. 홍."

"어쨌든 구했잖아. 그럼 상관이 있는 거지."

"아, 몰라, 그 얘긴 그만해. 안 그래도 짜증이 여기까지 올라와 있으니까."

제제는 손가락을 머리에 댔다.

"연락을 한 지가 언젠데 아직도 안 오고 있어. 하여간 만나기만 하면 다 죽을 줄 알아."

이번엔 총령대원들의 늦장에 화를 냈다.

더 말을 했다간 또 성질을 내리라.

마침 옆 자리의 대화도 천궁무백에 관한 얘기여서 신경을 돌릴 수 있었다.

"쯧쯧쯧, 저렇다니까. 천궁무백이든, 염라문이든 모두 사파의 무리들일 뿐이거늘. 무량수불."

도복을 입은 모습이 꽤나 점잖아 보이는 도인이었다.

"제가 보기에도 그렇습니다. 왜들 저리 난리인지. 클클."

도인의 말에 대머리가 완전히 벗겨져, 얼핏 보면 중처럼 보이는 노인이 말을 받았다. 마치 자신도 그 정도는 얼마든지 할 수 있다는 투였다.

"염라문이 암황무적군단의 청해지부라는 건 다들 알고 있는 사실입니다. 오히려 악의 무리가 사라진 건 축하할 일이지요. 무량수불."

"명불허전. 노도께선 역시 현문(玄門)의 기둥 중 한 분으로 손꼽히실 만합니다."

주먹까지 불끈 쥔 대머리노인의 눈에서 감탄이 떠올랐다.

"별말씀을. 대협의 나혼벽력검법(儺魂霹靂劍法)의 위력이야 저에 비

하면 한참이나 위쪽에 계시지요. 나혼수라(儺魂修羅)의 검이라면 저도
양보하렵니다. 허허허."

악성은 두 사람의 대화가 천궁무백을 비꼬는 대화임을 알면서도 재
미있었다. 서로를 추켜세우는 모습이 나빠 보이지 않았기 때문이다.

"저분들은 누군데 저렇게 말을 하지?"

제제는 슬쩍 두 노인을 쳐다봤다.

"몰라. 본 적 없는 노인네들이야."

"그래?"

"그래 봐야 정파의 인물입네 하고 고개 뻣뻣이 드는 노인네들뿐이지
뭐."

비웃음까지 섞어서 좀 전보다 크게 말했다.

"흥, 말이야 쉽지. 천궁무백이 이 자리에 있으면, 아마 한마디도 못
했을걸?"

두 노인의 시선이 제제에게로 향했다.

"무량수불, 젊은 사람들이 못하는 소리가 없군. 노도는 점창(點蒼)의
고목(古木)이라 하네. 말이란 조심해야 하는 법일세."

노도인의 말에 제제의 표정이 살벌하게 변했다.

"지들은 함부로 얘기하면서 우린 왜 못해?"

"뭐야!"

나혼수라가 탁자를 '탕' 하고 때리며 눈을 부릅떴다.

"네년이 한 얘기가 뭔지나 알고 있느냐? 천궁무백이 이 자리에 있으
면 한마디도 못할 자들이라고? 내가 누군 줄 알고 그따위 말을 해! 내
가 바로 나혼수라다, 이 썩어 뒈질 종자야!"

"네년? 죽고 싶냐!"

말릴 사이도 없이 제제의 양손이 곧바로 나혼수라의 얼굴을 향해 날아갔다.

푸—학!

나혼수라는 엉겁결에 팔을 들어올렸다가 팔목 어림이 움푹 뜯겨져 나갔다.

제제의 공격은 거기서 그치지 않았다.

“천마연환수(天魔連環手)!”

허공에 뜬 상태에서 연속으로 손을 휘저었다.

“헛, 처, 천마신공이다!”

눈앞에서 번쩍이는 수영(手影)을 알아보고 고목 대사는 기함을 지르며 검을 떨쳤다. 사일검(射日劍)이었다. 검끝이 제제의 손을 목표로 반복해서 움직였다.

“칫!”

한 수만 더 몰아세우면 나혼수라를 죽일 수 있었건만, 사일검 때문에 제자리로 돌아올 수밖에 없었다.

“정파란 것들은 하여간… 자신없으면 처음부터 말을 조심했어야지.”

나혼수라의 얼굴이 벌겋게 달아올랐다.

천마수에 의해 뜯긴 상처를 지혈시키며 뒤로 물러섰다.

주루 안의 모든 소음이 정지됐다.

천마신공이란 말이 가지는 파장은 생각보다 큰 모양이었다.

더구나 시선들이 곱지 않았다.

“그만하자.”

악성은 제제를 만류하며 자리에서 일어났다.

제제는 아직 성이 차지 않았는지, 할 말을 마저 했다.

"이런 자들은 제대로 혼이 나봐야 정신을 차려. 천마신공을 알아보고 꼬리를 마는 꼴이라니."

나혼수라는 상처 부위를 옷으로 감은 다음 제제를 똑바로 쳐다보며 말했다. 기세가 이전과 크게 달라져 있었다.

"강호의 위계질서가 사라진 지 오래됐다고 해도, 어린 것이 함부로 나대는 꼴은 죽어도 못 본다. 따라 나오너라. 버릇을 단단히 고쳐주마."

"오, 그러서. 어디 얼마나 단단히 고치는지 봐주도록 하지."

제제의 당찬 말은 허세가 아니었다.

그러나 그녀가 보지 못하는 부분을 악성은 보고 있었다.

주루에 있는 몇몇의 행동이 유난히 닮았다는 느낌을 받았다.

나혼수라가 다쳤을 때, 고목 대사가 나선 것처럼 저들도 그렇게 하면 낭패가 아닐 수 없었다.

'이럴 때는 어떡해야 하지?'

제일 강한 사람을 제압해야 한다. 그것도 다른 사람들이 나설 수 없을 정도의 강한 힘을 보여줘야 한다.

천산에서 곰들과 맞닥뜨렸을 때, 그들의 우두머리를 한 방으로 제압한 적이 있었다.

아무리 흉포한 놈들이라도 기가 꺾이게 마련이다.

지금의 제제는 분명히 나혼수라를 이길 수 있겠지만, 다른 자들을 선동하는 빌미를 제공할 수도 있었다.

밖으로 나간 악성은 제제 대신 앞으로 나섰다.

"뭐야?"

"계단을 잘못 디디면 크게 혼난다는 걸 알려주려고."

"뭐?"

"그런 게 있어."

언제부터인지 몰라도, 악성이 나서면 제제는 한 발자국 뒤로 물러서게 됐다. 만난 지 며칠밖에 지나지 않았으나, 본능적으로 악성이 해를 끼치지 않는다는 걸 알게 된 까닭이다.

악성이 한 말에는 얼마 전의 경험이 담겨 있었다.

계단을 내려갈 때, 계단의 수를 잘못 세어 낭패를 당하는 경우가 있다. 마지막 계단이 없다는 것도 모르고 발을 내디디게 되는데, 이럴 때 크게 다치게 된다. 그 충격으로 인해 내장이 상하는 경우도 있다.

강도는 천지 차이지만, 천궁무백과의 대결 당시에 악성은 그런 생각이 들었다.

나뭇가지와 그의 궁이 부딪치는 순간.

악성의 내부는 텅 비어버리고 말았다.

전력을 다한 힘들이 갈 곳을 잃고 몸 안으로 되돌아왔고, 그 힘을 해소하기 위해 칠공에서 피를 뿌려야 했다.

악성이 지닌 힘의 근원은 피[血]였다.

심장에서 시작된 피의 순환이 일종의 운기조식과 같은 역할을 하는 것이다. 걸으며, 잠자며, 움직일 때조차 운기를 하는 것과 같은 원리였다.

그때의 경험을 시험해 보고 싶었다.

나혼수라는 악성이 나서자, 화가 머리끝까지 뻗친 얼굴로 검을 들었다. 제제가 아니라는 사실에 마음이 놓인 것을 그런 식으로 표현한 것이다.

그러나 나혼벽력검법 삼초식 나혼벽(羅魂壁)을 구성으로 펼치고 나서 후회했다. 악성이 나뭇가지 하나만 덩그러니 들었을 때, 제제가 말리지 않았다는 것을 알았어야 했다.

나뭇가지와 부딪친 그의 애검 나혼검.

땡―!

경쾌한 소리와 함께 반으로 잘려 버렸다.

땅에 부딪친 반쪽 부분이 튕겨 오르며 그의 얼굴을 때렸다.

짝―!

"헛!"

뺨에 붉은 자국이 생긴 그는 황당한 표정이 됐다.

마치 악성이 일부러 한 것처럼 됐기 때문이다.

악성의 중얼거림을 그만이 들었다.

"이상하네. 부러지는 순간 정신을 잃어야 하는데……."

'저, 저놈은 자기가 이길 줄 알고 있었던 거야. 일부러 기를 감추고 나를 유인하다니! 이놈이고, 저년이고 암황무적군단의 종자들을 상대하려 한 내 잘못이다.'

고목 대사의 안타까운 시선이 좌우로 돌아갔다.

"내가, 졌다."

이를 악다물고 검을 바닥에 꽂았다.

제제는 참고 있던 웃음을 마구 터뜨렸다.

"호호호, 저 꼬락서니 하고는. 천궁무백이 뭐 어떻다고? 목이나 길게 빼. 단칼에 베어줄 테니까!"

정말로 나혼수라의 목을 벨 기세였다.

지켜보던 고목 대사는 도저히 나서지 않을 수가 없었다.

"너희들은 처음부터 우리를 노리고 있었구나. 기를 숨기고 덤벼들길 기다리다니. 아무리 사파에 물든 자들이라고 해도, 하늘이 두렵지 않느냐!"

"하늘? 흥! 하늘 같은 소리하고 있네. 둘이서 한꺼번에 덤비려고 지금 수작 부리는 걸 모를 줄 아느냐! 어디 이 대 이로 한 번 싸워보자."

악성의 귀에는 제제의 음성이 들리지 않았다.

이전과 다름없는 손이었으나, 천궁무백과 겨룬 이후에 완전히 달라져 있었다.

'된다. 내가 더 날카로웠어. 날카롭다고 믿으면 되는 거였어. 기절하지 않은 건, 아직 천궁무백 대협처럼 강하지 못해서였을 거야. 조금 더 노력하면.'

악성은 이미 나혼수라의 공격이 몸을 상하게 하지 못할 거란 걸 알고 있었다. 심장의 두근거림이 천궁무백을 상대할 때보다 훨씬 약하게 뛰었기 때문이다.

"야!"

제제의 짜증 섞인 목소리가 그제야 들렸다.

"……?"

"어쩔까?"

"뭘?"

"저들이 같이 덤비려고 하는데 너 혼자 할 거야, 같이 할 거야?"

나혼수라는 낭패 가득한 얼굴이었고, 고목 대사 역시 땀을 흘리는 모습이 긴장한 듯 보였다.

의도한 대로 이루어진 것이다.

"그만하자. 저들도 잘못한 걸 알았겠지."

"허이구, 정인군자 나셨네, 나셨어."

"그러니까 네가 큰 소리로 말하지 않았으면 이런 일은 없었을 거 아냐."

"내 입 갖고 내가 말하는데 누가 뭐래? 뭐라고 하는 놈이 이상한 거야."

"또!"

"뭐!"

악성과 제제의 말싸움에 고목 대사와 나혼수라는 허탈해지고 말았다. 자신들이 뻔히 지켜보고 있는 상황에서 신경도 안 쓰인다는 것이 아니고 뭐겠는가.

두 사람은 고개를 가로저으며 황급히 자리를 떠났다.

"어? 거기 안 서!"

"그만하라니까."

제제는 떠나는 두 사람과 악성을 번갈아 쳐다보며 발을 동동 굴렀으나, 악성은 뭔가 뿌듯한 느낌이 가슴에 차오르는 걸 느끼고 빙긋 웃었다.

"다 왔다. 저기야."

제제는 멀리 보이는 암황무적군단의 정문을 가리켰다.

"……!"

위쪽을 바라보던 악성은 정확한 모습을 볼 수는 없었으나, 둔지가 제법 평평하고 넓게 다져진 걸로 봐서 꽤나 큰 규모였다. 그러나 점점 정문으로 다가갈수록 악성은 눈이 휘둥그레졌다.

청해성을 지나오면서 수많은 문파를 지나쳤으나, 단연코 암황무적군단만큼 큰 정문은 본 적이 없었다. 게다가 양쪽으로 끝이 보이지 않는 건물이란……

"정말 크군."

"너무 놀랄 것 없어."

"둘러보는 데만 해도 꽤나 걸릴 것 같은데?"

"걸어서 둘러보면, 일 년 정도는 걸릴걸?"

제제는 얄미운 웃음을 짓고는 정문으로 다가갔다.

그그긍—!

거대한 비명을 지르며 정문이 열렸다.

그녀를 알아본 정문 위사들이 분주히 움직이는 것이 보였다.

그녀의 당당함은 천산에서부터 느껴왔지만, 지금은 그때에 비할 바가 아니었다.

'이제 어르신을 뵐 차롄가. 어찌 지내고 계실까?'

제룡을 생각하자 절로 웃음이 나왔다.

고집스런 얼굴로 또 무슨 말을 할지…….

제제의 독촉하는 목소리가 들렸다.

"빨리 와."

"알았다."

악성이 약간 얼이 빠진 표정으로 다가가자, 제제는 암황무적군단의 위용에 위축됐다고 여겼는지, 촌사람 취급을 했다.

"표정이 그게 뭐야, 혹시 주눅 든 거야? 호호호."

"주눅은 무슨."

위사들이 '총령님, 오셨습니까!' 하는 우렁찬 인사와 함께 절도있는 동작으로 마차가 있는 곳을 안내했다.

제제는 양쪽 건물 사이에 준비된 여러 대의 마차 중 한 대에 몸을 실었다. 밖으로 보이는 그녀의 눈이 웃고 있었다.

악성은 마차를 가리키며 마부에게 물었다.

"이건 뭐죠?"

마부는 갑자기 땅으로 뛰어내리더니 배가 발에 닿노록 허리를 숙였다.

"죄송합니다. 다들 알아서 문을 여시기에 가만히 있었던 것뿐입니다. 한 번만 용서해 주십시오."

"아, 아니, 이 마차에 왜 타야 하냐고요."

"예? 아! 암황무적군단은 생각보다 훨씬 넓습니다. 편의를 위해 마련한 마차입니다. 문을 열어드리겠습니다."

제제가 떠나며 웃었던 의미를 이제야 어렴풋이 알 것 같았다.

대단한 신분으로 말해놓은 모양이다.

쓴웃음을 짓고는 마차에 올라탔다.

'별걸 다 즐거워하는군. 후후후.'

마차는 빠르게 건물들을 지나쳤다.

건물을 자세히 보기 위해 마차 창문 밖으로 고개를 내밀자, 백여 명이 늘어선 행렬 앞에 한 사내가 서서 뭐라고 지시를 내리는 모습이 보였다.

저렇게 많은 사람들이 모여 있는 모습은 난생처음이라, 잠시 고개를 돌려가며 지켜봤다.

암황무적군단의 체계는 엄격했다.

일신사마구로사패(一神四魔九老四覇).

일신은 제륭, 사마는 사마군, 구로는 원로원의 천마구로, 사패는 암황사패를 가리키는 말이다.

암황무적군단 내의 대소사를 처리하는 최하위 계열은 암황사패였다. 그들의 결정은 곧바로 제륭한테 전달되는데, 이는 사마군이 은거에 들어갔기 때문이다.

물론, 제륭의 부름이 있을 때면 언제든 나타나는 은거였다.

정천과의 싸움이 끝난 지금, 사마의 자리는 일종의 명예로운 자리로 남아 있을 뿐, 직접적인 영향력을 행사하진 않았다.

당연히 암황무적군단에 속한 젊은 자라면 암황사패에 속하길 원했다. 암황사패는 마검각(魔劍閣), 마도각(魔刀閣), 마창각(魔槍閣), 마환각(魔幻閣)이었다.

이들 네 곳은 암황무적군단의 젊은 층의 신분 상승을 위한 장으로 이용되는데, 선발 기준은 나이 십오 세의 제자들 중 자질을 심사하여, 상좌, 중좌, 하좌의 순으로 받아들였다.

암황사패가 맡고 있는 이들 네 곳은 각주가 따로 존재했다.

얼마 전까지는 정천과의 싸움 때문에 관리할 시간이 없더니, 이젠 새롭게 생겨나는 세력들을 상대하느라 본단에 붙어 있을 날이 없었다.

마검각주 위지무(魏志務)는 부각주 인도부보다 네 살이나 어린 스물아홉 살이었으나, 인도부와는 비교도 할 수 없는 빠른 눈치를 지니고 있었다. 위지무는 이미 열다섯 살부터 싸움판을 누빈, 눈치 하나는 누구도 당해낼 수 없는 자였다.

인도부가 명단이 적힌 장부를 건넸다.

“각주님, 이번 마웅관에서 나올 자들 중 괜찮은 자들을 뽑았습니다.”

“그래? 실력은 확인했나? 나가서 죽을 녀석들은 뽑지 마.”

“결과는 천마구로께서 확인해 주실 겁니다.”

“알았다.”

정천과 싸우며 자연스럽게 형성된 둘만의 모습이었다.

위지무와 인도부가 있는 곳에서 멀지 않은 곳.

“흘흘흘.”

그것을 지켜보던 눈에 살짝 주름이 잡혔다.

웃는 것이다.

그에게도 저런 때가 있었다.

독안마군(獨眼魔君)은 자신의 한쪽 눈을 슬쩍 긁었다.

싸움에서 잃었던 기억 때문인지 괜스레 한 사람을 떠올렸다.

‘주군께선 기억이나 하실는지. 흘흘흘.’

시선에 아쉬움이 가득했다.

사마군 전원이 모이는 날이었다.

그들이 모시는 신(神), 제륭의 부름이 있었다.

그들은 제륭이 젊었을 때부터 한 몸이 되어 강호를 질타하며, 항상 그의 그림자가 되었던 이들이었다.

제륭이 인정한 고수들이기에 ‘군(君)’ 이란 외호를 받았다.

다른 셋도 와 있을 것이다.

독안마군이 멈춘 곳은 마웅관이었다.

지하 삼층, 지상 오층으로 구성된, 겉에서 보기엔 오층 전각으로 보이는 건물.

“이번엔 쓸 만한 물건이 나올라나.”

이번 마웅관에서 출관하는 자들에겐 특별한 혜택이 주어진다. 바로 사마군들의 무공 한 가지씩을 배울 수 있는 특혜였다.

말은 그럴듯하지만 우선은 사마군의 눈에 들어야 가능했다.

'마웅관이 아무리 괜찮은 녀석들을 배출해도 배만 살찌게 되는 것을 왜 모르실까. 머리가 똑바로 서야 아래 몸통 역시 중심을 잡거늘. 주군은 왜 후계자를 받지 않으시는지… 흘흘흘. 지금 내가 뭘 하고 있는 건가. 천하의 사마군이 칠주야를 싸워도 이길 수 없는 분을 걱정하다니, 나도 이젠 늙었나 보군. 그나저나 또 얼마큼이나 강해지셨을라나……..'

강해진 것은 제룡뿐만이 아니었다.

사마군들 역시 전에 비해 한 단계 올라선 후였다.

'한 번 싸우자고 말씀드려 볼까? 흘흘흘.'

독안마군은 생각만으로도 흥분되는 걸 느꼈다.

독안마군이 선 마웅관 정문의 반대편.

마차에서 내린 악성은 눈앞의 건물을 보며 입을 다물 수가 없었다. 모든 것이 너무나 신기했다.

마차가 선 건물, 마웅관.

거대한 용이 전각을 감싸고 곧이라도 날아오를 듯했다.

높이는 무려 오층에 달했고, 전각 앞에 선 악성을 위협하듯이 노려보는 것 같았다.

"정말 대단한 곳이다!"

제제는 아직 도착하지 않았는지, 마차가 보이지 않았다.

전각 전체가 어두운 회색빛만 아니면 정말 낙원에 온 것이 아닌가 싶을 정도로 아름다운 곳이었다.

천산에서부터 입고 왔던 상의를 벗었다.

날씨가 너무 더웠다.

심장도 두근거림이 멈추지 않고 계속 쿵쾅댔다.

"알아서 찾겠지. 휘유, 너무 덥다."

전각의 처마 아래로 간 악성은 땀을 닦으며 앉았다.

어질거리는 것이 영 좋지 않았다.

침이 바싹 마르며 입술이 급격히 갈라졌다.

'이곳까지 오는 동안 특별히 잘못 먹은 음식도 없는데, 왜 이러지……'

저쪽에서 한 노인이 손에 이상한 풀을 들고서 다가오고 있었다.

천천히 걷는 모습이며 자세가 영락없는 의원이었다.

반가운 마음에 노인한테 다가가 말을 걸었다.

"저… 의원님, 말씀 좀 여쭙겠습니다."

노인은 잠시 서서 뒤를 돌아보고 다시 좌우를 살폈다.

"나? 나를 불렀느냐?"

"여기에 의원이 또 있나요. 음……"

노인의 농담에 웃을 기운도 없었다. 반면에 노인의 안색은 딱딱하게 변해갔다.

"다름이 아니고, 제가 추운 곳에서 처음으로 나왔습니다. 더워서 견디기가 너무 힘이 드네요. 초행인데다 아는 사람도 없던 차에 뵙게 돼서 다행입니다."

나름대로는 친밀감을 섞은 말이었다.

노인의 눈이 한쪽뿐이란 것도 말을 쉽게 걸 수 있도록 해주었다. 뭔가 불안정하다는 공통점이랄까? 악성은 아는 사람이 아무도 없다는 불안함과 노인은 한쪽 눈이 없다는 불안함, 묘하게 정감이 가는 노인이었다.

노인이 갑자기 파안대소를 터뜨렸다.

"파하하하!"

"몸이 몹시 덥고 입 안이 바싹 마릅니다."

노인은 무엇이 그리 즐거운지, 한참을 웃는 것에 그치지 않고 악성의 이모저모를 찬찬히 뜯어봤다.

"치료를 해달라는 말이렸다?"

의원한테 증상을 말한 것이 치료 이외에 또 무엇이 있단 말인가.

"예? 예."

"어디 보자."

노인은 악성의 손목을 잡았다.

거리낌없이 손을 내주는 모습에 노인은 이채를 발했다.

'신기한 놈이군. 전혀 위험을 감지하지 못하는 걸 보니, 무공을 모르는 녀석 같은데? 어떻게 이곳에 왔지?'

그가 지금까지 살아오면서 이렇게 긴 대화를 한 경우는 제룡과의 대화를 제외하고는 한 번도 없었다. 말보다 검이 먼저 나가는 데에야 대화란 있을 수 없잖은가.

'나, 독안마군을 일개 의원으로 만들어? 괘씸해서라도 그냥은 못 가지, 암. 흘흘흘.'

피를 볼 장소가 아니기에 적당한 벌을 주기로 했다.

"몸에 열기가 없어 그런 모양이다. 적당히 열을 낼 수 있는 방법을 알려주마. 그래도 별 차도가 없으면 다시 찾아오너라."

악성은 활짝 웃었다.

독안마군은 그 모습에 마음먹었던 것보다 조금 약하게 손을 쓰기로 했다.

"이제부터 하늘만 봐라. 어지럽더라도 참아내는 것이 좋아."

"예, 의원님."

악성이 고개를 들어올리자, 독안마군의 눈썹이 역 팔 자로 변하더니 몸에서 은은한 적광이 흘러나왔다.

악성은 몸을 부르르 떨었다.

양손 끝에 찌르르한 느낌이 잠시지간 계속되다가 멈췄다.

"다 된 겁니까?"

침을 놓는다고 느꼈다.

따끔거리는 느낌이 이젠 손목 근처까지 번졌다.

"······?"

기다려도 대답이 없기에 앞을 쳐다봤다.

"어?"

독안마군이 있던 자리에 아무도 없었다.

눈을 비비고 다시 주위를 돌아봤으나, 여전히 아무도 없었다.

"여기 있었네, 한참 찾았잖아!"

뒤쪽에서 제제가 화를 내며 다가왔다.

"왔어?"

제제는 입술이 바싹 마른 악성을 보며 고개를 갸웃거렸다.

"왜 그래?"

"아니야. 의원한테 치료를 받았으니 괜찮을 거야."

'의원? 이곳은 마의전(魔醫殿)과 한참 떨어진 곳인데.'

이상하긴 했으나, 마부한테 말해서 들렀을 수도 있다고 여기고는 넘어갔다.

"의원? 어디 아파?"

"응. 몸에서 자꾸 열이 나고 어지럽다."

악성의 이마를 만졌다.

"앗, 뜨……!"

정말로 열이 많았다.

무공을, 그것도 자신의 천마사우탄을 막아낸 악성이 병을 앓는다? 이상했다.

"힘들면 할아버지 만나는 걸 뒤로 미룰까?"

"아, 아니야. 어르신은 뵈어야지."

목소리에 여전히 힘이 없었다.

"……."

第五章
천마신공

독안마군이 악성에게 내려준 처방은, 무공을 모르는 사람이 고통을 느낄 정도의 아주 작은 양의 천마신공을 몸에 넣은 것이 전부였다.

오늘이 지나기 전에 심장까지 도달하리라.

그렇게 되면 극심한 고통과 함께 죽게 된다.

이상이 있으면 다시 찾아오라는 말은 괜히 한 말이 아니었다.

'괘씸한 놈, 감히 나를 보고 의원이라니. 그나저나 너무 오랫동안 자리를 비웠나? 나를 몰라보는 녀석을 보니 싱숭생숭한걸? 흘흘흘.'

독안마군의 생각은 거기서 멈춰야 했다.

연못가에 모인 사람들이 눈에 들어왔다.

모두 세 명.

삼마군들이 둥그런 탁자에 앉아 있었다.

독안마군의 지정석이 따로 있는 것처럼 한 자리가 중간에 비어 있었다.

“다들 모였군.”

독안마군은 웃으며 오랜 동료이자, 친구들의 얼굴을 찬찬히 훑었다. 미간에서 광대뼈까지 긴 상처가 난 마영마군(魔影魔君)이 일어나며 반겼다.

“왔는가, 잘 지내는가 보이.”

독안마군은 활짝 웃으며 손에든 풀을 보여주었다.

“자네들 주려고 선물을 가져왔네. 홍련(紅蓮)일세. 열매를 맺어서 가져왔다네. 하나씩 들어보게.”

거대한 체구의 노인이 제일 먼저 일어나 홍련을 덥석 잡았다.

독안마군은 성질 급한 그를 보며 다시 한 번 웃었다.

“답답한 친구도 왔군 그래.”

“엥? 그 고얀 심보는 아직도 못 고쳤어? 답답이 아니라, 탑탑마군(塔塔魔君)이란 별호가 있다고 백 년 동안 떠들어야 되나!”

탑탑마군이 눈을 커다랗게 뜨며 독안마군을 당장이라도 때려죽일 듯이 주먹을 쥐자, 우렁찬 목소리에 의해 연못이 출렁거렸다.

탑탑마군의 별명이 ‘답답’이란 건 이들 네 명은 모두 알고 있었다.

나이가 들어도, 만난 지 십 년이 흘러도, 여전히 즐거운 이들이었다.

싸움을 하지 않을 때는 이들도 평범한 노인들인 것이다.

“껄껄껄!”

“허허! 아직도 여전하구만. 허허허!”

“킬킬킬!”

소소마군(笑笑魔君)은 웃으며 말을 말했다.

“그동안 잘 지냈는가, 독안?”

“잘······.”

“잘 지낸다니, 그럼 됐네.”

소소마군은 독안마군의 대답을 들을 생각도 않고 매몰차게 고개를 돌렸다.

마영마군이 때를 놓치지 않고 소소마군을 도왔다.

“나는 절대 저렇게 유치한 짓은 하지 않는다.”

“나는 자네의 그런 점을 늘 깊이 존경하네.”

독안마군은 소소마군의 장난에 파안대소를 터뜨렸다.

“원, 하하하하!”

“크크크!”

다들 연못이 떠나가라 웃었다.

악성은 전각 안으로 들어서며 또 한 번 감탄사를 터뜨렸다.

겉에서 보던 회색빛 암울함은 사라지고 천장부터 바닥까지 모두 화려함으로 도배가 되어 있었다.

“눈부시다······.”

벌써 몇 번째나 되뇌는 말인지 몰랐다.

옆에 있던 제제가 그 모습에 실소를 터뜨렸다.

“왔느냐!”

악성은 낯익은 음성에 중앙을 바라봤다.

제룡이 웃으며 걸어오고 있었다.

“어르신!”

반가움에 다가가 인사를 건넸다.

“그간 별래무양하셨는지요.”

“그러지 못했다.”

침통한 음성이었다.

“무슨 일이라도 있으십니까?”

“빌어먹을 녀석아! 죽기 싫으면 빨리 오라고 했잖아!”

“아아⋯⋯.”

제제는 깜짝 놀란 표정을 지었다.

‘할아버지께서 지금 자, 장난을 하신 거야?’

뭔가 다른⋯ 그저 천산에서 한 번 본 사이라고는 여겨지지 않는 분위기였다.

지금까지 제룡이 누군가의 등을 저렇게 친근하게 두드리는 모습을 그녀는 본 적이 없었다.

마치 손자와 할아버지의 모습이라고 할까?

은근히 심술이 나서 입술을 씰룩였다.

그녀에겐 한 번도 보여주지 않은 모습이었다.

“할아버지, 이 녀석과 어떻게 아세요?”

“이 녀석? 다 큰 녀석이 말버릇하고는. 쯧쯧쯧.”

“쟤도 그렇게 하라고 했어요. 말 돌리지 마시고요, 예?”

“내가 손녀사위로 점찍은 녀석이다. 됐느냐?”

“엑!”

제제의 안색이 파랗게 질렸다.

제룡이 이렇게 뒤통수를 칠 줄이야 누가 알았겠는가.

“누구 마음대로요!”

제제는 발작적으로 소리를 질렀다.

악성 역시 당황해서 말까지 더듬었다.

"어, 어르신, 장난이 심하십니다."

"푸하하! 농담이다. 둔한 녀석이 어색해할까 봐 일부러 장난 좀 쳐 봤다. 놀라기는. 흐흐흐!"

"어르신도, 참."

"뭐야, 취소해서 실망한 게야? 푸하하!"

"어르신!"

악성이 화가 난 듯한 얼굴이 되자, 갑자기 제제가 발끈해서 소리쳤다.

"왜 네가 화를 내는데? 화를 내야 하는 사람은 나야!"

화를 내려면 조금 전에 냈어야 하는 거 아닌가?

악성은 어이없는 얼굴이 됐다.

"할아버지께서 농담한 것 가지고. 칫!"

제제는 말을 마치고는 정말로 기분이 나빠진 것처럼 고개를 돌렸다.

'이것 봐라?'

제룡은 제제의 모습에 이채를 발했다.

악성의 한마디에 발끈하는 모습이라니.

'재밌다! 천산에 보내길 잘했어. 푸하하하!'

"경솔했습니다. 죄송합니다, 어르신."

"네가 죄송할 게 뭐야. 그건 그렇고… 이곳가지 오는 길에 일은 없었느냐?"

"……."

악성이 제제를 돌아봤다.

"없어요."

"그래? 그럼, 염라문과 주루에서 난리를 친 건 뭐냐."

"흥! 내 이럴 줄 알았어. 총령대원들이 안 올 때부터 알아봤어야 했어. 으… 분해. 할아버지께서 고생시키려고 마음먹으신 거죠?"

제제는 분하다는 듯이 새침한 표정을 지었다.

내심으로는 제룡이 보호를 해주고 있었다는 생각에 좋아하고 있었다.

"아니, 그건 천산을 내려와서고. 그전의 일은 몰라. 가만히 너희들이 오길 기다리기 심심하잖느냐. 흐흐흐."

"제하고는 말을 놓기로 했습니다. 사연은……."

"이봐! 너 지금 무슨 말을 하려고 하는 거야."

"어르신께서 천산에서 일이 궁금하다고 하시잖아. 말씀드려야지. 왜, 찔리는 거 있어?"

"아, 아니, 그런 게 있을 리 없잖아. 얌전히 잘. 지.냈.으.니.까. 그렇지?"

바라보는 눈에 은근히 살기가 느껴진다.

악성은 눈을 살짝 피하고 헛기침을 한 후에 말을 이었다.

물론, 제제가 자신을 죽일 뻔한 일과 계곡에서의 일은 수위를 조절하여 말하는 것도 잊지 않았다.

제제는 가슴을 쓸어내렸다.

'휴, 솔직히 말할 줄 알고 가슴 졸였잖아.'

"사고나 치고. 쯧쯧, 처음부터 이 녀석을 찾았으면 고생할 일은 없었을 것 아니냐."

"그냥 찾아도 될 것 같아서……."

제제는 슬쩍 눈을 돌려 악성을 바라봤다.

그리고 보니 그녀 때문에 악성이 죽을 뻔한 일은 그때 이후로 한 번도 떠올린 적이 없었다.

미안한 생각이 들었다.

문이 열리며 비녀가 차를 들고 들어왔다.

"들어가겠습……!"

비녀는 제제를 발견하고 그 자리에서 굳어버렸다.

제제가 돌아왔다는 얘기를 정문 위사한테 들어서 알고 있었지만, 돌아오자마자 이곳에 있을 게 뭔가.

"오, 오셨습니까, 아가씨."

"뭐 해, 들어오지 않고."

"예…….'

악성은 비녀가 왜 손을 덜덜 떨며 찻잔을 놓는지 이해를 할 수 없었다. 딱해 보여서 내려놓은 찻잔을 받아주었다.

그런 행동은 비녀를 더욱 곤란하게 만든다는 걸 모르고 한 행동이었다.

"힉! 두십시오. 제가 하겠습니다."

"놓은 걸 옮기는 것뿐인데요, 뭐."

제제의 눈꼬리가 올라갔다. 그녀의 못된 성미가 나오기 전에 선행되는 습관으로, 이미 그걸 잘 아는 비녀의 얼굴은 사색이 되어버렸다.

"똑바로 놓지 못하겠어! 손님이 네 일을 도와야 할 만큼 어려운 일이냐?"

"죄, 죄송합니다, 아가씨. 용서해 주십시오."

보다 못한 악성이 비녀의 편을 들어주었다.

"말이 너무 지나치잖아. 특별히 잘못한 것도 아닌데."

'어? 제 아가씨께 반말을?'

비녀는 그 외중에도 신기한 눈으로 제제를 쳐다봤다.

"넌 나서지 마. 사사건건 정말이지. 이곳에선 특별히 잘못하지 않아서도 안 돼. 특별히 잘해야 한다고. 모르면서 끼어들긴."

"……."

악성은 일순 할 말을 잃고 멍한 표정으로 제룡을 돌아봤다.

제룡은 피식 웃기만 할 뿐 이렇다 말은 하지 않았다. 아니, 오히려 지금 상황을 즐기는 것처럼 보였다.

비녀는 비녀대로 어찌할 바를 몰라 눈치 보기에 여념이 없었다.

"나가봐. 한 번만 더 실수하면 네가 있을 곳은 이곳이 아니라, 제후전(帝后殿)이 될 거야."

"……!"

비녀는 몸을 움찔거리고 나서 재빨리 몸을 돌렸다.

나가면서 악성에게 고개를 숙이는 걸 잊지 않았다.

'더 있어봐야 내게 이로울 것이 없다.'

제제는 판단이 서자마자 자리에서 일어났다.

"할아버지의 명령이었더라도 마중 나오지 않은 건 책임을 져야죠. 좀 씻고 저녁 때 뵐 게요."

"흘흘흘. 사마군이 모두 모여 있다. 오랜만에 너를 보면 무척 반가워하지 않을까?"

"어머! 정말요?"

제제는 처음으로 어린애처럼 기뻐하는 표정을 지었다.

'사마군? 친한 분들인가 보구나. 휴, 덥다.'

악성은 시간이 지나면서 또다시 더워졌다.

제제가 먼저 자리를 뜬 것은 악성을 배려한 행동이란 걸 알고 있었다.

"너……."

"저……."

제룡과 동시에 말을 꺼냈다.

"먼저 말헤."

"말씀하시지요."

또다시 동시에 나왔다.

먼저 말을 꺼낸 사람은 악성이었다.

"주신 것 잘 받았습니다."

무슨 설명이 필요하겠는가.

마안을 깨워 천마신공을 익혔다는 말이었다.

제룡은 다 알고 있다는 듯이 웃었다.

"그래? 뭘 받았는지 볼까?"

"얼마 전까지만 해도 꿈만 꾸었습니다."

'그랬겠지.'

"한 달간은 아무것도 모르고 지나쳤습니다. 한데, 석 달이 지나 어르신께서 남겨놓으신 글을 보았습니다."

'아하! 그래서 늦었군.'

"그러다 어르신의 손녀를 만났습니다."

제제가 있을 때 말하지 않은, 소축에서의 일을 간략하게 말해주었다. 약간의 마찰이 있었고, 다행히 불같이 뜨거운 기운이 몸 구석구석을 돌아다니며 치료를 해주었다는 것과 커다란 눈과 마주쳐 놀란 거며, 눈을 통해 제룡의 목소리를 들었다는 얘기까지 모두 말했다.

'불같이 뜨거운 기운이란, 마안을 통해 전해준 천마신공이 분명할 테고. 하나, 천마신공이 몸을 치료했다는 말은 이해할 수가 없는걸? 내 목소리를 들었다라… 그건 더 이상하고.'

악성은 설명이 끝났음에도 제룡이 이렇다 할 말을 하지 않자, 머쓱한지 찻잔을 입에 댔다.

'혹시… 아니지. 마안에는 다른 원리는 없다. 그저 천마신공을 내공 없이도 펼칠 수 있게끔만 해놓았거늘.'

제룡은 상, 중, 하 삼단전을 지니고 있었다.

백 년이란 세월이 그에게 남겨놓은 것이다.

아닐 것이다. 천마신공을 깨우쳐도 나뭇잎은 얼마든지 자를 수 있었다. 아마도 빙정을 흡수하는 과정에 몸에 단전이 생겼을지도 몰랐다.

"그걸 한 번 볼 수 있겠느냐?"

나무 잔을 자를 수 있겠냐는 질문이었다.

악성은 주저하지 않고 머리카락 한 올을 뽑아 흙으로 빚은 찻잔에 올려놓았다.

"……."

한참 동안 찻잔을 노려보던 악성이 서서히 손가락에 힘을 주었다. 그러자 시간이 지나면서 찻잔이 조금씩 잘려지는 것이 아닌가. 땀까지 뻘뻘 흘리는 모습에 그만두게 했다.

"됐다."

제룡은 혹시나 했던 생각을 접었다.

악성의 양손에서 천마신공의 열기가 흘러나온 것이다.

그래도 그 정도면 굉장한 소질이 아닐 수 없었다.

단 넉 달 만에 찻잔을 자를 정도라면 능히 자질을 인정받아 마땅했다.

그러나 은근히 허전한 것은 어쩔 수가 없었다.

'처음부터 뭔가를 기대하고 전해준 것이 아니잖은가. 에잉, 그나저나 정말로 고수가 되긴 됐네. 흘흘흘.'

"한데… 제가 죽는다는 말씀은 어떤 의미인지요?"

"네가 죽어? 왜?"

악성은 고소를 지었다. 이미 예상한 제룡의 장난이었으나, 심한 갈증을 느끼면서 불안한 마음에 말한 것이었다.

"나무 잔에 그렇게 써놓으시지 않으셨습니다."

"아! 푸하하, 빨리 오라고."

"예?"

"네 녀석이 빨리 오라고 썼다고!"

"아, 예에……."

역시나 별 의미 없는 글이었다.

촤악—!

물을 끼얹는 소리가 욕탕을 울렸다.

물방울이 매끄럽게 이어진 곡선을 타고 내려갔다가 솟아오르더니, 이내 완만한 경사를 이루며 아래로 내려가 발끝에서 바닥으로 떨어졌다.

제제는 욕탕에 몸을 담그고 생각에 잠겼다.

젖은 머릿결이 등을 치렁하게 감쌌다.

물기 가득한 손을 들어 흑발을 뒤로 넘겼다.

만년빙에 갇혔을 때 다쳤던 옆구리가 생각났다.

설련실을 복용한 덕분에 말끔해진 상태였다.

손가락을 허공에 대고 튕겼다.

피피핏—

물방울이 제제의 손톱에 닿기 무섭게 세 개로 갈라지며 벽을 향해 날아갔다. 날아간 물방울들이 벽에 닿으려 하자, 이번에는 손가락을 차례대로 감아쥐었다.

갑자기 욕탕 안에 진풍경이 연출됐다.

실오라기 하나 걸치지 않은 나체의 움직임에 따라 욕탕 안을 가득 메우던 수증기가 서서히 돌아가기 시작했다.

휘르르릇—

모두 여덟 개의 물방울이 제제의 손에서 튕겨 나갔다.

먼저 튕겨낸 세 개의 물방울은 여전히 수증기와 함께 돌고 있었고, 새롭게 튕겨낸 여덟 개의 물방울은 반대 방향으로 쾌속하게 날아갔다.

'삼변된 형상은 이루어졌다. 하나에서 셋으로, 여덟으로. 셋과 여덟이 부딪치면 아무것도 남지 않게 된다.'

제제의 손이 빨라질수록 물방울들의 회전 역시 빨라졌다.

좌측에서 우측으로, 우측에서 좌측으로.

욕탕 안이 들끓기 시작하며 마구 요동쳤다.

'흡(吸)!'

손을 양쪽 가슴으로 끌어당기는 시늉을 했다.

물방울들이 한 치도 어긋남 없이 손을 따라 움직였다.

머릿속으로 그려지는 도식.

'천마사우탄!'

가슴으로 끌어당긴 열 손가락을 일제히 개방시켰다.

엄청난 속도로 휘돌던 물방울들이 갑자기 충돌을 일으키며 위쪽으로 올라갔다.

떨어지는 물방울들.

쿠콰쾅—!

밀폐된 욕탕 바닥을 무수히 뚫어버리고서야 폭음은 멈췄다.

푸스스슥—

"꺅! 아가씨! 어디 계세요! 아가… 꺄아아아아악!"

엄청난 폭음에 한 달음에 달려온 비녀가 호들갑을 떨며 들어왔다가 제제의 나신을 보고 비명을 지르며 쓰러졌다.

"호들갑은……."

수건으로 몸을 감싼 제제는 개운한 상태로 방을 나섰다.

뒤늦게 달려온 비녀들.

제제가 수건 하나만 걸치고 욕탕에서 나오자, 제자리에 멈춰 서서 숨을 죽였다.

"붉은색 옷을 입고 싶다. 준비해."

"……."

"빨리!"

"예!"

천마사우탄이 완벽해졌다.

'이 정도면 녀석도 살아나지 못할걸?

악성이 자신을 구하기 위해 빙벽으로 던졌을 때가 생각났다.

총령대원들을 죽였다는 오해를 받으면서도 제제를 구해주었다. 또 천궁무백과 싸울 때도 제제를 구하기 위해 몸을 날렸다.

제릉 때문에 그랬으리라.

모른 척하고 싶었다. 다른 이유를 생각하기엔 자존심이 허락지 않았다.

'몰라. 상황이 그랬던 건데, 뭐. 아무리 그렇게 두들겨 팬 나를 좋아해서 그런 거겠… 좋아해서?'

생각만 했는데도 얼굴이 빨개졌다.

'뭐야, 이거!'

제릉은 기다리는 손님이 있어서 잠시 자리를 비우겠다며 나갔다. 악성은 저녁 식사 전까지 딱히 할 일도 없고 해서 마웅관 주위를 둘러보고자 밖으로 나왔다.

손목의 시큰거림은 완전히 사라진 후였다.

제릉 앞에서 펼쳐 보였던 '나무 잔 자르기' 덕분인 듯, 몸이 한결 개운해졌다.

"천산하고는 많이 다르구나."

악성이 천지인의 조화에 집착하는 이유는, 마치 경전이라도 되는 것처럼 하루도 빼놓지 않고 읊조리는 아버지의 모습을 잊지 않기 위해서였다.

문득, 외눈 노인을 만나서 얘기를 나눴듯이, 누군가에게 이곳에 관해서 묻고 싶었다.

다행히 사람을 만나는 건 어렵지 않았다.

마웅관을 몇 발자국 벗어나지 않아 한 사람을 만날 수 있었다.

정복을 갖추고 걷는 모습에서 위압감이 흘렀다.

악성은 용기를 갖고 말을 건넸다.

"안녕하십니까, 말 좀 여쭙겠습니다."

일반적인 곳에서라면 문제될 것이 없는 인사였다. 그러나 이곳은 암황무적군단이었고, 상하의 위계 질서가 생명과도 직결되는 곳이었다.

청년은 마검각주 위지무였다.

누가 말을 건다고 받아줄 신분이 아닌 것이다.

암황사패의 각주 신분이라면 충분히 그럴 만했다.

질문하는 악성에게 반문하는 것이 당연하다 여길 만큼.

"너는 어디 소속이냐."

'너?'

악성은 잘생긴 청년의 입에서 제제를 처음 만났을 때와 같은 말투가 흘러나오자, 고개를 저었다. 이 사람은 통과였다. 골치 아픈 경험은 제제 하나만으로도 충분했다.

"제가 잘못 봤군요. 궁금한 것이 있어서 물어보려 했을 뿐입니다. 방해가 됐다면 죄송합니다. 가시던 길 재촉하시지요."

"……."

위지무는 악성의 황당한 반응에 안색을 굳혔다.

'이자는 누구지?'

대답은 하지 않고 먼저 외면한다?

있을 수 없는 일이었다.

겉으로 보기에 무공을 익힌 흔적을 찾을 수 없어 혹시 어마어마한 고수일지도 모른다는 생각에 잠시 말하기를 주저했다. 눈치라면 산전 수전 공중전까지 치른 그였기에 이토록 신중한 것이다.

무엇보다 그를 헷갈리게 만든 조건이 있었다. 바로 이곳이 무공을 익히지 않고는 출입할 수 없는 마웅관이었다. 더구나 정말로 악성의 몸에서 기를 전혀 느낄 수가 없었다.

외부 손님일지도 모른다는 생각에 간신히 성질을 누그러뜨렸다.

“물어보시오.”

말투도 달라졌다.

악성은 위지무의 돌변한 행동에 얼굴을 활짝 폈다.

“예? 하하하, 정말 얼마 만에 친절한 분들을 뵙는지 모르겠습니다. 저는 천산에서 온 악성이라 합니다.”

“천산?”

‘아! 제의 신분이 총령이라고 했지?’

악성은 머리를 두드리고는 다시 말했다.

“제 총령과 함께 천산에서 왔습니다.”

“헛! 제, 제 총령!”

위지무는 조금 전에 물러선 것이 얼마나 다행인지 스스로를 독려하며 놀란 가슴을 진정시켰다.

‘제 총령님을 친구처럼 불렀다. 이거 엄청난 자가 나타난 거 아닌가! 역시 나는 하늘이 내려준 복을 타고 났어. 휴우…….’

평소에는 그냥 지나치던 비녀들의 말이 왜 기억이 났단 말인가. 그에게 하늘이 목숨을 하나 더 준 것이라 여겼다. 마웅관에 제제에게 말을 놓는 미남이 나타났다는 말이었다.

그가 바로 악성이었던 모양이다.

“죄송합니다! 저는 마검각주를 맡고 있는 위지무라고 합니다. 어떤 것이 궁금하신지요? 말씀만 하시면 어떤 대답이라도 불사할 각오를 가지고 성심성의껏 최선을 다하겠습니다.”

“…….”

완전한 존대. 눈까지 초롱초롱 빛내며 부담스러운 눈으로 악성을 쳐다보고 있었다.

위지무의 입장에서는 당연한 행동이었다. 정체를 몰랐다면 몰라도, 지금부터는 조금이라도 책잡힐 행동을 해선 안 된다.

악성의 눈이 휘둥그레진 것은 당연했다.

이곳에 결코 불친절한 사람들만 있는 것이 아니란 사실에 기분이 좋아졌다. 감격해서 위지무의 손을 잡고 한쪽으로 끌기까지 했다. 애기를 나누고 싶은 욕심 때문었다.

"좋은 분을 만나 얼마나 다행인지 모릅니다. 왜 이런 분을 이제야 만났는지 모르겠네요. 하하하."

위지무는 그늘로 잡아끄는 악성의 행동에 당황했다.

진심이란 건 표정만 봐도 알 수 있었으나, 한가하게 노닥거릴 시간은 없었다.

그러나 제제의 친구가 잡아끄는 데에는 별 도리가 없잖은가.

"기다리는 분이 계서서 금방 가봐야 합니다."

"아, 그러세요. 그럼, 한 가지만 여쭤볼 게요. 다름이 아니고, 혹시 마웅관이 뭘 하는 곳인지 알고 계신가요? 이곳이 초행이라 아무것도 알지 못합니다."

마웅관에 있으면서 마웅관이 뭐 하는 곳인지 모른다?

위지무는 일순 대답을 하지 못하고, 가만히 악성을 이상한 눈으로 쳐다봤다. 정확한 의도를 몰랐기 때문이다.

"이곳은… 암황무적군단을 짊어질 인재들을 양성하는 곳입니다."

"인재 양성이요?"

"예. 자질에 따라 지위가 분류되지요. 상좌, 중좌, 하좌의 계급이 정해지면 암황사패의 네 곳으로 배치됩니다."

"그렇군요. 인재 양성이라… 저도 제 어르신께 부탁해서 입관하고 싫어지네요."

"……."

위지무는 또다시 멍청해지고 말았다.

잘못 들었다 여기고 다시 한 번 질문을 했다.

"제 어르신이라면?"

그의 눈이 빠질 듯 앞으로 쏠렸다, 그가 예상하는 한 사람의 이름이 나오지 않기를 바라면서.

"제릉이란 이름을……."

"컥!"

'이, 이거, 장난 아닌 신분을 지닌 자다!'

위지무의 입은 크게 벌어져 닫혀질 줄 몰랐다.

악성과 얘기를 나누는 그 잠깐 동안 벌써 몇 번째 놀랐는지 몰랐다.

진지한 표정으로 묻는 악성의 얼굴이 이제는 공포스럽기까지 했다. 까딱 말실수라도 하는 날에는 어떤 일이 일어날지 상상도 하고 싶지 않은 위지무였다.

'저, 정신 차리자. 위지무야, 위지무야! 이분은 분명히 무공을 익히고 있다. 그것도 겉으로 전혀 드러나지 않을 정도의 고강한 무공을 익히고 있는 것이야!'

위지무는 재빨리 악수를 청했다.

"이만 가봐야 할 것 같습니다. 지체하면 곤란한 분이 기다리고 계시기 때문입니다."

"아, 예에……."

악성은 아쉬운 표정을 지었다.

다음 순간, 아무 생각 없이 건넨 손을 잡은 위지무의 표정이 기괴하게 변했다.

“……!”

오래 살필 것도 없었다.

악성의 손을 잡자마자 전해져 오는 기운은… 천마신공이었다.

위지무의 안색이 창백해지며 봄까지 넓었나.

제릉 앞에서 ‘나무 잔 자르기’를 하며 무심결에 끌어올렸던 기운이, 그전에 독안마군이 벌로 넣은 천마신공의 기운을 밀어내며 양손으로 밀려난 것이다.

그러나 그런 사실을 모르는 위지무의 머릿속은 터지기 일보직전이 됐다. 천마신공을 운기할 시간도 없었다. 그런데도 양손에 천마신공의 기운이 전해진다. 즉, 생각만으로 기운이 일어나는 경지의 고수로 착각한 것이다.

위지무는 자신과 악성이 만난 것이 우연이 아니란 걸 깨달았다.

그동안 수많은 실전과 안으로는 치열한 각주 싸움까지 벌였던 모든 사람들의 얼굴을 떠올렸다. 실수한 일을 떠올려야 어떤 식으로든 대처할 수 있기 때문이다.

‘오오… 떠올리자, 떠올려야 산다.’

덜덜 떨리는 양손을 맞잡고 전력을 다해 집중했다.

악성은 그런 위지무의 복잡한 심경도 모르고 웃기만 했다.

‘이런 분을 알게 되다니, 이곳에 와서 제일 큰 수확이 아닌가 싶구나.’

아는 사람이 없는 곳에서 위지무를 알게 된 것만으로도 큰 보람을 느끼는 악성이었다.

아무리 좋아도 바쁜 사람을 너무 붙잡고 있으면 실례였다.

아쉬운 생각은 들었지만, 자신의 욕심만 내세울 수는 없었다.

그러나 위지무에게 막 가보라고 하려는 순간이었다.

"거기서 뭐 해."

"웅?"

악성과 위지무의 시선이 동시에 옆으로 돌아갔다.

흑발을 날리며 제제가 붉은 옷을 입고서 다가오고 있었다.

위지무는 쿵쾅거리는 심장 소리에 얼굴이 붉게 달아오르며 고개를 숙였다.

저 정도의 엄청난 미모는 한 사람 외에는 가질 수 없잖은가.

"제 총령님을 뵙습니다!"

그러나 제제는 위지무를 향해 고개만 까딱이고는 시선을 악성에게로 돌렸다. 화가 난 듯 눈매가 좋지 않았다.

"뭐하는 거냐고 묻잖아!"

악성은 차분하게 설명해 주었다.

"이분께 마웅관에 대해 묻고 있었어."

"얘가 뭘 안다고!"

"또 소리부터 지른다."

'컥! 소, 소리부터 지른다? 제 총령께 저런 말을 저런 식으로 태연하게 하다니… 정말로 나는 오늘 횡재를 한 거야. 이런 운이 제발 오래가야 하는데.'

땀이 나서 자꾸만 손바닥을 문지르는 위지무의 모습을 보던 제제의 표정에 한심하다는 표정이 나왔다.

"궁금한 게 있으면 나한테 물어보면 되잖아."

"그, 그럼요. 제 총령께선 이곳에 대해 모르시는 것이 없습……."

“너 안 닥칠래?”

“…….”

위지무의 입이 순식간에 일자로 닫혀졌다.

“왜 애꿎은 사람한테 시비야.”

“내가 뭘!”

“위지 각주님, 괜찮으세요?”

위지무는 겁먹은 눈으로 둘 사이에서 연신 고개만 끄덕였다.

역시 눈치로 이제껏 살아온 자의 연륜이 느껴지는 순간적인 재치였다.

위지무가 정말로 크게 놀란 것은 악성 때문이 아니라, 악성의 반말에도 제제가 개의치 않는다는 점이었다.

방금 전에 악성이 위지무를 두둔한 탓에 제제의 불똥이 엄한 곳에 튀었다.

“거기서 뭐 해! 구경났어?”

“예? 아, 아닙니다. 저는 이만 가보겠습니다.”

위지무는 재빨리 움직이며 악성에게 인사를 건넸다.

“악 공자님, 만나뵙게 돼서 영광이었습니다.”

“영광은요. 제가…….”

말을 끝까지 할 수가 없었다.

위지무가 악성이 말을 끝내기도 전에 도망치듯 가버렸기 때문이었다.

“위지 각주가 뭐라고 해? 혹시 내 얘기 한 거 아냐?”

“네 얘기? 한 적 없는데? 뭐, 그냥 마웅관이 인재를 양성하는 곳이고… 음… 그 정도.”

"그래? 처음 보는 네게 자상하게 말해줬다고? 별일이네? 그자가 그렇게 친절했던가?"

제제는 위지무의 성격을 어느 정도 파악하고 있었다. 반면에 위지무에게 좋은 인상을 받았던 악성은 고개를 갸웃거렸다.

'위지 각주님을 별로 좋아하지 않는 모양이네?

악성으로서는 이해할 수 없었다. 사람이 좋지 않은가.

"동료 아니야?"

"동료? 흥! 저까짓 것이 어떻게 내 동료가 돼. 그럴 자격이 안 되지."

"……."

악성은 처음으로 제제가 불쌍하다는 생각이 들었다.

이곳에 온 지 하루도 안 됐지만, 그녀가 마음 편하게 대하는 사람을 한 명도 보지 못했다. 다들 그녀를 두려워하거나, 피했다. 그녀 역시 그에 따라 대했으리라.

벌써 몸을 돌린 제제가 따라오라며 손짓했다.

앞서가는 제제의 뒷모습.

무복을 입었을 때와는 천양지차였다.

악성은 문득, '저렇게 아름다운 여인이었던가?' 하는 생각이 들었다.

천산에서의 첫 만남을 생각하면 수긍이 안 가는 건 아니었으나, 그 두근거림이 촌각도 지나지 않아 깨졌을 때를 떠올리면 웃음밖에 나오질 않았다.

"하하하."

"뭐야, 왜 웃어?"

"아니야. 옷이 너무 잘 어울린다. 보기 좋아."

"……."

제제의 얼굴이 보일 듯 말 듯 붉어졌다.

'당연하지. 일부러 고른 옷인데. 홍홍홍.'

저녁 식사를 준비하기 위해 동원된 인원만 해도 무려 삼십여 명이나 됐다. 그들이 한꺼번에 쉼없이 움직이고 있었다. 비녀의 일부는 탁자에 음식을 놓고, 일부는 음식을 나르고, 일부는 그릇을 인원수에 맞춰 놓고 있었다.

자리에는 먼저 도착한 다섯 사람이 앉아 있었다.

"어? 저 노인은 왜 여기계시지?"

"누구?"

"외눈의… 저분 말이야."

"아, 독안 할아버지!"

"독안 할아버지?"

"사마군 중 한 분이셔."

제제의 얼굴에 활짝 웃음이 피어났다.

"독안 할아버지!"

술잔을 기울이던 독안마군은 깜짝 놀라 제제를 돌아봤다.

"어이쿠, 제 아가씨께서 오셨군요. 저는 웬 사람이 저리도 아름다운가 했습니다. 흘흘흘."

"호호호, 할아버지는 항상 점수만 따신다니까요."

옆에 있던 나머지 삼마군들이 갑자기 난색을 표하며 이구동성으로 외쳤다.

"저희들한테도 기회를 주셔야지요. 이거 원, 샘이 나서 못 견디겠습니다."

악성은 처음으로 제제의 눈빛에서 행복을 읽을 수가 있었다.

이들과 함께 있는 그녀의 모습은 가히 선녀라 불려도 전혀 손색이 없을 정도였다.

"왔느냐."

제룡이었다.

"예."

"자자!"

주위를 향해 소리친 제룡은 시선이 모이자, 음흉한 웃음을 지었다. 무언가 준비가 되어 있는 모양이었다.

"이 녀석을 잘들 봐두도록 하게."

'헛! 저, 저 녀석은!'

독안마군은 황급히 자리에서 일어났다.

"독안 할아버지, 왜 그러세요?"

"아, 아닙니다, 아가씨."

독안마군은 이어지는 제룡의 말에 안색이 창백하게 질려 버렸다.

"내 손녀가 이 녀석 말이면 꼼짝을 못한다네. 신기하지 않나?"

떨그렁―

독안마군은 들고 있던 술잔을 떨어뜨렸다.

그가 심어놓은 천마신공이 혹시라도 심장 근처까지 갔으면 큰일이었다.

'이, 이거 어쩐다?'

주위를 둘러봐도 도움이 될 만한 인간은 한 명도 없었다.

"또 칭찬이시네. 하여간 어딜 가나 인정을 받는다니까."

제제의 행동은 분명히 혼잣말을 할 때의 그것이었으나, 주위에 있던 모든 사람들은 그녀의 말을 모두 들었다.

다들 칭찬을 늘어놓기 시작했으나, 한 사람만은 달랐다.

독안마군은 붉그락푸르락해진 얼굴을 숨기지 못해 술잔을 들었다 놓았다를 반복했다.

당연히 다가오는 악성을 보며 속으로 간절히 외쳤다.

'그냥 모른 척해라. 지나가, 지나…….'

"아까는 고마웠습니다."

"아, 아… 그런가. 흠, 흠."

"치료 덕분에 지금은 괜찮아졌습니다."

'뭐? 괜찮아졌다고? 그럴 리가…….'

독안마군은 재빨리 악성의 손을 잡았다.

"……!"

잡았던 악성의 손을 조금 더 꽉 움켜쥔 그는 한동안 아무 말도 하지 않았다.

'어, 없다. 천마신공의 기운이 감쪽같이 사라졌다!'

"자, 잘됐군. 안 그래도 언제 찾아오나 했었네. 흘, 흘흘."

"치료를 더 해야 하나요?"

"아, 아닐세. 치료는 모두 끝났네."

사마군 중 그래도 의술에 가장 해박한 사람은 소소마군이었다.

"독안마군한테 치료를 받았다고? 못 믿을 일이군. 사람 죽이는 일이라면 몰라도… 어디 내가 진맥이나 한 번 해보세."

"나도 가벼운 치료는 할 줄 아네. 소소, 자네는 신경 쓰지 않아도 돼."

독안마군이 말리자 소소마군은 더욱 악성의 맥을 짚어보고 싶었다.

"잠시면 돼."

맥을 짚고 얼마 지나지 않아 소소마군의 안색이 묘하게 변했다.

제륭이 눈빛으로 '왜 그러느냐'고 물었다.

"아주 건강한 청년입니다."

제륭은 다시 기분 좋은 얼굴이 됐다.

소소마군은 독안마군을 조용히 불렀다.

"독안, 잠시 나와 얘기 좀 하세."

"응? 왜, 왜 그러나?"

"궁금한 것이 있어서 그러네."

두 사람은 제륭의 시선을 피해 은근슬쩍 자리를 떴다.

"왜 그런 짓을!"

호통을 치는 사람은 소소마군이었다.

"낸들 그 녀석이 누군지 알았겠나? 괘씸한 마음에 손을 쓴 것뿐일세."

궁색한 변명.

독안마군은 낭패한 기색이 역력했다.

"허허……!"

"한데, 내가 보기엔 아무 이상도 없었어. 어찌 알았나?"

"자네 얘기를 듣고 나니 작은 문제는 아닌 듯하군."

"그게 무슨 말인가?"

"천마신공을 양손에 심어놓았다고 했잖은가? 그럼 어떤 식으로든 기가 감지되어야 하는데, 어디에도 흔적이 없네."

"그럼 됐잖은가."

"차라리 표시가 나서 어떤 상태인지 알면 고칠 수 있네. 하지만 원인이 있는데, 결과가 없다는 걸 어찌 해석해야 한단 말인가. 크흠……."

"……."

독안마군은 입이 열 개라도 할 말이 없었다.

"자네는 앞으로 바빠지겠군. 녀석의 신변을 보호하려면 계속 붙어 있어야 할 테니까. 하하하하!"

"지금 웃음이 나오나!"

"기우일 수도 있으니 같이 지켜보세. 나도 따로 대책을 세워볼 테니까."

"고맙네. 이번 일로 다시 한 번 깨달았네."

"뭘……."

"앞으론 누구도 봐주지 않겠다는 거야. 죽이면 죽였지, 다시는."

'허!'

탑탑마군은 불만 가득한 표정으로 악성을 주시했다.

말이 없는 거며, 겁먹지 않은 눈으로 자신을 쳐다보는 거며… 전혀 마음에 들지 않았다.

암황사패는 악성보다 나이가 많았지만, 자신의 앞에서 쩔쩔매는 모습을 보는 재미가 쏠쏠했기 때문이다.

"저 녀석, 왠지 마음에 안 들어."

마영마군이 돌아봤다.

"왜?"

"귀여운 구석이 없잖아. 귀여워해 주려고 아무리 눈을 씻고 지켜봐도 없다고. 나하고 친해지긴 글렀어."

마영마군은 겉모습과 달리 사마군 중 가장 인정미가 넘치는 사람이 탑탑마군임을 잘 알고 있었다. 이런 말을 할 때는 뭔가 불만이 있으리라.

"귀여워야 할 필요없잖은가."

"안 돼. 귀여워야 돼. 제 아가씨가 재미없는 놈에게 시집가면 어쩌라고. 좀 더 사근사근한 놈으로다 배필을 정해줘야 해."

역시 그랬다. 제제를 걱정하는 마음으로 악성이 마음에 안 든다고 한 것이다.

"후후후. 그런 건 자네가 걱정하지 않아도 되네. 아무렴 제 아가씨가 그런 걸 모르겠는가?"

"모르잖아. 저놈이 이상한 수를 쓴 게 분명해."

"주군께서도 흡족해하시잖아. 나도 별로 마음에 안 드는 걸 찾지 못하겠고."

"저놈이 모두를 현혹시키고 있는 거야. 큼… 두고 봐, 내가 수를 쓸 테니까."

"……"

마영마군은 딱히 걱정은 되지 않았다.

탑탑마군이 수를 쓴다는 건 모두 힘에 관련된 것뿐이기에.

의외로 탑탑마군이 좋아할 상황이 빨리 왔다.

마웅관 밖에서 마차 소리가 요란하게 울리더니 두 사람이 날아왔다.

암황사패 중 남궁엽(南宮曄)과 진율(眞律)이었다.

남궁엽.

부리부리한 눈과 패기 넘치는 흑발이 매력적인 청년이었다.

진율.

남궁엽과 절친한 사이로, 여자처럼 곱상한 외모를 지니고 있었다. 그러나 그의 무공은 곱상한 외모와 달리, 도를 사용했다. 전장에선 십여 명의 몸을 한꺼번에 잘라낼 수 있는 위력적인 도였다.

아직 정문기(頂門奇)와 북명성(北溟星)은 오지 않은 모양이었다.

"남궁엽, 임무를 수행하고 돌아왔습니다. 주군과 사마군을 뵙습니다."

진율 역시 같은 인사를 하며 무릎을 꿇었다.

제륭은 앉은 자리에서 오라고 손짓했다.

"무슨 일이기에 그리도 급한 게냐."

"감숙성의 일 때문입니다. 남마와 북마가 막고 있지만 곧 퇴각해야 할 것 같습니다. 감숙무인들이 최근에 감숙지부를 자청하고 나선 사왕문(邪王門)을 없애고 강력한 세력을 구축했다고 합니다. 이름은 사도마련(邪刀魔聯)이라 하고, 그 저항이 만만찮은 것 같습니다."

"해결하지 못할 정도냐?"

"저희 둘이 지원을 나가야 할 것 같습니다."

남궁엽의 대답이 의외였던 듯 제륭의 표정이 좋지 않았다.

"너희 둘이면 되겠느냐?"

"암황사패의 각주들과 함께 가겠습니다."

"너희 둘이 고전을 면치 못한다면, 그 정도로는 힘들 텐데… 이번 기회에 확실히 감숙성에 암황무적군단의 뿌리를 심어주도록 해라."

남궁엽이 갑자기 강한 모습을 보였다.

"저희 둘이면 충분합니다!"

제룡이 진율을 돌아봤다.

진율은 대답하기 곤란한지 시선을 피했다.

'쯧쯧쯧. 저러니 제가 네 녀석들을 남자로 보겠냐. 그래도 남궁엽은 좀 낫지.'

암황사패는 개개인으로 놓고 보면 더할 나위 없는 인재들이었으나, 이상하게도 함께만 모여 있으면 개개인의 장점이 사라졌다.

어릴 때부터 사마군의 호통 속에서 자라, 하나가 되는 법은 알지만 자신을 드러내는 데에는 익숙하지 않은 것이다.

암황사패의 실질적인 수장인 남궁엽은 가끔씩 고개를 돌려 누군가 를 찾았다.

그는 다른 셋에 비해 실력은 큰 차이가 없으나, 흔들리지 않는 뚝심 을 가지고 있었다.

미덥지 못한 제룡의 시선에는 암황사패를 걱정하는 마음이 들어 있 었다. 그들이 바로 암황무적군단의 미래라 해도 전혀 이상할 것이 없 을 정도로 키웠기 때문이었다.

그때, 낮고 예리한 목소리가 들렸다.

"사왕문을 없애고 사도마련이란 이름을 사용하는 자의 우두머리는 주군께서도 아시는 인물입니다."

"응?"

제룡은 마웅관 입구 쪽으로 시선을 돌렸다.

"오, 신도 군사가 왔군."

"늦었습니다."

신도장후는 인사를 하며 낯선 청년을 발견하고 의아한 눈으로 바라봤다.

악성이었다.

제룡이 손을 저었다.

"괜찮아. 제의 친구일세. 내가 알고 있는 인물이라니, 그게 누구지?"

'제 아가씨의 친구? 저런 행색을 한 사람이 본단에 있었던가?'

모든 정보의 핵심이 그였다. 그가 모르는 사람이 암황무적군단에 있을 리 없었다. 그러나 이내 악성에 대한 관심을 접었다. 제룡의 불호령이 떨어지기 전에 답을 해야 하기 때문이다.

"섬전마도(閃電魔刀) 주광빈입니다."

"섬전마도!"

제룡은 깜짝 놀랐다.

벌써 사십 년도 더 된 일 때문이다.

제룡이 사파를 일통하고 계속되는 도전을 받던 시기로 기억하고 있었다.

섬전마도의 주 무대는 산서성이었는데, 그곳을 암황무적군단 임시 거처로 지정하고 지부를 세울 때였다.

단 하룻밤.

산서지부가 완전히 쑥대밭이 된 사건이 있었다.

이곳은 나의 영역이다. 사파의 일통? 그건 너 혼자서만 한다고 되는 것이 아니다.

—섬전마도.

경고장 한 장만 달랑 정문에 붙여놓은 자가 바로 섬전마도 주광빈이었다.

산서성뿐만이 아니라, 중원 전역에 그런 류의 인물들은 수도 없었다. 암황무적군단의 세력에 밀려 음지로 사라져 간 무리들.

"그랬단 말이지. 흐흐흐, 감히 얼굴은 드러내지도 못하는 잡종이 그 따위 짓을 했단 말이지!"

신도장후는 제륭이 나선다고 할까 봐 미리 앞서 말했다.

"암황사패가 모두 모이면 충분할 것 같습니다. 그들에게도 엉뚱한 적이 생겨서 여유가 없습니다."

"적?"

"천궁무백을 건드렸답니다."

"천궁무백을?"

'천궁무백 대협?'

악성은 알 수 없는 대화에 이러지도, 저러지도 못하고 멍하니 앉아 있다가, 천궁무백이란 이름이 나오자 눈을 크게 떴다.

"염라문을 폐허로 만든 후, 곧장 서쪽으로 이동한 모양입니다. 지금은 감숙성에서 그의 제자를 데리고 대치 상태입니다. 싸움의 발단은 그의 제자 때문인 듯싶습니다. 그들의 부하 중 한 명을 죽인 모양인데, 거기서 그치지 않고 달려드는 자들을 천궁무백이 모두 죽였습니다. 이상한 것은, 더 이상 싸우지 않고 추격을 받으며 도망치고 있다는 것입니다."

"도망? 믿기지 않는군."

제륭은 생각에 잠겼다.

'암황사패가 아무리 실력이 좋아도 천궁무백과 싸우면 무조건 죽는다. 그런 실력자가 쫓긴다? 섬전마도 정도로는 말이 안 되는데… 이상

하군. 아직은 본 모습을 드러내면 안 된다는 건가? 저 녀석들만 보내서
는 안 된다는 얘기군. 누굴 보낸다?

진정한 실력이란, 천궁무백이 철절패왕의 제자라는 것을 드러내지
않았다는 뜻이었다.

천궁무백의 얘기가 나온 후부터 악성의 시선은 재룡과 신도장후에
서 떨어지지 않았다.

제제는 은근히 걱정이 됐다.

악성도, 그녀도 염라문과 천궁무백의 일을 제룡한테 말하지 않았다.
의도적은 아니었지만, 악성이 그녀를 배려한 탓이다.

혹시나 엉뚱한 말이나 하지 않을지.

그녀가 자꾸만 아랫입술을 씹는 이유였다.

"어르신, 저도 보내주십시오."

'에휴, 역시.'

이젠 놀랍지도 않았다.

곧 제룡의 황당한 목소리가 이어지리라.

"뭐? 너를 보내달라고?"

제제는 기어코 두 눈을 감은 채로 한숨을 내쉬었다.

'그 명이란 녀석 때문일 거야. 으이구, 내가 못살아.'

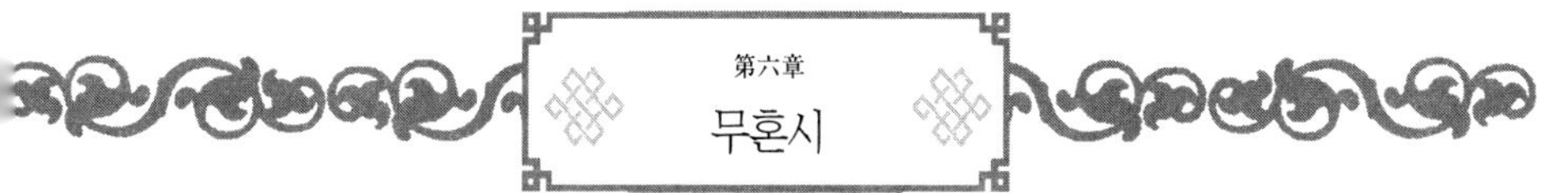

第六章

무혼시

신도장후는 대화에 끼어든 낯선 청년을 놀란 눈으로 쳐다봤다. 저런 말투라니.

그의 평생을 통틀어 저런 말을 하고서 제륭한테 살아난 사람을 보지 못했다.

"녀석아, 거긴 네가 갈 곳이 아니야."

"……!"

신도장후는 제륭의 말에 충격을 받고 말았다.

그의 상식이 처음으로 깨진 순간이었다.

또 한 사람.

악성이 가겠다는 말에 한쪽 눈을 일그러뜨리며 술잔을 입에 털어 넣는 사람이 있었다.

독안마군은 속으로 제륭한테 거절해 달라고 사정을 했다.

악성의 몸 상태가 어떤지 아직 확인이 되지 않은 상태에서 무슨 일이라도 나면 그는 어쩌란 말인가?

잘못하면 악성과 함께 따라 나서야 할 판이었다.

"저는 가야 합니다, 어르신."

"제야, 이게 무슨 말이냐?"

제룡의 반문에 제제는 고개를 절레절레 흔들며 악성을 눈으로 흘겼다.

"야! 너 진짜 갈 거야?"

"명이가 위험하다잖아."

"피했다고 했잖아."

"내 눈으로 확인해야 할 것 같아. 산에서 내려와 처음으로 인연을 맺은 녀석인데, 혹시라도 잘못되면 안 되잖아."

"으이구, 잘났다, 잘났어."

제제의 이런 모습은 그녀를 잘 알고 있다고 여겼던 여러 사람을 당혹케 만들었다.

남궁엽과 진율은 얼굴까지 벌게졌다.

암황사패 모두 자신들의 연인을 제제 이외에는 생각해 본 적이 없었다. 그녀가 자라는 모습을 쭉 지켜봤으니, 다른 여자가 눈에 들어오겠는가.

그런 그녀가 악성을 대하는 모습.

충격이란 말 외에는 떠오르는 말이 없었다.

신도장후 역시 당혹스럽긴 마찬가지였다.

제제의 말은 그저 알고 지내는 사이에선 절대 나올 수 없기 때문이었다. 웬만한 친밀감이 없이는 저런 말투가 나올 리 만무했다.

‘내가 잠시 제 아가씨를 못 본 동안 무슨 일이 있었나? 분명히 이전과 다름없는 아가씨거늘.’

제룡은 묘한 미소를 짓고 이렇다 할 결정을 내리지 않았다.

미소를 짓는 것은 제룡뿐만이 아니었다.

탑탑마군 역시 악성의 한마디에 입을 헤 벌리며 좋아했다.

“역시 주군께서 점찍은 녀석이라 달라.”

마영마군이 기가 막힌다는 듯이 물었다.

“이보게, 아까는 아니라고 했잖은가?”

“누가 그런 말 같잖은 소릴 해. 남자는 모름지기 강해야 돼. 저 기개만으로도 나, 탑탑마군은 만족하네.”

‘하긴, 암황사패도 고개를 들지 못하는 자리에서 저렇게 가볍게 말할 수 있다는 건 인정해야겠지. 싫지는 않군.’

마영마군도 어느새 탑탑마군처럼 고개를 끄덕이고 있었다.

탁—!

술잔을 내려놓은 독안마군이 자리에서 일어났다.

“주군, 제가 데리고 갔다 오겠습니다. 주군께서 그리 신경 쓰시는 걸 보니, 도저히 그냥 두고 볼 수가 없군요.”

“오, 자네가?”

“그래야 제 아가씨께서 안심하실 것 같으니, 어쩌겠습니까. 흘흘흘.”

제제는 독안마군을 향해 방긋 미소를 지어주었다.

그 웃음의 의미가 ‘독안 할아버지, 감사해요’ 란 건 보는 사람 누구나 알 수 있을 정도였다.

남궁엽의 눈에서 불꽃이 튀었다. 눈빛만으로 사람을 죽일 수 있다면 악성은 벌써 너절한 걸레 조각이 됐을지도 모를 강력한 눈빛이었다.

"주군, 저희 암황사패만으로도 충분합니다."

진율이 재빨리 남궁엽을 도왔다.

"빠른 시일 내에 해결하고 돌아오겠습니다."

두 사람이 비장한 표정으로 대화를 일축시키자, 독안마군의 얼굴에 노기가 드러났다.

감히 자신이 나섰는데 거절을 한다? 죽고 싶어 환장하지 않고는 있을 수 없는 일이었다.

"죽고 싶냐, 남궁엽, 진율!"

부르르.

두 사람은 독안마군의 음성을 전음으로 듣자, 의식이 현실로 돌아왔다. 제제의 시선 때문에 이 자리가 어떤 자리인지 깜빡하고 있었던 것이다.

"요, 용서하십시오. 독안마군께서 함께 가주신다니 영광입니다."

말을 번복하자, 제륭이 독안마군을 쳐다봤다.

"아닙니다, 주군. 지들이 잘못했다는 걸 이제 알았나 봅니다. 흘흘흘."

"그럼 다행이고. 자네가 간다면야… 너희에게도, 이 녀석에게도 좋은 경험이 될 게다."

제제를 바라보는 남궁엽의 표정에 아쉬움이 넘쳤다.

엎친 데 겹친 격으로 제제는 그 순간 악성을 쳐다보고 있었다, 그것도 걱정이 가득한 얼굴로.

'크윽, 저놈!'

남궁엽의 눈빛에 살기가 번뜩였다.

바로 앞쪽에서 상황을 주시하던 소소마군만이 그 눈빛을 볼 수 있었다.

'그러게 뭐 하러 올라가지 못할 나무를 쳐다봐. 쯧쯧, 독안이 따라간다니 걱정은 안 되지만 그래도 주군의 저런 모습은 처음이거늘.'

"야, 너 미친 거 아냐?"

제제는 저녁 식사가 끝나자마자 악성을 데리고 나왔다.

악성은 어리둥절한 얼굴로 오히려 반문했다.

"왜 그래, 너야말로 이상한 거 아냐? 명이가 혹시라도 다칠까 봐 걱정이 되지 않아?"

"내가? 헹! 내가 왜? 그깟 녀석이 뭔데?"

"네가 구해줬잖아."

"말했잖아! 그건 순전히 너 때문이라고오!"

"……."

잠시 둘 사이에 정적이 흘렀다.

말을 하고 나서 당황한 기색을 감추지 못하던 제제가 심호흡을 몇 번 내뱉고는 말을 이었다.

"그래… 네 고집을 누가 꺾겠냐. 꺾일 고집도 아니고. 그런데… 내가 그 상황이라도 똑같이 할 거지?"

악성은 피식 웃었다.

"당연하지."

"할아버지께선 도대체 무슨 생각으로… 아무튼. 네겐 목숨 빚이 있으니까, 다음에 갚을 기회도 줘야 돼. 알았지?"

악성은 이제야 제제의 성격에 대해서 어느 정도는 알 것 같았다. 정을 모르고 자랐다고 했던가? 정을 받지 못한 사람은 정을 줄 줄도 모른다. 당연한 것이, 받지 못한 것을 어떻게 준단 말인가? 그러나 총령대원들을 아끼는 모습을 악성은 봤다. 한 번 정을 주면 그들이 가족인 것이다.

악성이라고 정을 잘 알겠는가마는, 아버지가 남겨준 것이라곤 아들을 사랑하는 모습뿐이라, 제제보다는 조금 더 알 것 같았다.

말을 마친 제제는 제후전으로, 악성은 마웅관에 마련된 방을 향해 갔다.

저만치 가던 제제가 악성을 불렀다.

"야!"

악성이 뒤를 돌아보자, 멀리서 제제가 씩씩한 자세로 악성을 향해 무언가를 던졌다.

받아 든 물체는 반지였다.

"……?"

"그거 끼고 있어. 아빠께서 주신 물건이니까, 잃어버리면 죽을 줄 알고. 다녀와서 돌려줘."

"알았다. 내일 일찍 떠난다니까 못 보고 갈 것 같다. 어르신 말씀 잘 듣고."

제제는 등 돌려 걸어가는 악성에게 혀를 내밀며 삐쭉거렸다.

"지가 내 아빠야, 뭐야. 하아… 그래도 좀 더 놀고 싶었는데."

아쉬움인지, 뭔지 몰라도 악성이 떠난다는 생각을 하자 허전해졌다.

"제 아가씨께서 제후전으로 돌아가셨습니다."

"제, 그 녀석 표정 봤나? 똥 마려운 강아지 모냥으로 깡깡대잖아. 푸하하하!"

"주, 주군."

신도장후는 제룡이 손녀를 놀리는 모습에 적이 당황했다.

걱정부터 앞세우던 때와 달리, 아주 유쾌하게 넘기고 있었다.

남궁엽과 진율의 마지막 표정을 봤으나, 말할 수는 없었다.

"그 녀석 어떻던가?"

"예? 아직까지는 잘……."

"곧 녀석의 진가를 보게 될 게야. 넉 달 만에 그 정도면 대단한 거거든."

"예?"

"내가 고수로 만들어주겠다고 약속했거든."

"넉 달이면… 혹, 천산에서!"

"뭐, 그 녀석 때문에 간 건 아니지만, 결과적으로는 그렇게 됐지. 흐흐흐."

"……?"

"참! 독안이 가겠다고 한 건 좀 의외더군. 탑탑이나, 마영이 그 녀석을 마음에 들어 하는 것 같아서 그들 중 한 명을 보내려고 했는데 말이야."

'주군께선 이미 다 보고 계셨구나.'

신도장후도 모두 보고 있었다.

정작 궁금했던 한 가지를 질문하기 위해 막 운을 떼려는 찰나, 밖에서 익숙한 음성이 들렸다.

"주군, 소소마군입니다."

"응? 소소마군이? 일단, 그 일은 나중에 다시 얘기하기로 하세."

"예."

소소마군은 들어오면서 신도장후에게 비켜줄 것을 암시했다. 신도장후와 사마군은 오랜 지기였다. 그 정도의 일로 서운한 감정을 가질 사이가 아닌 것이다.

소소마군은 제룡과 단둘이 되자, 진중한 표정이 됐다.

그는 원래 의가(醫家)로 이름을 날리던 집안 출신이었다. 독특한 취미만 아니었다면 그의 집안은 망하지도, 정도를 표방하는 무리들에게 멸문당하는 일도 없었을 것이다.

강시술(殭屍術)에 유독 관심을 지닌 그가 산 사람을 치료하다가 실수로 죽이고 말았다. 이미 살 가망이 없는 자였으나, 꽤나 유세를 떠는 집안이었던 모양이다. 복수를 하겠다며 실수를 사서 보내게 됐고, 그때 지하에 있던 강시를 발견하게 됐다.

강시를 제작한다는 이유만으로 공적으로 몰린 그가 피할 곳은 어디에도 없었다. 공동묘지에서 십 년 동안 이를 갈았다.

그가 나눈 강시의 종류는 세 가지다.

조종자와 있어야 움직이는 이혼시(二魂屍), 기억 용량이 한정되어 있어 하루 정도만 혼자서 움직일 수 있는 일혼시(一魂屍), 그리고 두 강시와는 비교도 할 수 없는 무혼시(無魂屍).

이혼시는 가장 낮은 단계의 강시로, 일류고수의 검기라면 능히 깨뜨릴 수 있었다. 이보다 강한 몸을 지닌 것이 일혼시인데, 검기를 한 자가량 늘일 수 있는 고수라면 능히 깨뜨릴 수 있었다.

마지막으로 무혼시는 제작 기간만 십 년이 걸린다. 영혼시(靈魂屍)라고도 부르는데, 여기에는 이유가 있었다. 주인으로 결정된 사람의 피가 들어가야만 깨어나며 주인이 가는 곳이라면 물불을 안 가리고 따라

다닌다. 호위도 따로 둘 필요 없으며, 백 리 밖에 떨어져 있다고 해도 생각만으로 불러낼 수 있었다. 또한, 신체는 금강불괴와 다름없어, 몸 자체만으로 공격과 방어가 가능한 살인 병기였다.

그를 청부한 집안은 물론, 공적으로 몰았던 강서성 전역을 완전히 그의 손바닥 위에 놓고 주물렀다.

그때, 제룡과 만났다.

불완전한 무혼시였으나, 제룡의 단 일 수에 부서져 버렸다.

그 강함에 이끌려 언제고 제룡을 이기겠다는 각오로 따랐으나, 이젠 영원히 불가능한 일임을 잘 알고 있었다.

무혼시 백 구가 덤벼도 제룡의 옷자락 하나 건드릴 자신이 없어진 상태에서 무슨 도전이겠는가.

벌써 사십 년도 더 된 얘기였다.

"완성했습니다."

제룡은 찻잔을 내려놓았다.

"오, 축하하네."

"감사합니다. 한데……."

"한데?"

"아직 피를 넣지 않았습니다. 깨어나지 않았지요. 주군, 그 녀석에게 생명을 넣어주십시오!"

"아하! 내 피를 달라? 흐흐흐, 이 사람, 농담도."

"농담이 아닙니다. 제 필생의 노력이 고스란히 담긴 녀석입니다. 받아주십시오."

소소마군의 얼굴에 홍조가 피었다.

허락을 할 것이란 확신이 가득한 눈이었다.

"흠, 나 말고 다른 녀석은 어떤가?"

'다른 녀석?'

"사십 년 전에도 굉장했던 무혼시가 이제는 얼마나 달라졌을지 궁금하구만. 따로 호위를 둘 필요가 없을 정도라면… 녀석에게 정말 큰 도움이 될 게야. 흐흐흐."

"주군, 무혼시는 이제 없을지도 모릅니다."

"그럼 더욱 좋지. 푸하하!"

정말로 기뻐하고 있다. 천하의 제룡이 무혼시를 줄 생각만으로 기뻐하고 있는 것이다.

누군지 알 것 같았다.

악성이리라.

다음날 아침.

악성은 지난밤에 잠을 거의 이루지 못했다.

곽명의 안위가 걱정돼서 잠이 오지 않은 것이다.

자리에서 일어나자, 비녀가 기다리고 있는 분이 계시다며 어딘가로 데려갔다.

그곳에는 소소마군이 기다리고 있었다.

그는 두 자루 검을 양손에 들고서 돌 의자에 앉아 있었다.

"또 보게 되는군."

그는 사람 좋은 웃음을 지어 보였다.

"예. 어르신께선 편히 주무셨습니까."

악성의 한마디에 절로 웃음이 나왔다.

"주군께서 자네한테 도움을 주라고 하셔서 찾았네. 도움이 될지는 아직 미지수지만."

그의 입가에 묘한 미소가 걸렸다.

"어떤 무공을 익히고 있는지 물어봐도 될까?"

악성은 잠시 대답하기를 주저했다.

"곤란하면 말하지 않아도 되네."

"아닙니다. 염라도법을 알고 있습니다."

"염라도법?"

생소한 도법에 그의 고개가 갸웃거렸다. 당황스러운 표정은 오래가지 않았다. 천마신공에 관한 얘기가 나올 줄 알았는데, 전혀 엉뚱한 도법에 잠시 의아했을 뿐이었다.

'혹시 주군께서 새롭게 창안하신 무공인가? 어떤 무공이든 무슨 상관인가.'

염라문이란 곳까지 사마군이 신경 쓸 일은 없었다. 일단은 시험해 보기로 했다.

"한 번 펼쳐 보겠는가?"

그가 아침 일찍부터 찾아온 이유는, 비무를 핑계로 무혼시를 넘기기 위해서였다.

자세는 나쁘지 않았다. 그러나 이어진 악성의 행동은 그를 경악게 만들었다.

찌르기, 찌르기, 찌르기.

변초도 허초도 없는 무작정 찌르기였다.

'허!'

조금 더 지켜보기로 했다.

설마 제룡이 선택한 사람이 무공의 기초도 모른다는 말인가?

그러나 그의 예상은 보기 좋게 맞고 말았다.

한참을 기다려도 몸 어디에서도 기가 뿜어져 나오는 걸 느낄 수가 없었다.

그는 난감했다.

"다, 다른 건 없나? 찌르기 말고 다른 거."

"없습니다. 복잡하게 여러 초식으로 되어 있는 걸, 제가 펼치기 편하게 바꾼 것이기 때문에 이것만 연습했습니다."

"……!"

문득, 차라리 악성이기에 무흔시가 더욱 필요할지도 모른다는 생각이 들었다.

"크크큭, 크하하하!"

"……?"

"멋지네. 오로지 한 초식이라… 큭……."

시—릿!

움직임도 없이 소소마군의 허리께에서 백광이 번쩍거렸다.

'헛, 손등!'

악성의 몸이 저절로 반 발자국 물러섰다.

쉬—악.

검에 닿지도 않은 악성의 손이 뒤로 확 젖혀졌다.

"엇!"

소소마군의 눈에서 기광이 일었다.

'피해?'

그의 연출대로라면 멋지게 악성의 손등을 베어서, 그 피를 가지고 무흔시와 연결시켜 주었어야 했다. 조금 전의 악성과는 너무도 다른 모습이잖은가.

그러나 그럴 수 있었다.

제룡이 선택한 자가 평범하다면 오히려 실망감이 컸으리라.

'이번에는 좀 더 빠르게.'

그의 섬이 다시 백굉을 뿌렸다.

그러나 그것 역시 악성의 느낌을 벗어나진 못했다.

'또 손등.'

쿵쿵쿵쿵—

악성의 심장이 빠르게 뛰었다.

손등으로 거대한 눈이 이동하는 것이 느껴졌다.

이젠 위험을 감지하면 거대한 눈이 알아서 이동해 주었다.

쾅—!

둔탁한 소리와 함께 악성의 신형이 뒤로 날아갔다.

턱—

악성을 받아 든 손의 주인은 독안마군이었다.

"소소, 이른 아침부터 웬 암살인가? 이 녀석이 살인멸구할 정도로 나쁜 짓을 저지르지 않았으면 참아주게."

"……."

소소마군은 독안마군의 농담 섞인 말에도 웃을 수가 없었다.

악성이 자신의 검을 손등으로 퉁겨냈다.

믿기지 않았으나, 그의 눈앞에서 일어난 일이잖은가?

더욱 충격을 안겨준 것은, 여전히 악성의 손등에는 피가 흐르지 않고 있다는 사실이었다.

"소소, 더 할 셈인가? 그러지 말고 이유를 말해주게. 인정할 만하다면 주군께 혼이 나더라도 내가 해결하기로 하지. 어떤가?"

"아닐세. 피 한 방울이 필요해서 잠시 장난을 쳐본 걸세."

"엥? 흘흘흘. 고작 그깟 일로 이렇게 거창하게 두들겨 팬단 말인가?"

"내공도 없는 사람이 어떻게 멀쩡할 수 있는지 도대체 이해가 가질 않는군."

내공이 없다는 말에 독안마군은 슬쩍 악성의 몸을 살펴보았다.

기를 받아들이는 기미가 보이면, 단전의 유무를 확인할 수 있기에 미량의 진기를 악성의 몸에 밀어 넣었다. 그러나 낮은 한숨과 함께 독안마군의 고개가 저어졌다.

"어제도 말했잖은가, 내공이 없다고."

악성은 두 사람의 대화를 통해 소소마군이 나쁜 뜻으로 공격한 것이 아님을 깨달았다.

독안마군의 손을 떼며 몸을 털었다.

그 모습에 소소마군은 헛웃음을 터뜨리고 말았다.

"허! 그만두기로 하지. 자네에 대해 조금 알아보려다 창피만 당하겠군. 솔직히 말하지. 피 한 방울이면 되네. 해 될 건 없으니 주게. 대신 검을 사용한다는 걸 알았으니, 이 검을 주도록 하겠네."

어차피 주려고 했던 검이란 걸 악성은 알고 있었다.

사용한 검이 하나라면 다른 하나는 왜 들고 왔겠는가.

소소마군의 왼쪽에 있던 검으로, 화려하지 않으면서도 은은한 광채가 악성의 마음에 꼭 드는 검이었다.

검을 받아 들고 손가락 끝을 슬쩍 그었다.

뚝, 떨어지는 피를 검에 묻혀서 건넸다.

“이 정도면 되겠습니까?”

“충분하네.”

소소마군은 검을 들고 돌 의자의 뒤쪽으로 갔다.

독안마군도 궁금한지, 목을 길게 빼고 돌 의자 뒤쪽을 주시했다.

잠시 후에 나타난 소소마군은 혼자가 아니었다.

하얀 얼굴에 흑발을 늘어뜨리고 백색 경장을 입은 아름다운 여인이었다.

딸랑딸랑―

‘헉! 호, 혹시!’

독안마군은 하나뿐인 눈을 찢어져라 크게 부릅떴다.

강시라는 걸 그는 한눈에 알 수 있었다, 당연히 소소마군이 직접 제작을 했을 테고.

암황무적군단에 투신하기 전까지의 일을 알고 있는 그였다.

“무혼시⋯⋯.”

주문을 외우던 소소마군의 입가에 미소가 피어났다.

“너⋯ 는 이제부⋯ 터 주⋯ 인의 말⋯ 을 따라야⋯ 한다. 네 주인은⋯ 눈앞에 있다⋯ 가⋯ 라⋯!”

지금까지 닫혀 있던 무혼시의 눈이 떠지자, 짙은 녹광이 번들거렸다.

악성은 무슨 영문인지를 몰라 넋을 놓고 지켜보다가 천천히 걸어오는 무혼시를 피해 한 걸음 물러섰다.

무혼시 역시 한 걸음 다가섰다. 다시 한 걸음 물러서면 역시나 한 걸음 다가섰다.

“이, 이게 무슨⋯ 무슨 일인지 여쭤봐도 되겠습니까, 어르신?”

악성의 겁먹은 목소리에, 복수를 했다는 생각 때문인지 소소마군의 입가에 미소가 번졌다.

"자네가 죽기 전에는 따라다니는 걸 멈추지 않을 게야. 무혼시라고, 주군과 나의 선물이라 여기게. 만들고 나서 말을 듣지 않으면 어쩌나 걱정을 많이 했는데, 아주 다행이군. 만족스러워. 사람처럼 걷는 건 물론이고, 웬만한 무공을 모두 펼칠 줄 알지. 앞으로는 자네의 목소리가 아니면 움직이지 않을 게야. 잘 다녀오게."

"예? 강시라니요? 강시는 무섭게 생긴… 그러니까 책에서 볼 때는 살이 다 썩어서 징그럽게 생겼다고……."

"파하하하!"

독안마군이 악성의 등을 때리며 크게 웃었다.

"소소마군이 어떤 사람인데, 그런 흉측한 걸 만들겠나. 저런 미녀 무혼시라면 밤에도 외롭지 않겠어. 흐흐흐. 정말 행운아가 따로 없구만!"

'탁' 하고 악성의 등에서 소리가 나자, 무혼시가 어느 틈엔가 다가와 악성의 등을 가리고 섰다.

독안마군의 공격이라고 여긴 모양이다.

"헛!"

깜짝 놀라는 독안마군의 귀에 소소마군의 목소리가 들려왔다.

"누구를 막론하고 주인을 때리면 각오해야 할 게야."

"소소, 얼마나 강하게 만들었지?"

"나도 그걸 모르겠네. 주군께 언제고 시험해 볼 생각으로 만들었으니, 꽤나 강할 걸세."

"……!"

소소마군과 독안마군은 약간의 차이는 있을지언정 동수라고 봐야 했다. 그렇다면 적어도 사마군과 맞먹는 힘을? 독안마군은 시험해 보고 싶었다.

"저리 가, 이 미물아."

삼성의 힘으로 무혼시를 냅다 후려쳤다.

쾅—!

"엥?"

무혼시가 악성을 가리고 서서 고스란히 독안마군의 장력을 해소시키고 서 있었다.

엄청난 몸이 아닐 수 없었다.

"대단하군, 정말."

독안마군은 고개를 절레절레 흔들었다.

소소마군은 예의 웃음을 잃지 않은 얼굴로 말했다.

"무혼시의 몸을 가볍게 여기지 말게. 나도 전력을 다한다면 모를까, 아니, 전력을 다해도 자신할 수 없다네. 허허허. 하여간 잘 만들어진 걸 보니 기분이 좋군."

"파하하! 축하하이, 소소!"

두 사람이 들떠서 주거니 받거니 하는 동안, 잔뜩 겁먹은 악성의 음성이 두 사람의 귀에 들렸다.

"저… 어떻게 해야 제게서 떨어지죠?"

무혼시가 뒤에서 안는 바람에 악성은 땀을 뻘뻘 흘리며 얼굴이 홍시처럼 붉게 물들었다.

"풋, 파하하하하!"

"허허허. 자네의 목소리를 기억하고 있을 테니, '손 풀어' 라고 해보게."

악성은 곧바로 실천했다.

"손 풀어."

악성의 말이 끝나자마자, 거짓말처럼 무혼시의 양손이 벌어지며 어리둥절해져 있는 악성의 뒤쪽에 시립했다.

남궁엽은 마차에 오르는 악성을 못마땅한 눈으로 쳐다봤다.

가뜩이나 제제가 한 행동 때문에 좋게 보이지 않는 악성이었다.

뭐 대단한 사람 떠난다고 소소마군까지 배웅을 나온단 말인가? 더더욱 화가 나는 것은 어디서 나타났는지, 엄청난 미녀가 악성의 곁에서 떨어지지 않는 것이다.

악성은 잠깐 남궁엽과 눈이 마주치자, 반갑게 웃어주었다.

그의 속도 모르고 한 행동이었다.

"출발한 테니 필요한 짐을 최대한 줄이시오."

퉁명스러움이 제대로 느껴지는 한마디였다.

갑작스러운 적의에 악성은 할 말을 잃고 말았다. 그래도 성의껏 대답해 주는 걸 잊지 않았다.

"짐은 없습니다."

"독안마군님, 마차에 오르시지요."

또다시 악성의 말에는 대꾸도 하지 않는 모습에, 독안마군은 소소마군을 돌아보며 입맛을 다셨다.

소소마군 역시 혀를 찼다.

"녀석……."

'독안이 따라간다고 한 건 잘한 일인 것 같다. 늘그막에 고생은 하겠지만, 오랜만에 몸도 풀고 신이 나겠는걸? 게다가 무혼시의 일은 기

우일지도 모르고.'

무혼시를 다룰 악성의 행동도 마음에 걸렸다.

아무리 이지를 상실한 미물일지라도 주인에 대한 평가는 한다.

피조물보다 약한 주인이란 있을 수 없기 때문이다.

오히려 그 점 때문에 더욱 걱정스러웠다.

'무혼시를 잘못 준 건 아닌지 모르겠다. 저러다 주인도 몰라보고 발광하면 큰일인데. 하긴, 무혼검이 있으니 별로 걱정은 되지 않기는 하지만.'

한쪽에서 악성이 짐을 꾸리는 걸 도와주려 했다가 남궁엽에게 또 한 번 핀잔을 들었다.

"일손은 필요없으니 마차에 타기나 하시오."

머쓱한 얼굴로 마차에 올라타는 악성을 소소마군이 불렀다.

"이보게, 잠시만."

"예, 어르신."

악성은 같은 말이라도 사람을 기분 좋게 만드는 재주가 있는 것 같았다.

"내가 준 검의 이름이 뭔지 아는가?"

"아! 미처 여쭙지 못했습니다. 죄송합니다."

"죄송까지야. 무혼검이라고 하네. 혹여, 무혼시를 데리고 다니다 난처한 일이 생기면 무혼검에 자네의 피를 묻혀 무혼시를 찌르게."

"예?"

"만에 하나일세. 그럴 일이야 없겠지만, 만약을 대비하는 것도 좋잖은가, 응?"

"예에……."

무혼시를 바라보는 악성의 눈빛이 조금은 겁을 먹은 것 같았다.

"자네를 걱정하는 사람이 많다는 걸 알아야 해. 음? 그 반지는……."

"제 총령이 줬습니다."

"그래?"

소소마군의 눈빛이 살짝 달라졌다.

"그 반지가 뭔지나 알고서 받았나?"

"제 총령의 아버님 반지라고만 알고 있습니다."

소소마군은 악성의 말에 '픽' 웃고 말았다.

"다른 의미가 있는 반지였습니까?"

"아닐세. 제 아가씨께서 주셨다면 이유가 있을 게야. 어쩌면 주인한테 간 것일 수도 있고. 허허허!"

묘하게 말을 흩뜨리며 웃는 소소마군의 표정이 조금은 능글스럽게 여겨졌으나, 악성은 사심없이 받아들이고 돌아섰다.

"아, 참!"

"예?"

"무혼시에 대한 얘기는 나와 독안과 자네만 알고 있어야 하네. 알겠지?"

"알겠습니다."

"그럼 그렇게 알겠네."

"예."

악성이 남궁엽 등을 따라 떠나고 나서 소소마군은 제룡한테 기별을 올렸다.

기다리고 있었다는 듯이 비녀가 안내를 했다.

"무혼시를 전해주었는가?"

"예."

"녀석. 이젠 든든한 호위까지 두었으니 재미있게 놀다 올 수 있겠군. 흘흘흘."

"한데……."

"왜?"

"제 아가씨의 반지가 악성이란 청년의 손에 있더군요."

"그래?"

제제가 끼고 있던 반지는 그가 제천상에게 물려주었던 반지였다. 죽기 전에 제제에게 전해준 것이었다.

'너무 공교롭구나. 천마검(天魔劍)까지 그 녀석한테 전해지다니.'

누가 반지를 보고 검이라고 여기겠는가.

정식 이름은 천마환(天魔幻).

이 반지의 비밀은 제룡을 제외하곤 아무도 알지 못했다. 아니, 그의 사형까지 둘만이 알고 있는 비밀이 있었다, 지금까지 한 번도 열리지 않은 비밀이.

"무혼시는 의외로 악성이란 청년을 잘 따르더군요."

'흐흐흐, 천마검이 녀석에게 있는데, 한갓 미물 따위가 어찌 거역을 할까.'

제제가 반지를 줬다고 할 때부터 제룡은 무혼시에 대한 생각을 멈췄다. 천마환 자체가 엄청난 마물인데, 그보다 못한 마물을 왜 걱정한단 말인가.

"흐흐흐!"

제룡은 소소마군을 바라보며 즐거운 웃음을 흘렸다.

소소마군은 천마환을 그저 정인한테 줬다고 생각했을 것이기 때문에 걱정되지 않았다. 웃음이 더욱 아주 음흉하게 그의 입에 걸렸다.

'쾅' 하는 소리와 함께 문을 부술 것처럼 들어온 제제가 말을 하기 전까지는 그랬다.

"제, 이 녀석, 또 무슨 일로 분풀이를 하는 게냐!"

"그년 누구예요?"

"그… 년?"

제룡과 소소마군은 어리둥절한 얼굴로 제제를 쳐다봤다.

"그 자식하고 함께 떠나는 걸 다 봤단 말이에요! 저 피 말려 죽이고 싶지 않으면 이실직고하셔야 할 거예요. 어서요!"

'빽' 소리를 지르는 모습이 흡사 바람난 남편을 본 것 같은 마누라의 모습과 다르지 않았다.

"푸하하하!"

"하하하!"

"……?"

하라는 대답은 하지 않고 둘이 크게 웃자, 제제의 표정이 더욱 험악해졌다.

"저… 쫓아갑니다아!"

소소마군이 재빨리 일어서며 만류했다.

"아가씨, 그 여자는…….."

제룡은 장난기가 발동했는지, 만류하려는 소소마군의 말을 잘랐다.

"이번 임무를 위해서 내가 특별히 부탁한 여자다. 제법 예쁘게 생겨서 그 녀석과 잘 어울리더구나. 돌아오면 뭐라고 할지 이 할아비도 궁금하단다. 흐흐흐."

"익!"

갑자기 제제가 돌아섰다.

"어딜 가느냐."

"불안해서 안 되겠어요. 따라갈래요."

"불안해? 오호, 흐흐흐, 그래도 안 돼."

"할아버지!"

"그 녀석이 돌아왔을 때 잘 보이고 싶으면 열심히 무공이나 닦아. 소소, 그 여아가 얼마나 강하지?"

"주, 주군……."

제룡은 한쪽 눈을 찡긋거렸다.

"험, 그, 그러니까… 제가 십 년 동안 공을 들여서 키웠으니, 저와 비슷한… 허, 험."

제제의 눈이 동그래졌다.

"소소 할아버지와 맞먹는 실력을 가졌다구요?"

제룡은 은근슬쩍 말을 흘렸다.

"괜히 덤볐다가는 하나뿐인 손녀를 잃게 되는 거 아닌지 몰라. 그것 참, 사랑이 뭔지… 하여간 난 바빠서 더 들어줄 시간이 없구나."

이날부터 제제의 혹독한 무공 수련은 시작됐다.

죽어나는 건 총령대원들과 소소마군뿐이었다.

하루가 멀다 하고 괴롭히는 바람에 소소마군은 몇 번이나 진실을 말하고 싶었으나, 제룡한테 괴롭힘을 당하는 것보다는 낫다는 스스로의 최면으로 간신히 버텼다고 한다.

두 번째 마차에 탄 사람은 독안마군과 악성, 무혼시, 남궁엽, 진율이었다. 불편해도 독안마군 때문에 한 마차를 타지 않을 수 없었던 것이다.

서로 눈이라도 마주칠까 봐 창밖을 내다보며 한마디의 대화도 오고 가지 않았다.

"너희들은 섬전마도가 누군지 아느냐?"

독안마군의 질문에 남궁엽은 대수롭지 않다는 식으로 대답했다.

"암황무적군단에 대항하는 무리 중 한 명입니다."

악성을 의식하고 일부러 강한 말투를 섞었다.

"흘흘흘, 미친놈!"

"예?"

남궁엽은 정신이 번쩍 든다는 표정으로 쳐다봤다.

"그런 생각으로 덤벼들었다가는 대번에 박살나지. 쯧쯧, 그러게 정보를 항상 가까이 하고 살아. 신도 군사한테 얘기를 들으니 보통 놈은 아닌 모양이더구나."

진율이 끼어들었다.

"신도 군사께서는 저희 넷만 모이면 어려운 상대는 아니라고 하셨습니다."

"너희 넷이 모이고, 그자가 혼자일 때의 얘기지. 사도마련이라며? 한두 명이 아니란 얘기지. 그것들을 너희가 무슨 수로 당할 건데? 현재 네놈들 무공 수위라고 해봐야 기껏 강기 흉내나 내는 수준이잖느냐."

"그, 그 정도면……."

"괜찮다고? 흘흘흘, 이왕 따라 나섰으니 간단하게 설명을 해주기로 하마. 섬전마도는 도강(刀罡)을 사용하는 자다. 하나, 너희들과는 일단 차이가 있지. 성강(成罡)을 넘어섰으니까. 그와 비등한 자가 한 명이라도 더 있다면 어찌 될지 알지?"

"……!"

그제야 남궁엽과 진율의 안색이 딱딱하게 굳었다.

두 사람이 알고 있는 독안마군의 능력은 상상을 초월했다.

강기무공은 성강의 단계와는 큰 차이가 있는데, 성강의 단계는 강기무공이라 불리기에는 모자라고, 바로 아래 단계인 검사(劍絲)는 훨씬 뛰어넘은 상태를 가리킨다.

남궁엽과 진율은 아직 성강의 단계인 것이다.

그러나 강기무공을 자유자재로 펼치는 독안마군이, 그들 둘이 모이면 자신이 없어 한다? 의외의 말이 아닐 수 없었다.

'혹시 독안마군께선 우리를 긴장시키려고?'

배제할 수는 없지만, 그러기에는 터무니없이 강한 사람이었다.

"혹시, 독안마군께서도 힘들단 말씀이십니까?"

"갈!"

"……!"

"그 녀석들이 전부 덤벼도 내게는 안 돼."

독안마군의 한마디에 남궁엽과 진율은 안심하는 표정이 됐다.

의지가 되는 모양이었다.

악성은 대화를 이끄는 독안마군의 모습에서 제룡이 살짝 겹쳐져 보였다. 아마도 예전에는 남궁엽이나 진율이 독안마군의 모습이 아니었을지.

혼자 한 생각 때문에 피식 웃었다. 그러다 문득 이상한 생각이 들었다.

"저… 하면, 왜 이분들만 보내려 하셨습니까?"

"응? 누가 이 녀석들만 보냈다고 했지?"

"그럼 또 누가 함께 가는 겁니까?"

"흘흘흘, 궁금한가?"

"예."

"안 가르쳐 줘."

"예?"

독안마군은 의미심장한 미소를 지으며 남궁엽과 진율을 향해 말했다.

"가보면 알아. 난 좀 자야겠으니, 도착하면 깨워라."

입을 닫은 그의 얼굴은 뭐가 그리 재미난지, 눈을 감은 상태에서 콧노래까지 불었다.

남궁엽은 지금까지 한마디도 하지 않는 미녀 무혼시한테로 시선을 돌렸다. 진율 역시 같은 생각인지, 미녀 무혼시를 살피는 시선으로 쳐다봤다.

'어쩐다?'

악성은 모른 척해야 하는 것이 미안했다.

그러나 발설하지 말라고 다짐을 받았잖은가.

무혼시를 데리고 움직이는 일은 생각보다 어려웠다. 첫날은 어정쩡하게 넘어간 탓에 별 탈이 없었으나, 이튿날이 되고부터 상황이 희한하게 돌아갔다.

악성이 움직이면 무혼시도 움직였다.

다른 사람들 특히, 남궁엽은 무혼시를 사람으로 여기고 조용히 말을 걸기까지 했다.

엄청 아름다운 외모에 말은 한마디도 하지 않으나, 겉으로 느껴지는 위압감은 엄청난 고수임을 느끼게 해주는 무혼시. 당연히 위협이 됐으리라.

그러나 강시가 무슨 대답을 하겠는가. 벌써 여러 번 무시당한 남궁엽은 마음속으로 벼르고 있었던 모양이다. 잠시 휴식을 취하는 사이에 일이 터지고 말았다.

남궁엽이 말을 건네려 하는 순간, 악성이 볼일을 보러 움직이자 무혼시 역시 일어나 버렸다. 무안해진 남궁엽은 더 이상 참지 못하고 '얼마나 대단한 자인지 보자' 며 손을 썼다.

그 모습을 본 악성이 멈추라고 소리쳤으나, 이미 남궁엽의 주먹이 무혼시의 머리에 거의 닿고 있었다.

다음 순간, 거짓말 같은 일이 일어났다.

스륵—

무혼시가 어느새 자리에서 사라져 악성의 옆에 나타난 것이다.

"……!"

헛손질을 한 황당한 얼굴의 남궁엽은 얼굴이 새빨갛게 변해서 자신의 무기를 뽑아 들었다.

독안마군이 말리지 않았다면 무혼시가 깨지든 두 사람이 창피를 당하든 했을 정도로 일촉즉발의 순간이었다. 물론, 깨지는 쪽은 남궁엽과 진율이었겠지만.

오전에 있었던 일이 다시 일어나지 않도록 악성이 무혼시를 조정할 방법을 찾기 위해 나름대로 연구를 하고 있었다.

무혼시를 보며 고개를 좌우로 흔들었다.

번들거리는 녹광만 뿜어낼 뿐, 눈 하나 깜짝하지 않았다.

이번에는 혀를 내밀고 놀리는 표정을 지었다.

마찬가지였다.

"이러다간 큰일나겠다."

어떻게 다뤄야 하는지도 모른 체 함께 움직인 것이 실수였다.

그러나 도로 무를 수도 없는 노릇이잖은가.

"악 공자님!"

반가운 목소리의 위지무였다.

"어? 위지 각주님?"

악성이 유일하게 친절한 사람으로 기억하고 있는 위지무였다.

위지무는 첫날부터 악성이 있다는 걸 알았으나, 남궁엽과 사이가 좋지 않은 걸 보고 나서지 못했다. 눈치라면 빠삭한 그였다. 어느 쪽이든 불편한 상황은 만들지 않았다.

암황사패의 각주 중에 그만이 일행에 합류했다.

독안마군이 함께 동행하는데 사패의 각주 모두가 참여할 필요 없다는 신도장후의 판단 때문이었다.

"무슨 일이 있으세요? 남궁일패님의 심기가 불편하시던데요."

"남궁일패님이요?"

"모르셨어요?"

"암황사패 중 한 분이시라고만 알고 있었어요."

"하하하, 사마군께는 '군'이란 호칭을 사용하고요. 암황사패께는 '일패'라는 호칭을 사용합니다. 남궁일패님, 진일패님, 정일패님, 북명일패님. 이렇게 암황사패시죠."

"아!"

"한데, 무슨 일인지요?"

"그것이… 이… 분 때문이에요."

"저도 지켜봤습니다. 말도 못하시고, 듣지도 못하시는 것 같던데, 맞습니까?"

'아, 그렇지!'

악성은 활짝 웃으며 고개를 끄덕였다.

"어쩐지… 얘기를 하시지 그러셨어요. 그럼 남궁일패님도 화를 내지 않으셨을 텐데."

"위지 각주님이 말씀 좀 해주시면 안 될까요?"

"그거야 별문제는 아니지만, 악 공자님께서 직접 말씀하시는 게 낫지 않을까요?"

"제가요?"

"예."

지금까지 겪은 남궁엽의 성격을 봐서는 쉽지 않을 것 같았다.

제제의 성질을 생각하고 유추해 내면, 악성이 말을 거는 즉시 무혼시가 했던 반응을 그대로 따라 하리라.

고개를 절레절레 흔들었다.

"괜히 화만 부추길 것 같아요."

"그럼 어쩔 수 없죠. 제가 말씀드리겠습니다."

'하하! 자, 내가 나름대로 도움을 드렸다는 걸 기억하시겠지? 아직은 암황사패님들보다 비중을 높여서는 안 되니까, 좀 더 지켜보고 나서 결정하자.'

위지무의 위기 타계 의식은 이미 어느 경지를 벗어난 상태였다.

미녀 무혼시가 벙어리에 귀머거리라는 걸 안 이상, 접근하는 것은 불필요할 것 같았다.

마차에 오른 악성은 남궁엽이 시선을 외면하는 것을 보고 안도했다. 위지무가 말을 잘한 것으로 여긴 것이다. 그날 이후로는 별 사고 없이 사천성 경계까지 갈 수 있었다.

변화가 있다면 독안마군의 표정이 감숙성에 가까이 갈수록 굳어진다는 정도?

감숙성에 다가갈수록 점점 말이 없어지고, 심각한 표정이 짙어졌다. 악성만의 생각은 아니었는지, 감숙성을 넘어섰을 때 처음으로 진율이 넌지시 물었다.

"독안마군님, 안 좋은 일이라도 있으신지요?"

"응."

"무슨……."

"제법 싸움을 해봤다는 놈이 눈치채지 못했느냐!"

"예?"

"사천성에서 이곳까지 오는 동안 한 번이라도 공격을 받았냐?"

"없었습니다."

"근데 이상하지 않아?"

"……?"

진율이 번뜩 떠오르는 것이 있는지 자세를 고쳐 잡았다.

"기다리고 있다는 말씀이십니까?"

"그렇지. 자신이 있는 게야."

"그럼 다행이지 않습니까. 독안마군께서 가시는 걸 모를 테니까요."

"그렇겠지."

"한데……."

"내가 가는 걸 아니까 문제지."

"에?"

남궁엽이 깜짝 놀라 소리쳤다.

암황사패만 해도 엄청난 전력이 아닐 수 없다. 거기에 사마군의 일인이 함께하고 있었다. 미치지 않고서야 어찌 겁을 먹지 않는단 말인가.

"독안 어르신이 간다는 걸 그들이 어떻게 알고 있습니까?"

악성이었다.

"내가 말했잖느냐. 너희들만 보낸 것이 아니라고."

모두들 꿀 먹은 벙어리가 됐다.

악성은 궁금증이 목구멍까지 치밀어 올랐으나, 불같은 성미에 엉뚱한 말을 할까 봐 억지로 참았다.

'명이는 무사할까? 천궁무백 대협이 명이가 아들이라는 걸 말해줬을까? 그것도 모르고 혹시… 아니지. 그럴 리가 없어.'

곽명의 생사 여부가 가장 걱정스러웠지만, 혹여 천궁 곽무백의 아들이 곽명이란 사실도 모르고 사고를 당하면 어쩌나 싶었다. 그걸 생각하니 묘하게 가슴이 찌르르해졌다.

싸움이 있는 곳은 난주(蘭州)에서 멀지 않은 오천산(五泉山)이었다. 기다리고 있었는지 마차가 도착하자마자 두 명이 나타났다.

정문기와 북명성이었다.

"오셨습니까, 독안마군님!"

마차에서 내린 독안마군은 두 사람의 모습을 보고 격려부터 해주었다.

"그래. 쯧쯧쯧, 까칠한 것이 고전을 하고 있구나."

"독안마군께서 본단을 떠나셨다는 기별을 주신 후, 그래도 나아졌습니다. 저들이 약속이나 한 것처럼 모두 저 안으로 들어가 버렸습니다."

"그래?"

공격이 한 번도 없었던 걸 염려하던 것이 어느 정도 풀린 모양이었다. 독안마군은 주위의 거대한 숲을 쳐다봤다.

뒤쪽에 버티고 있는 거대한 봉우리가 묘하게 신경 쓰였다.

"왔나?"

북명성이 남궁엽에게 고갯짓으로 인사했다.

건방져 보일 수 있는 행동이었으나, 가식은 느껴지지 않았다.

남궁엽 역시 가벼운 턱짓으로 인사했고, 곧바로 뜨거운 악수가 이어졌다. 마치 이제부터가 시작이라는 듯 서로의 눈에서 불꽃이 일었다.

'멋지다.'

악성은 저런 눈빛이라고 생각했다.

곽명을 바라보는 천궁무백의 시선에서도 비슷한 감흥을 받은 적이 있었지만, 지금은 또 달랐다.

절로 감탄사가 터질 수밖에 없는 모습이었다.

위지무는 악성이 활짝 웃는 얼굴로 암황사패를 바라보자, 기회라고 여겼는지 앞으로 나서며 정문기와 북명성을 악성한테 소개해 주었다.

"이분은 악 공자님이십니다. 옆에 계신 분은 악 공자님을 보호하고 계신 분입니다.”

‘역시 위지 각주님은 친절해.’

악성이 고맙다는 인사를 하기도 전에 위지무는 남궁엽의 시선을 피해 곧바로 마차로 도망갔다.

어찌 보면 무척 얍삽해 보일 수 있는 모습이었지만, 누구 한 사람도 그런 눈으로 보는 사람은 없었다.

재주였다.

악성이 가만히 서 있자, 정문기가 먼저 포권을 취했다.

그는 천상 무골이란 느낌을 주는 강한 턱 선을 가진 청년이었다.

‘읏!’

손을 맞잡자, 전해지는 힘에 순간적으로 어깨가 한쪽으로 쏠렸다. 가장 황당한 사람은 남궁엽이었다. 왜 안 그렇겠는가. 지금까지 가졌던 악성에 대한 환상이 정문기의 손짓 하나로 완전히 깨졌기 때문이다.

위험을 알면서도 따라나섰으면서 저런 모습은 뭐란 말인가?

남궁엽의 표정에 독안마군은 곧 일어날 일을 예측하고 ‘흘흘’ 거리며 웃었다.

멀리서 그 모습을 지켜보던 위지무가 기괴한 표정을 지었다.

‘악 공자께서 밀릴 분이 아니신데, 이상하네? 진기를 운용하지도 않은 상태에서 천마신공이 전신에 흐르는 분이 어찌… 혹시 남궁일패님 때문에 일부러 그러신 건가? 엇, 그분이다!’

어느새 무혼시가 소리없이 나타나더니 녹광을 번들거리는 눈으로 정문기를 밀어냈다. 엄청난 힘이었다.

남궁엽은 이미 무혼시의 신법에 당한 경험이 있잖은가.

투기를 일으키는 정문기를 오히려 말렸다.

"말도 못하고 듣지도 못하지만 독안마군께서도 인정하는 분일세. 저… 사람을 보호하기 위해 따라온 것이니 이해하게."

'저 사람?

정문기는 무혼시보다 그 말이 더욱 신경에 거슬렸다.

第七章
사도마련

임시로 만든 거처에 도착한 후부터 모두들 바쁘게 움직였다. 각자가 맡은 일들이 따로 있는 것처럼 일사불란하게 움직였다.

한가한 사람은 오직 악성과 무혼시뿐.

무혼시가 있어 좋은 점이었다. 말 상대를 찾지 않아도 되기 때문이었다. 그러나 그에 반해 나쁜 점은… 너무 많았다.

외모에서 모든 사람들의 시선을 끌었고, 악성 혼자서 할 수 있는 일이 완전히 사라지고 말았다. 식사 때나 움직일 때나, 하다못해 얘기를 할 때도 붙어 있었기 때문이다.

백색 경장을 입은 차가운 미인이라면 누군들 마다하겠는가.

그러나 한시도 악성한테서 떨어지지 않으려 하고, 언제든 움직일 기세로 지키고 섰으니 부담 백배였다.

"앞으로는 무혼이라고 부르마. 무혼, 좋지? 알아들었으면 고개를 끄덕여 봐."

끄덕끄덕.

"어? 하하하."

정말로 무혼이 고개를 끄덕였다.

의외의 수확에 신이 난 악성은 다른 명령을 내려보기로 했다.

"무혼, 내 곁에서 다섯 걸음 떨어져라."

그러나 이번에는 무혼을 움직일 수 없었다.

조금 전과 하나 다를 것이 없는데…….

"흘흘흘. 태어난 지 얼마나 됐다고 사람 말을 알아듣겠는가. 너무 서두르려 하지 말고 천천히 익숙해져야 해."

"독안 어르신, 다 보고 계셨습니까?"

"다는 못 보고, 그 지랄 맞은… 놈이라고 해야 하나, 년이라고 해야 하나? 흠, 하여간 명령을 안 듣는 것만 봤다."

다 보고 있었던 모양이다.

악성은 쑥스러운 표정으로 무혼을 툭 건드렸다.

스르륵—

"어?"

"엥?"

악성과 독안마군의 입에서 동시에 나온 말이었다.

정확히 다섯 걸음.

무혼이 움직인 발자국 수였다.

건드린 악성이나, 좀 전에 무혼을 비웃었던 독안마군이 서로 눈을 부딪치며 어이없어 했다. 마치 무혼이 두 사람을 놀린 것 같았기 때문이다.

"흠, 어처구니가 없구나. 늙었다고 이젠 강시까지 놀린단 말이지? 생각 같아서는 확 깨버리고 싶지만 참기로 한다."

"잘 생각하셨습니다. 무혼이 없으면 제가 너무 심심하거든요."

독안마군이 생각하기엔 악성이 너무도 잘 참고 있었다. 따라간다고 결정을 할 때 누군가를 찾는다는 얘길 들었다.

편한 자세로 악성의 앞에 앉았다.

"내가 바쁜 와중에도 찾은 이유는……."

사십 년 전, 그러니까 소소마군이 첫 번째 무혼시를 만들었을 때의 일이었다. 당시만 해도 소소마군의 머릿속에는 정천뿐만 아니라, 정파라는 무리들에 대한 복수심으로 가득했다.

그런 그의 피를 받고 태어난 무혼시.

오로지 피밖에 모르는 혈강시가 됐었다.

피, 피, 피…….

오죽 했으면 소소마군이 직접, 제룡의 손에 깨지지 않았으면 자신이나 무혼시는 미쳐서 죽었을지도 모른다고 했을까.

즉, 주인의 생각과 피가 어떤가에 따라 무혼시의 행동이 변화된다는 것을 뜻했다.

여기까지 얘기를 한 독안마군은 무혼을 바라봤다.

"내가 말하고자 하는 의미는 잘 알겠는가?"

"아직까진 잘 모르겠습니다. 좀 더 지난 다음, 독안 어르신의 말씀과 같은 징조가 보이면……."

악성은 옆에 찬 무혼검을 보여주었다.

"제가 무혼을 직접 죽이도록 하겠습니다."

"미물일지라도 정이 들면 마물로 변한다는 걸 명심하고."

“알고 있습니다.”

“걱정이 되서 한마디 더 하자면. 저 미물이 암황사패나 나를 느끼면서도 덤볐다는 건, 자기의 능력을 알고 있을지도 모른다는 거야. 자네는 아직…….”

말하기 곤란해 보이자, 악성이 대신 나머지 말을 했다.

“제가 해를 입을지도 모른다는 말씀을 하고 싶으신 거군요.”

“옳지. 바로 그 얘길세. 흘흘흘.”

“저는 무혼이 마음에 듭니다. 약한 주인을 선택해 준 것이 고맙거든요.”

독안마군은 더 얘기해 봐야 악성에겐 소용없음을 깨달았다.

“하나 더.”

“예.”

“몸에 이상은 없나? 이를 테면 어깨가 아프다든지, 심장이 아프다든지 말이야.”

“독안 어르신께서 직접 치료를 해주셨잖습니까. 멀쩡합니다.”

독안마군이 미심쩍은 얼굴로 계속 쳐다보자, 악성은 팔과 다리를 이리저리 움직이며 증명해 보였다.

‘그것 참.’

분명히 미약하긴 해도 천마신공의 기운이 흘러나오는 것을 느낄 수 있었다. 그러나 단전을 통해 일어난 내공은 아니었다. 피부에 흐르는 표피와 같은 느낌이랄까? 그가 넣은 천마신공이 아니고서야 설명이 되질 않았다.

피 자체가 내공이 되는 원리를 그가 어떻게 생각할 수 있겠는가, 단전이 기를 순환시켜 주듯이 심장이 피를 순환시켜 주는 원리도.

몸에 이상이 없다는 걸 확신한 독안마군은 고개를 끄덕여 주고는 암황사패가 기다리는 곳으로 갔다.

독안마군한테는 철칙이 있었다.

싸움을 시작하면, 상대가 죽을 때까지 몰아붙이는 것이다.

무식하게 여겨질 수도 있지만 그것은 그를 모르는 사람들에게나 통용되는 말이었다.

그는 완벽하게 준비를 한다. 또, 모든 계획의 처음부터 끝까지 함께 움직인다. 부하들이 필승의 자신감을 가질 수 있도록 하기 위한 그만의 전략인 셈이다.

지금도 어디선가 가져온 네 장의 서찰을 펼쳐 놓고 있었다.

한순간에 지휘를 받아야 하는 신세가 됐지만, 암황사패 중 누구도 불만스런 표정을 짓는 사람은 없었다.

사마군의 영향력이란 그들에겐 절대적이기 때문이다.

"현재 우리 인원은 백여 명이다. 하나, 검기를 사용하는 자가 스물, 검사를 사용하는 자가 겨우 넷, 성강의 단계에 접어든 너희 넷까지 정예는 서른 명 내외다. 나머지는 가봐야 죽는다. 저 안에 얼마나 많은 인원이 있는지 모르지만, 최대한 빠른 시일 내에 저들의 머리를 쳐야 한다. 알겠느냐."

"예!"

"암황사패는 당분간 움직이지 않는다. 이미 노출된 너희들은 저들의 경각심만 일깨우니 이곳에서 부하들을 가르쳐라."

뭔가를 얘기하려다 그만두는 북명성을 대신해 장문기가 대신 말을 해주었다.

“독안마군님, 지금까지 진행해 온 북마의 전술이라도…….”

“들을 필요 없다. 모두 내가 지시한 대로 움직이면 된다. 또 다른 질문?”

“…….”

“없으면 오늘은 쉬어라. 각자 맡았던 일을 교대하고 따로 지시가 있을 때까지 얌전히 이곳을 지키도록.”

독안마군의 말이 끝나기 무섭게 사람들의 움직임이 빨라졌다.

숲을 바라보는 독안마군의 눈이 예사롭지 않게 빛났다.

쉭―

중지와 검지를 이용해 날아오는 물체를 잡았다.

나뭇가지를 깎아서 만든 둥근 타원 모양의 조각에 천이 감싸여 있었다.

간략하게 적어 보냅니다.

시각 : 내일 유시(酉時:오후 5시부터 7시 사이).

인원 : 약 4백 명.

무공 수준 : 섬전마도와 그의 제자가 강기무공을 사용함. 나머지는 군단의 사패와 각주들이라면 충분히 제압할 수 있음.

―비(秘).

“왔구나.”

비라는 인물은 독안마군이 믿는 몇 안 되는 심복이었다.

음지에서 살아야 하는 삶이기에 양지로 올라오진 못하지만, 그렇기에 잠입과 정보를 수집하는 능력은 최고였다.

"내일이면 끝이군. 흘흘흘."

독안마군과 같이 피로 점철된 인생에서 믿음이란 쉬운 단어가 아니었다. 그가 제룡을 대하듯, 누군가도 똑같이 대할 때에야 완전한 믿음이 생겨나는 것이다.

그런 사람이 비었다.

십여 년 만에 내린 명령에도 처음과 같이 한결같은 충성을 보여주는 사람.

독안마군은 뿌듯함에 한쪽 눈을 찡그리며 기분 좋은 인상을 썼다. 돌아가 최소한의 인원을 뽑아야 할 것 같았다.

독안마군이 사라진 곳의 건너편 숲.

천궁무백은 아들을 찾은 기쁨으로 갑자기 욕심이 많아졌다.

그 첫 번째가 바로 무공이었다.

많은 실전만이 무공을 전할 수 있는 최상의 방법이라고 믿는 천궁무백의 가르침 때문에 곽명은 하루도 편히 쉬질 못했다.

"내가 지닌 무공의 요체는……."

"당기고 미는 것이라고 하셨습니다."

"……!"

얼마나 기특한가.

천궁무백은 위기라면 위기인 지금 이 순간에도 행복을 느끼고 있었다.

"벌써 한 달은 지났을 것 같다. 몇 명이나 상대할 수 있겠느냐."

"몇 명이든 상관없습니다."

"아니, 틀렸다. 정확한 판단은 네 생명과도 직결된다. 잊지 마라. 지금의 너를 평가함에 있어 관용도, 허세도 부려서는 안 된다. 몇 명.”

“…다섯 이상은 힘들 것 같습니다.”

“좋다. 다섯만 남겨 놓고 나머지는 이 아비가 맡기로 한다.”

“죄송합니다. 짐만 된 것…….”

철썩─!

곽명의 뺨이 휙 돌아갔다.

“다섯을 죽이면 다음에는 열이다. 각오해라. 그리고…….”

“…….”

“아버지한테는 그런 말을 하는 것이 아니다.”

“……!”

곽명은 곧바로 일어서며 고개를 숙였.

‘이렇게 하시지 않으면 안 되니까, 엄하게 하시는 거다.’

벌써 여러 날 째 천궁무백은 물 한 모금 제대로 마신 적이 없었다. 그 정도 되는 고수한테는 별문제가 아니었으나, 곽명에게는 무리가 아닐 수 없었다.

앞서가던 그가 무언가를 던졌다.

툭─

“지나오는 길에 샘물에서 받았다. 마셔라.”

‘언제…….’

주저 않고 벌컥거리며 마신 물은 그냥 물이 아니었다. 곽명에겐 생명수나 마찬가지였다.

그때, 두 사람 앞에 꽤 많은 수의 무리가 나타났다.

“멈춰라!”

한눈에 보기에도 심상치 않아 보이는 기세들이었다.

곽명은 자신도 모르게 천궁무백이 준 검을 움켜쥐었다.

대개가 노인들이었고, 하나같이 눈에 날이 서 있었다.

"너희들도 사도마련의 종자들이냐?"

"강북칠우(江北七友)의 주인들을 죽이고서 발뺌은 하지 않겠지?"

"강북칠우?"

'아!'

곽명은 짚히는 바가 있었다.

염라문에서 죽었던 일곱 명의 인물이 떠오른 것이다.

천궁무백은 아는지 모르는지 귀찮다는 표정을 지었다.

"어차피 죽고 싶은 놈들이군. 질질 끌지 말고 와라."

"뭐, 뭐라고!"

강북칠우는 감숙, 섬서, 산서에 자리한 일곱 개의 세가와 문파를 가리킨다. 이들이 일제히 천궁무백을 찾은 이유는, 곽명의 예상처럼 염라문의 일 때문이었다.

"왜 가주님을 염라문으로 끌어들여 죽였는지 말해라. 안 그러면……."

으드득―!

이를 갈며 말한 노인은 자신의 양손에 쥐어진 비월(飛越)을 치켜들었다. 마치 자신의 이름이라도 알리려는 듯.

문제는, 천궁무백이 이들에게 전혀 관심이 없다는 것이다.

이미 뒤쪽에서 날카로운 예기를 뿜어내는 자들을 감지한 까닭이다. 눈앞의 인물들 열이 합쳐도 어림없을 정도의 예기였다.

"명아, 다섯이다."

"이, 이들을 말입니까?"

"충분해."

충분하다고 했다. 그럼 충분해야 한다.

이미 선택의 여지가 없었다.

그들이 곽명부터 공격하기 시작했기 때문이다.

곽명이 막고 지르고, 당기고, 다시 밀 때까지 천궁무백이 해치운 수는 거의 스무 명에 육박했다. 그러나 아직도 몰려드는 인원은 줄어들지 않았다.

시간이 흐르며 곽명은 피로가 누적된 모습을 보였다.

"헉헉……."

천궁무백은 곽명에게 다가와 말해주었다.

"호흡은 그렇게 하는 게 아니다. 가르쳐 준 대로 하지 않으면 배움은 소용이 없는 것이다."

"죄… 죄송… 헉헉……."

"됐으니, 자리에 앉아 운기하도록 해라. 내가 알려준 세 가지를 기억하느냐?"

"첫째… 천궁심법(天弓心法), 둘째… 헉헉… 천궁현신(天弓現身), 셋째, 천궁천하."

"맞다. 잊지 마라. 네가 지금까지 사용한 천궁천하는 특히."

곽명은 천궁심법의 구결을 떠올리며, 천궁무백이 만들어준 단전에 신경을 집중시켰다. 비록 삼십 년의 내공이었지만, 곽명에게는 대단한 자부심을 갖게 하기에 충분했다.

곽명의 몸에서 희미한 아지랑이가 피어날 때, 천궁무백은 안색을 굳히며 소리쳤다.

"갈!"

츠츠츠츠—!

기묘한 울림이 채 끝나기도 전에 반경 십여 장의 나무들이 베어져 나갔다.

"천궁무백, 이곳은 사도마련의 영역이다. 강북칠우와 그들의 식솔을 모두 죽인 것도 모자라, 우리의 피까지 넘보느냐? 실성은 분명 실성이 군. 크흐흐!"

낮고, 느릿한 음성.

음성에 실린 내공이 의외로 막강해, 천궁무백은 잠시 기척을 놓칠 뻔했다. 잠이 모자라서 그럴 것이다. 그렇지 않고서야 그의 신경을 분산시킬 자가 있을 리 없었다.

"모습을 드러낼 용기가 없으면 왔던 길로 되돌아가라."

곽명의 앞에 서서 주위를 샅샅이 훑었다.

좌측 둘⋯ 우측 하나.

세 명 중 유난히 강한 기운을 뿜어내는 자가 있었다.

아직은 함부로 움직일 수 없는 상황이었다.

곽명이 운기가 끝날 때까지는 천지가 무너져도 자리를 떠날 수 없었다.

스릿—

나뭇잎을 밟고 어디론가 이동한 모양이다.

이렇게 되면 좌측 하나, 우측 둘이 된다.

이 정도의 움직임이 가능하다면, 천궁을 사용한다고 해도 한 번에 죽일 수 있는 고수들이 아니었다.

'감숙성에 저만한 고수가 아직 남아 있었던가? 정천에는 없다. 아 니, 있어도 밖으로 내보낼 리가 없지. 누굴까?

적어도 저런 움직임은, 움직이면서 오차없이 상대를 죽이는 데 익숙한 자가 아니면 불가능했다.

부시럭—

"……!"

천궁무백의 시선은 소리가 난 곳이 아닌 그들이 숨어 있는 곳을 주시했다. 어느새 그의 천궁이 어깨에서 내려와 있었다.

시선을 돌리는 순간을 노린 장난일 것이다.

츠츠릇—!

기괴한 음향과 함께 거대한 륜이 숲에서 튀어나와 곧장 그를 노리고 날아왔다.

천궁을 당겼다 놓았다.

빛이 빠른 속도로 륜을 향해 날아갔다.

형체도, 소리도 없는 무형무음의 화살.

그만이 날릴 수 있는 화살이었다.

쿠— 콰쾅—!

허공에서 무형의 화살과 부딪친 륜이 크게 휘청댔다.

천궁무백은 아직도 오연한 시선으로 전방을 주시한 채, 마치 아직 상대가 나타나지 않았다는 듯 입매가 꽉 다물어져 있었다.

륜을 거둬간 자인 듯 표정이 좋지 않은 중년인이 숲에서 나왔다. 예기가 느껴지던 셋에서 둘이 빠르게 어디론가 날아가는 것이 감지됐다.

'뭐지?'

중년인의 얼굴은 해골을 연상케 할 만큼 못생겼다.

"역시 대단하군. 천궁무백이란 이름이 왜 그토록 대단한지 알겠어. 하나, 나 폭혈륜(暴血輪)도 만만찮지. 클클."

‘폭혈륜!’

들어본 적이 있었다. 그러나 감숙성에 있을 자가 아니었다. 절강성에서 제법 흉흉한 소문을 몰고 다니는 자였다. 암황무적군단에도 들어가지 않고, 혼자서 천상천하 유아독존한다는 자다.

“감숙성까지 웬일이지?”

“호, 내 이름을 들어본 적이 있나 보군. 크크, 제자를 아끼는 모습은 그동안 잘 봤다. 죽으면 꽤나 괴로워하겠더군.”

천궁무백이 갑자기 알 듯 모를 듯한 표정을 지으며 웃었다.

“후후후.”

“……?”

“지껄이는 건 끝났나?”

“……?”

쾅―!

폭혈륜은 간신히 무형의 화살을 륜으로 막으며 뒤로 날아갔다.

“기습은 너희들만 할 수 있는 게 아니지. 카핫!”

포효와 함께 돌아선 천궁무백의 손에서 두 개의 빛이 빠르게 날아갔다. 곽명을 노리고 사라졌던 두 명이 가슴이 뻥 뚫린 채 떨어졌다.

이미 폭혈륜이 다가올 때, 어느 정도 짐작을 하고 있었다.

싸움이라면 아들을 찾기 위해 다닌 이십 년 동안 지겹게 했다.

저들의 잔머리보다 훨씬 많은 경험이 그에게 있었다.

폭혈륜은 자신의 상대가 아니란 걸 깨달았는지, 곧바로 방향을 틀어 사라졌다.

“후웁…….”

곽명이 눈을 떴다.

“헉!”

폐허가 되다시피 한 주위를 보고 깜짝 놀라 소리친 것이다.

“사부님, 싸움이 있었습니까?”

“놈!”

“……?”

“나와 싸울 수 있는 자가 있다고 여기느냐!”

“아, 아닙니다.”

“내게 도전하는 자는 있어도, 나와 싸울 자는 이 땅에 없다. 알겠느냐.”

“예, 사… 아버님!”

곽명은 천궁무백의 한마디에 가슴이 벅차 그대로 고개를 땅에다 박았다.

‘다음에는 저들보다 강한 자가 오려나? 그런 자들이 어찌 한곳에 모두 모여 있단 말인가? 흠…….’

“일단은 천궁무백의 발걸음을 묶어놓았습니다. 작전대로 한다면 이번 기회에 독안마군과 암황사패를 모두 죽일 수 있을 것 같습니다.”

천궁무백한테 덤벼들었던 폭혈륜이었다.

그가 있는 곳은 사도마련의 본거지라 할 수 있는 오천산 숲 안쪽 깊은 곳이었다.

봉우리를 등지고 그 아래 요새처럼 생긴 곳에 적어도 이백여 명은 족히 될 것 같은 인원이 모여 있었다.

제법 많은 인원이 자리에 앉아 회의 중이었다.

가장 상석에 앉은 자의 등에는 그의 앉은키보다 긴 도가 등을 받치고 있었다.

섬전마도 주광빈.

희끗한 귀밑머리가 보이는 것으로만 판단하면 육십은 훌쩍 넘은 것 같았으나, 피부는 결코 사십대 중반을 넘어 보이지 않았다.

그만큼 내공이 높다는 걸 보여주는 모습이었다.

"금적산이 잘해주겠지. 그렇지 않더라도 상관은 없겠지만."

"쉽게 할 수 있는 일을 돌아서 갈 필요는 없다고 생각합니다."

주광빈의 아들 주벽진이었다.

"그래서 네 말대로 하지 않았느냐."

"천궁무백은 이제 두 가지 중 한 가지를 선택할 수밖에 없습니다. 가려던 길을 재촉하는 것과 계란으로 바위를 치는 것입니다."

계란으로 바위를 친다는 뜻은, 단신으로 사도마련과 싸운다는 의미였다.

"내가 오히려 그를 끌어들였다는 뜻이냐?"

폭혈륜의 눈빛이 사나워졌다.

"후후후, 뭐, 그렇다는 뜻입니다."

"그래?"

그러나 주광빈이 있는 자리이기에 참을 수밖에 없었다.

강자들이 속속 등장하는 중심에 있는 그들이었다.

심적으로 압박이 대단했다.

주광빈은 아들을 야단치지도, 다른 동료의 편을 들지도 않았다.

"이번 일만 해결되면 감숙성은 우리 것이 된다. 이미 힘을 잃은 정천 따위는 신경 쓸 필요도 없으니까. 제룡! 기다려라."

제룡이란 한마디에 그들의 시선에 불이 확 지펴졌다.

악성은 화가 나 가만히 있질 못했다.

독안마군은 땅거미가 지자, 서른 명을 뽑아 어디론가 떠났다.

신법도 펼칠 줄 모르는 악성을 데리고 가봐야 도움이 안 될지 모른다. 대결을 해본 경험이 거의 없는 악성을 데려가 봐야 짐만 될지도 모른다.

그러나! 말도 없이 부하들에게 감시하라고 하다니!

도저히 가만히 있을 수가 없었다.

"명이가 어떤 상황에 있는지도 모르고 손을 놓고 있어야 하다니… 이건 말도 안 돼!"

악성의 감시를 맡은 사람은 위지무였다.

나서지도 못하고 안절부절 전전긍긍하며 눈동자만 쉴 새 없이 굴렸다.

"위지 각주님, 정말로 보내주실 수 없으세요?"

"독안마군께서 돌아와 악 공자님을 찾으시면 저는 드릴 말씀이 없습니다."

"……"

남궁엽과 눈만 마주쳐도 얼어버리는 위지무에게 화풀이를 해봐야 소용없었다.

"도대체 왜 저를 안 데려가신 건지, 이유를 알고 계세요?"

"그, 그것이……."

위지무는 오후에 나눴던 대화를 들었다.

남궁엽이 악성의 무공에 관해 물었고, 독안마군은 가감없이 말해주었다. 결과는 악성의 동행을 반대하는 쪽으로 났다. 독안마군이라도 암황사패가 동시에 반발하는 데에야 방법이 없었다.

악성에겐 말을 할 수가 없어 위지무를 남겨놓은 것이다.

"악 공자님, 솔직히 말씀해 주시겠습니까?"

"뭘 말이죠?"

"신법을 펼칠 줄 모른다는 말씀이 사실인가요?"

"……."

신법을 펼칠 줄 모를 뿐더러, 신법이란 말을 모르는 악성이었다.

"신법이 뭐지요?"

"……!"

위지무는 입을 떡 벌린 채 말을 잇지 못했다.

그가 배웠던 신법에 대한 생각이 빠르게 스쳐 갔다.

신법은 빛과 같은 속도를 내야 한다. 단 일각의 차이로 목숨이 왔다 갔다 하는 곳이 무림이다. 그 일각의 차이를 없애줄 수 있는 무공이 바로 천마행공(天魔行空)이다. 천마행공은 신법이되 무공이다. 이는 천마행공만을 펼치면 신법이지만, 자유로운 두 손을 사용하면 무공이 되기 때문이다.

"천마행공을 정녕 모르신단 말씀이십니까?"

"천마행공이요?"

위지무가 보기에 악성은 진지했다.

지금까지 악성이 농담을 한 적이 한 번도 없지 않은가.

그러나 도저히 인정할 수 없었다. 천마신공을 펼칠 줄 아는 사람이 천마행공을 모른다? 말이 되질 않았다.

'혹시 다른 신법을… 그래, 그랬겠지. 휴, 난 또.'

차선책으로 천마행공의 구결을 들려주기로 했다.

"악 공자님, 아마 기억을 못하시는 것 같은데, 제가 천마행공의 기본 구결을 들려 드릴 테니 잘 들어보십시오. 삼변에서 시작된 기운을 양 위에 집중시키면 추진하는 힘이 커져…(중략)… 시선의 변화에 따른 행공과 속도에 따른 행공으로 나뉜다. 여기까지입니다. 기억… 나시죠?"

위지무는 말을 마치고 악성의 안색을 살폈다.

악성의 표정에는 이렇다 할 표정이 떠오르지 않았다.

'아니겠지. 설마.'

"삼변이 뭐죠?"

"컥!"

삼변이란 두 발과 보이지 않는 공간을 말한다. 전후좌우의 어떤 쪽이든 축을 삼을 수 있는데, 신법일 경우에는 두 발로 도약 후, 공중에서 처음으로 밟는 곳을 말한다. 보법일 경우는 이동하고 싶은 방향을 축으로 잡아 그곳을 밟게 된다.

정의와 설명에는 차이가 있으나, 어차피 위지무가 자초한 일이 아닌가. 약간의 실망함과 앞으로의 일을 걱정하는 목소리로 대답해 주었다.

'아하! 동시에 세 곳이 아니라, 순차적으로 세 곳이란 말이지? 가만, 순차적으로 세 곳을 밟는다고?'

가장 기초적인, 모를 수가 없다고 생각되는 상식을 가장 어렵게 느끼는 사람이 있다. 대부분 경험이 없어 그 시작과 끝을 모르기 때문에 막히는 것이다.

왜 그래야 하는지를 모르는데 어떻게 받아들이겠는가?

다른 건 다 이해를 하면서도 그것들을 연결시켜 줄 조각 하나를 몰라 손을 놓는 경우와 같았다.

"내공을 사용하시면 좀 더 간단해집니다. 즉, 허공을 찰 때 단전에서

어느 정도의 내공을 뒷받침해 주느냐에 따라 그 속도가 달라진다는 뜻
이지요.”

위지무의 설명에는 실망이 담겨 있었다.

“아!”

이젠 악성이 감탄을 하든 말든 자포자기의 심정으로 마저 입을 달싹
였다.

“옆이든, 뒤든, 허공이든 마음대로 정하는 것이죠.”

팡―!

“이렇게요?”

“……!”

위지무는 갑자기 벌떡 일어나 시선을 들었다.

“저저…….”

허공에서 손을 흔드는 악성의 모습이 보였다.

“하, 하하. 놀리시다니… 악 공자님, 진작에 신법을 펼칠 줄 안다고
말씀하셨으면 문제가 없잖습니까. 하하하!”

악성은 위지무의 말을 듣고서 펼쳤을 뿐이었다.

위지무가 불러줬던 구결을 듣고 생각을 떠올리자, 몸속에 있던 거대
한 눈이 계속해서 한 가지 방법으로 몸을 순환하는 것이 아닌가?

심장이 뛰는 속도에 따라 거대한 눈의 움직임도 빨라졌고, 무혼의
손을 도움닫기로 하여 날아오를 수 있었던 것이다.

땅에 내려서며 무혼의 어깨를 두드려 주었다.

위지무가 다가오며 악성의 손을 잡고 빠르게 말했다.

“왜 숨기셨습니까, 악 공자님.”

‘숨긴 적 없는데…….’

슬쩍 무혼을 쳐다보자, 무혼의 아름다운 눈에서 녹광이 번들거리고 있었다.

그 모습이 마치 웃는 것 같았다.

"악 공자님!"

위지무는 악성이 이리저리 움직일 때만 해도 기분 좋게 바라볼 수 있었다. 그러나 점점 한 번의 도약 거리가 멀어지며 시야에서 사라지는 횟수가 늘었다.

그럴 수 있었다. 그가 경험한 악성의 천마신공은 그 정도의 능력을 보여주기에 충분했으니까.

소리쳐 악성을 부른 이유는 진영에서 너무 멀리 이탈했다는 사실을 깨달았기 때문이었다.

독안마군이 서른 명을 데리고 사라진 방향으로 적어도 삼사백여 장은 날아온 것 같았다.

"그만 가세요. 너무 멀리 나오셨습니다."

악성은 위지무가 다가오는 걸 알면서도 어쩔 수 없이 다시 신형을 날려야 했다.

"위지 각주님, 죄송해요. 저는 명이를 찾아봐야 해요. 돌아가서서 독안 어르신께 죄송하다고 말씀드려 주세요."

'컥!'

죽으라는 말과 다름없었다.

"아, 안 됩니다, 악 공자님. 제가 그 얘기를 꺼내는 순간 저는 죽습니다."

공포에 질려 말까지 더듬는 위지무의 표정으로 봐서 정말로 그런 일이 일어날지도 몰랐다. 암황무적군단에 몸담은 사람들의 성정을 이미 알고 있는 악성이잖은가.

'어쩐다…….'

그러나 마음이 너무 급했다.

"그럼, 같이 가시죠."

"……."

죽는 것보다는 그것이 나을지도…….

침묵은 긍정이고, 악성의 발은 더 기다려 주지 않았다.

"악 공자님… 벌써 가셨네. 이런 말도 안 되는 일이 왜 일어난 거야. 익!"

위지무는 무혼과 악성의 뒤를 따라 힘껏 땅을 박찼다.

*   *   *

깔끔한 옷을 입고 거울 앞에 선 음양마랑(陰陽魔狼) 조의찬은 흑의무복을 이리저리 건드리며 자세를 취했다.

붉은 두건을 머리에 두른 자신의 모습에 취한 것처럼 보였다.

흡사 천하제일고수라도 보는 듯 자신감이 가득했다.

"허, 흐흠!"

음양경(陰陽經)의 위력은 실로 대단했다.

지금까지 그와 음양교합을 나눈 여자는 셀 수도 없이 많았다.

그때마다 아주 조금씩, 상대가 느낄 수도 없는 양의 음기를 뺏어왔고, 그 힘이 모여 그를 사도마련의 중추로 올려준 것이다.

사람에겐 모두 향기가 있어, 그 향기가 서로를 끌어당긴다고 한다.

음양경은 바로 그 향기를 내공운용을 통해 낼 수 있게 해주었고, 여자들의 호감을 사게 해주었다.

그러나 음양경의 심오함은 음양교합 따위와는 전혀 상관없었다.

조의찬이 단 일 할이라도 음양경에 대해 이해를 했다면 그런 생각 자체를 하지 않았으리라.

신체의 일부분만 접해도 상대의 기를 훔칠 수 있는 천고의 무공 비급이었고, 역으로도 마찬가지였다.

대자연의 기를 가져와 그대로 전해주기에 부작용이란 있을 수도 없었다.

소상(少上), 상양(上陽), 양충(陽衝)의 전 삼단계는 기의 보충을 통해서도 올라설 수 있는 단계였다. 하나 양충을 통과한 다음은 단순한 기의 보충만으로는 어림도 없는 경지였다.

충소(衝少), 소충(疏衝)의 단계는 기를 뿜어낼 수 있는 단계로, 음양자가 딱 한 번 선을 보인 무공이었다. 건곤조화(乾坤造化)로 잘 알려진 이 무공은 권장각은 물론이고, 어떠한 무기에도 적용할 수 있었다.

마지막 소소(疏疏)의 단계에 이르면 건곤조화 또한 아무 소용이 없게 되는데, 이는 내공이 마르지 않으니 보충하거나, 뿜어낼 필요가 없기 때문이다.

"제길, 소소의 단계에 이르려면 백 년을 참선해야 한다고? 큭, 음양자는 미친놈이었어. 그저 즐기면서 살면 그만인 것을."

음양비급을 품으로 갈무리한 그는 섭선을 멋지게 폈다.

"천궁무백이든 만궁무백이든 알아서들 하라고. 나야 시간 날 때마다 즐기면 그만이니까. 크하하하하!"

그가 사도마련에 가입한 이유 중 가장 큰 것이 여자였다.

지금 만나러 가는 여자는 몽화(夢花) 소미미라는 여인으로, 그에게
여자를 무한정 제공해 주는 여인이었다.

"흐으… 응. 잠시만요."

가슴에 얼굴을 파묻은 조의찬은 도리질치는 몽화의 표정을 보고 좋
으면서 싫은 척한다고 생각하여 더욱 고개를 파묻었다.

몽화는 발그레한 얼굴로 슬그머니 상체를 뒤로 빼며 옷매무새를 갖
추었다.

"뭡니까?"

"핏, 급하긴. 조 대협께 보내 드릴 여자가 이젠 바닥이 났다구요."

"상관없습니다. 전에 안았던……."

"저를 드릴까 싶어요."

"……!"

늘 이쯤에서 다른 여자를 보내주던 몽화가 직접 몸을 주겠다고 한
것이다.

조의찬의 눈이 벌겋게 충혈되며 입맛까지 다셨다.

"쓰읍… 어떻게 해야 하죠?"

"호호호, 그냥… 부탁 하나만 들어주면 돼요."

"말씀만 하세요. 전부터 쭉 신세만 져서 안 그래도 미안하던 참이니
까요."

욕정으로 조의찬의 눈이 번들거렸다.

몽화는 찬찬히 그의 눈을 살피더니, 귓가에 입술을 대고 나긋한 목
소리로 말했다.

"제가 철 가가의 연인이란 건 알죠? 이번 기회에 벗어나고 싶어요.

독안마군이 오면 그를 부추겨 주세요. 예?"

"……."

조의찬이 대답을 하지 못한 이유는, 몽화의 요구가 너무 간단해서였다. 그 정도를 부탁이라고 할 리 없는 여인이었다.

망설이는 표정을 짓자, 몽화가 다가서며 가슴으로 그의 허벅지를 점령했다.

'읏!'

신체의 일부가 급속히 팽창했다.

"아주 작은 부탁인데… 제가 마음에 안 드나요?"

단지 의심일 뿐이었다. 애잔한 눈길로 바라보는 몽화를 거절할 이유는 되지 않았다.

"그 정도야 뭐."

"나… 중에 제가 손짓하면 해줘요, 예?"

조의찬은 아찔한 충격에 마른침을 삼키며 고개를 끄덕였다.

'이 정도 몸에, 상당한 내공까지 지닌 여자는 흔치 않지. 적당히 봐서 몸을 빼면 그만이니까, 님도 보고 뽕도 따는 셈인가? 크하하하!'

걷는 자 위에 나는 자 있다던가?

몽화는 기뻐서 볼을 부들부들 떠는 조의찬을 보며 내심 코웃음치고 있었다.

'호호호. 좋아하긴. 여자애들에게서 음기를 빨아먹었으면 토해내야지. 네 걸 먹어줄까 했지만, 그보다는 이쪽이 더 낫지. 까르르르!'

독안마군은 정확히 유시에 그들의 본거지가 있는 곳으로 갔다.

'비' 가 적어준 대로라면 그 혼자서도 충분히 몰살시킬 수 있는 전력이었으나, 암황사패에게 기회를 주고자 서른 명을 뽑아온 것이다.

"지금부터 곧장 정면으로 치고 들어간다."

"예?"

남궁엽이 깜짝 놀라 독안마군을 쳐다봤다.

"문제가 있느냐."

"저들의 숫자를 북마가 말씀드렸잖습니까, 이백 명도 넘는."

"있으나 마나 한 것들뿐이다."

너무 확고했다.

이유가 있으리라. 지금까지 그래왔던 것처럼 믿고 따르면 그만이었다.

"알겠습니다."

"암황무적군단에 대항하는 자, 어떻게 되는지 직접 보여주겠다."

독안마군의 신형이 제자리에서 허공을 떠올랐다.

아무것도 없던 그의 손에서 검이 만들어지며 그대로 날아갔다.

쿠콰― 아아아앙―!

반경 이십여 장은 족히 사라졌을 위력이었다.

암황사패는 기세를 놓치지 않고 신형을 날렸다.

츠츠츠츠―

섬전마도의 손짓에 따라 뿌연 먼지가 걷어지며 폐허가 된 건물의 잔재가 보였다.

"역시 사마군 중 한 명이군."

주광빈의 말을 받으며 주벽진이 혀를 찼다.

"어리석은 놈! 누울 자리도 가려서 누우라고 했건만, 힘이면 모든 게다 되는 줄 알다니. 쯧쯧쯧!"

유난히 차갑게 생긴 중년인, 철문비가 전방을 노려보고 있었다.

몽화가 먼지를 털듯이 손으로 입을 가리며 약간 코맹맹이 음성으로 말했다.

"누가 저 늙은이를 죽여줬으면 좋겠어요. 으휴, 먼지……."

신호였다.

조의찬은 몽화의 말을 이어 부추겼다.

"철 형께서 나서실 것 같은데요? 제가 한 팔 거들겠습니다."

"음?"

철 형이라 불린 중년인이 조의찬을 돌아보며 심각한 표정을 풀고서 조소 어린 대답을 해주었다.

"자네가 과연 그럴 수 있을까? 나서게 하고 도망치려는 의도는 아니고? 후후후."

뜨끔!

몽화와 조의찬의 얼굴이 급변했다.

"무슨 소리를 하십니까. 아무리 제가 그런 짓을 할 놈으로 보이십니까!"

조의찬은 철문비의 대답이 나올까 싶어 말을 이었다.

"천궁무백은 염두에 두지 마십시오. 어차피 이곳으로 올 경황이 없는 자입니다."

주벽진이 흥미로운 눈으로 조의찬을 쳐다봤다.

"호, 음양마랑께선 모두 자신이 한 일인 것처럼 말씀하시네요?"

"아, 아니, 내가 했다는 게 아니잖은가."

"아직 폭혈륜께서 돌아오지 않고 있습니다. 좀 더 기다리는 것이 좋을 것 같습니다."

'이런 시건방진 녀석이!'

조의찬의 눈에 살기가 어릴 때, 주광빈이 손을 번쩍 들었다.

"서른 명. 천궁무백이 온다고 해도 이젠 충분해. 가자."

몽화와 조의찬의 표정이 밝아졌다.

또 한 사람.

철문비의 얼굴에도 미소가 그려졌다, 조금은 씁쓸한 미소가.

폭혈륜은 천궁무백을 기다리고 있었다.

다른 사람들은 그가 안 올 거라고 했으나, 그는 천궁무백의 눈을 봤다. 일부러 쫓아가지 않는 것이라는, 곧 찾아갈 테니 기다리라는 눈이었다.

'내 말을 우습게 여기다가는 큰 코 다치지. 혈왕께서 직접 나를 선택하셨다. 공을 세우기만 하면 너희들은 그날로 끝이야. 흐흐흐! 혈왕의 무공만 얻으면 모두 후회하게 만들어주지. 몽화, 네년도. 특히, 주벽진 개새끼, 너는 아주 자근자근 밟아줄 테니까. 응? 저것들은 뭐야!'

오라는 천궁무백은 오지 않고, 우측에서 누군가가 날아오고 있었다. 모두 셋이었다. 셋 중 둘은 앞에서, 하나는 약간 뒤쳐져 있었다.

신법만 봐도 보통 고수가 아니었다.

'기분도 꿀꿀하던 차에 잘됐다. 크크큭!'

그는 품에서 륜을 꺼내자마자 곧바로 허공으로 날렸다.

셋의 실력을 시험해 보고자 하는 의미도 있지만, 실패하더라도 시간을 벌 수 있는 공격이었다.

그의 손을 떠난 륜은 셋보다 훨씬 위쪽으로 날아가다 멋지게 꺾이며 가장 앞에서 달리는 청년의 정수리를 향해 내리 꽂혔다.

‘그렇지! 별것도 없이 신법만 할 줄 아는 놈들… 이 아니다!’

멀리서도 ‘캉’ 하는 소리가 들릴 정도로 강하게 부딪쳤으나, 뒤쪽에 있던 야릇한 아름다움을 지닌 여인이 청년 대신 륜을 맞았다.

그가 놀란 이유는 무혼의 등에 맞은 륜이 그대로 튕겨 나갔기 때문이었다.

엄청나게 단단한 몸을 지닌 여자였다.

“차핫!”

그의 품속에서 륜이 하나 더 나왔다. 양손에 륜을 든 그는 곧바로 셋을 향해 날아갔다. 그러나 그의 공격을 이미 받아봤으면서도 전혀 망설임없이 다가왔다.

“저것들 뭐야?”

폭혈륜은 공격하려던 손을 주춤거렸다.

좀 전의 공격에 전혀 개의치 않는다는 것이 아니고 뭐겠는가.

더구나 다가온 셋 중 제일 앞에 있는 청년의 표정.

인상을 잔뜩 쓴 얼굴로 화를 내고 있었다.

화를 낼 사람은 그가 아니라, 폭혈륜 자신이었다.

망설이지 않고 양손을 흔들자, 일월쌍륜(日月雙輪)이 허공을 갈랐다.

츠츠르릇—!

륜에 달린 톱니바퀴가 회전하며 기괴한 음향을 만들어냈다.

셋은 악성과 무혼, 위지무였다.

악성은 륜이 날아오는 것을 바라보며 당황했다.

‘머, 멈출 수가 없어!’

폭혈륜이 본 잔뜩 화난 얼굴은, 속도를 멈출 수 없는 악성의 답답함을 표현한 것에 불과했다.

조금 전처럼 무혼을 부를 수밖에 없었다.

"무혼, 막아!"

엉겹결에 명령을 내리긴 했으나, 쌍륜이 내는 기괴한 소리가 귀를 괴롭혔다. 심장은 마구 뛰었고, 위급한 상황이면 언제나 나타나는 거대한 눈이 전신을 놀아다니지만, 허공에선 어떻게 해아 힐지 판단이 서질 않았다.

륜의 날카로움과 손을 마주할 자신이 없었다.

검과 대면했을 때와는 또 다른 압박감이었다.

'일단 하나만 날려, 무혼.'

생각이 전달된 것인가?

무작정 달려들던 무혼의 신형이 옆으로 비켜서며 륜 하나를 주먹으로 쳐냈다. 쾅 하는 소리와 함께 륜이 악성과 무혼의 중간으로 지나갔다.

'휴우, 이젠 어떻게 멈춘다?'

속도를 내는 방법은 얼마 안 되는 연습으로 알아냈지만, 멈추는 방법은 몰랐다. 더구나 지금은 포물선을 그으며 떨어지고 있었다. 멈추려 발에 힘을 주면 더욱 빨라지기만 했다.

악성의 속도 모르고, 위지무는 그 화려한 모습에 입을 벌린 채 감탄사를 연발했다.

"두, 두 분 다 엄청나다!"

그러나 악성의 활약은 거기서 끝이 아니었다.

폭혈륜에게 날아가던 악성의 신형이 갑자기 회전을 하더니, 머리와 발의 위치가 바뀌었다.

"……?"

위지무가 알기로는 저런 자세는 천마행공에 없었다.

‘뭘 하시려고 저런… 컥! 저, 저런 공격을!’

그가 볼 때는 악성이 폭혈륜을 공격하기 위해 일부러 절묘한 순간을 기다린 것으로밖에 보이지 않았다.

그러나 정작 당사자인 악성의 입장은 전혀 달랐다.

폭혈륜이 다가오는 것을 보고, 거꾸로 몸을 돌리면 멈출 수 있지 않을까 싶은 생각에 취한 행동일 뿐이었다.

원인과 결과는 각자가 받아들이기 나름인 모양이다.

폭혈륜은 악성에겐 신경도 쓰지 않았다. 무혼의 몸이 자꾸 신경에 거슬리는데, 피하기만 하는 악성을 신경 쓸 겨를이 어디 있겠는가.

그 잠깐 동안에 일어난 일이었다.

한눈 판 결과치고는 너무 가혹한 것이, 악성의 발이 다가오는 걸 봤을 때는 이미 늦어버렸다. 가슴을 내주고 만 것이다.

퍽—!

비명을 지를 틈도 없었다. 이어진 무혼의 주먹이 그의 입을 막아버렸기 때문이다.

빡—!

“힉! 힉!”

위지무는 전율이 일어나는 자신의 팔을 꾹꾹 눌렀다.

치밀한 계산에 의해 성공한 멋진 공격이었다.

아마도 조금 전에 전력을 다했으리라.

힘없이 떨어지는 악성을 무혼이 받아들고서 땅으로 내려서고 있었다. 재빨리 아래로 떨어져 내리며 환호를 질렀다.

“하하하. 정말 끝내줬습니다, 악 공자님!”

“예?”

악성은 폭혈륜과 본의 아닌 충돌로 멈추게 된 걸 다행으로 여기고, 가슴을 쓸어내리는 중이었다.

"조금 전에요. 정말 굉장한 공격이셨습니다. 누가 그런 공격을 생각이나 했겠습니까. 하하하하!"

'공격? 아!'

악성은 폭혈륜은 찾아 주위를 빠르게 둘러봤다. 그와 부딪칠 때 자신도 모르게 중얼거렸던 말이 생각났기 때문이다.

'내 발은 저 사람보다 강하다' 라는, 거대한 눈을 불러내는 주문과 같은 말을 떠올렸으니 그가 멀쩡할 리가 없었다.

위지무는 평상시와 완전히 달라져 있었다.

쉴 새 없이 말을 하며 분주히 떠들었다.

"명이가 누굽니까? 한번 보고 싶습니다. 악 공자님과 같은 분이 구하고 싶은 자라면 특별하겠죠? 이왕 이렇게 된 것, 여기서부터 쓸어버리고 직접 찾아보시죠. 조금 전처럼 악 공자님께서 손을 쓰시고, 저분께서 마무리 하시면 당해낼 적이 없을 것 같은데요?"

"마무리라뇨?"

"저분께서 악공자님의 발에 떨어지는 저자를 주먹으로 때려 죽이셨잖습니까. 원래 그렇게 하려고 하신 게 아닌가요?"

"아!"

"앗, 너무 지체한 모양입니다."

위지무의 말에 악성은 주위를 둘러봤다.

이 정도의 소란을 피우고도 피하지 않은 셋을 가만히 놔둘 리가 없었다. 구름처럼 몰려든 사도마련의 무리들이 소리를 지르며 달려들었다.

"저놈들이 폭혈륜님을 죽였다. 잡아라!"

위지무가 먼저 뒤쪽으로 몸을 날렸다. 개중에 사람들이 없는 곳은 뒤쪽밖에 없었다.

악성과 무혼이 그 뒤를 따랐다.

위지무는 뒤를 돌아보며 씨익 웃었다.

"모두 죽이지는 마십시오. 제 손도 꽤 쓸 만하답니다. 언제 시작할까요, 악 공자님."

"예?"

"이렇게 과감하게 일을 벌이신 이유를 알 것 같습니다. 독안마군께서 싸우고 계시니, 전력을 나누자는 것 아닙니까. 오랜만에 피가 끓습니다. 저것들의 피를 흠뻑 뒤집어쓰고 암황무적군단의 진정한 힘을 보여주고 싶습니다. 명령만 내려주십시오."

악성은 눈까지 반짝거리는 위지무를 배신해선 안 될 것 같은 불길한 예감을 느꼈다. 계획이 있을 리 없었다. 최대한 빨리 이곳을 벗어나고 싶을 뿐이었다.

"일단."

"예!"

"적당한 장소를 찾으세요."

"예? 예!"

위지무의 황당한 눈을 외면하며 속도를 냈다.

"아, 악 공자님!"

악성에겐 천마행공을 멈추는 방법부터 아는 것이 급선무였다.

第八章

의형제

악성은 봉우리 쪽으로 몸을 피하다 나무에 가려진 건물을 발견했다. 자세히 보지 않았다면 벽이라고 여길 정도로 교묘하게 숨겨져 있었다.

"위지 각주님."

"조사해 보겠습니다."

위지무는 천근추를 시전해 무서운 속도로 떨어졌다.

불행히도 악성은 아직 천마행공을 멈추는 방법을 알지 못했다.

"무혼, 가만히 있어."

무혼의 신형이 거짓말처럼 허공에서 멈추었다.

악성은 폭혈륜의 가슴을 찰 때와 마찬가지로 무혼의 등에 부딪친 후, 땅에 내려섰다.

아래쪽에서 위지무가 괜찮다는 손짓을 했다.

‘벌써?’

"아무도 없습니다."

모두 밖으로 나간 모양이었다.

건물 안으로 들어서자, 긴 복도와 복도 양쪽에 수십 개의 방이 있었다. 악성은 그중 하나를 선택해 들어갔다.

위지무는 여전히 호기심 가득한 눈으로 이것저것을 물었다.

"악 공자님, 그를 죽인 수법은 뭡니까? 허공에서 그렇게 마음대로 신형을 뒤집을 수 있는 수법은 들어본 적이 없거든요."

악성 자신도 모르는 걸 어떻게 설명을 한단 말인가.

쓴웃음을 지으며 대충 얼버무렸다.

"그냥 그래야 할 것 같아 몸을 비튼 것뿐이에요."

‘그, 그냥 그래야 할 것 같아서? 헉! 저 말은 독안마군께서 하셨던 말이잖아.’

어느 싸움에서인지는 생각나지 않지만, 위지무가 감명을 받았던 독안마군의 유명한 말이었다.

상대는 정천에서도 꽤 강한 축에 속하는 자였다. 그때 독안마군은 단 일 초에 승부를 냈다.

암황사패가 지금의 위지무처럼 물었고, 독안마군은 악성이 한 말과 똑같은 말을 했던 것이다.

‘설마 당시의 독안마군과 같은 경지?’

계속되는 기대를 저버리지 않는 악성의 행동에 이젠 별의별 생각까지 났다.

악성의 대답을 기다릴 때였다.

무혼이 갑자기 녹광을 번들거리며 뒤로 확 돌아섰다.

“……?”

“……?”

악성과 위지무는 어리둥절해서 방 입구를 쳐다봤으나 아무도 없었다. 조심스럽게 밖을 내다봤다. 건물 입구에 그럴 듯한 외모의 섭선을 든 사내가 서 있었다.

조의찬이었다.

악성과 위지무는 재빨리 안으로 들어가 숨을 죽였다.

‘무혼, 조용히.’

악성의 생각을 읽은 듯 무혼의 기가 삽시간에 사라졌다.

벌써 두 번째였다, 악성의 생각을 읽은 무혼의 행동이.

조의찬은 싸움을 부추기는 데 성공하고 암황사패 중 북명성과 싸우다 이곳 근처까지 왔다.

북명성이 아무리 뛰어나도 일 대 일의 상황에서라면 몸을 빼는 건 문제도 아니었다.

음양경의 도움으로 이미 성강의 단계에 접어든 그였다.

잠입과 환술을 사용하는 자라면, 같은 수준의 고수를 속이는 일은 얼마든지 가능했다.

“일진이 사납군. 암캐 같은 계집. 감히 나를 속이다니. 뭐? 나머지는 알아서 한다고? 철문지의 곁에서 떨어지지도 않고서는. 걸레 같은 계집을 안겠다고 설친 것부터가 잘못이었어. 쳇!”

입구로 들어서던 조의찬의 신형이 갑자기 멈춰 섰다.

“…….”

그의 눈이 민활하게 움직였다.

‘내 후각은 보통 사람들과 다르다. 숨으려면 냄새까지 없앴어야지. 특

이한 냄새가 난다. 이 냄새는 강시를 만들 때나 사용하는 냄샌데…….'

무혼의 기를 감지한 것이 아니라, 냄새로 감지한 것이다.

"나와. 강시 따위를 믿고 숨어 있으면 내가 모를 줄 알았느냐?"

숨어 있던 악성은 깜짝 놀라 위지무를 돌아봤다.

위지무는 조의찬의 말을 믿지 않는 것 같았다.

다행이었나, 난감하기는 마찬가지였다.

무혼의 존재를 알아봤다는 것은 상대할 수도 있다는 암시였기 때문
이다.

강시와 무혼시를 구별할 수 없는 악성으로서는 당연히 걱정스러운
일이었다. 악성이 조금만 무혼시에 대해 알았어도 코웃음 쳤겠지만.

"……?"

한 발자국 앞으로 움직인 조의찬의 안색이 딱딱하게 굳어졌다.

온몸으로 투기를 발산하는데도 강시라 여긴 물건들이 아무런 반응
이 없었다.

'강시를 조종하는 자가 함께 있구나!'

그는 다시 걸음을 멈추었다.

"강시를 조종해서 어찌해 볼 생각은 버리는 것이 좋아. 내 눈에 보
이는 즉시 반으로 갈라 버릴 테니까."

말뿐이었다. 그의 투기에 도발하지 않을 정도라면 보통 강시가 아니
었다. 음양신공을 서서히 끌어올렸다.

쾅―!

갑작스런 굉음이 복도 저편에서 들렸다.

"도망친다고 놓칠 내가 아니다."

건물 천장에서 북명성이 모습을 드러냈다.

“저놈은!”

환술을 사용해서 사라진 조의찬의 종적을 찾아낸 것이다.

당연한 일이지만, 북명성의 신분을 모르는 조의찬으로서는 놀라지 않을 수 없었다. 북명성 혼자라면 놀랄 이유도 없었다. 조금 전에도 전력을 다하지 않았으니까.

그러나 건물 안에 있는 강시와 그 조종자까지 합세한다면 득보다는 실이 많을 것 같았다. 조의찬의 신형이 재빨리 입구를 향해 돌려졌다.

“멈춰라!”

그의 뒤쪽에서 북명성이 아닌 엉뚱한 목소리가 들렸다.

위지무였다.

북명성의 음성에 발작적으로 튀어나온 것이다.

‘저놈이 강시 조종자라고?’

피하려던 마음이 갑자기 사라졌다. 북명성과 위지무 정도라면 충분히 상대할 수 있었다.

“위지 각주?”

북명성은 위지무의 갑작스런 출현에 놀란 것도 잠시, 곧바로 조의찬을 압박해 들어갔다.

한 걸음이나 움직였나?

위지무가 튀어나온 방보다 훨씬 앞쪽의 벽이 터져 나갔다.

푸— 칵—!

‘위지 각주 말고 또 누가 있었다고?’

북명성의 눈에 뚫린 벽 안에서 뿌연 잔영이 위지무의 앞을 가로막는 모습이 보였다.

“악 공자님?”

위지무는 공격을 펼치려던 손을 내렸다.

방 밖으로 튀어나간 위지무가 걱정된 악성은 무혼을 시켜 벽을 뚫게 만들었고, 그 공간을 나와 조의찬에게 달려든 것이다.

“헉!”

악성은 조의찬의 놀란 목소리에 고개를 돌렸다.

허공에 뜬 상태에서 제일 먼저 보인 곳은 그의 가슴이었다.

할 줄 아는 공격이라고는 염라도법밖에 없지 않은가.

무혼검을 뽑아 그대로 찔렀다.

설명은 길었다.

푹—!

“……!”

조의찬의 황당한 눈이 자신의 가슴으로 내려가는 것과 동시에 그의 눈에서 붉은 피가 쏟아져 나왔다.

환술을 펼친 것이다.

곧 전신이 흐물거리며 바닥으로 스며들리라.

“무혼!”

악성의 부름을 기다렸다는 듯이 무혼은 다짜고짜 조의찬의 녹아내리는 머리를 쑥 잡아 뺐다.

뿌각—

“……!”

악성은 잔인한 무혼의 행동에 고개를 돌렸다.

목이 사라진 조의찬의 몸이 그대로 바닥으로 무너졌다.

위지무가 다가섰고, 뒤늦게 북명성의 잔뜩 찌푸린 얼굴이 도착했다.

악성은 등 뒤의 모습을 보고 싶지 않아 일부러 위지무의 얼굴에 시선을 집중시키고 말을 꺼냈다.

"위지 각주님, 괜찮나요?"

"……."

뭘 한 게 있어야 대답을 할 수 있잖은가.

위지무는 그저 복도 저쪽에서 힘껏 달려온 것밖에 없는 없었다.

그 마저도 중간에 멈춰 섰다.

그러나 북명성이 악성을 쏘아보며 화를 냈다.

"당신, 정말 마음에 안 드는군."

"예?"

북명성은 곧 손을 쓸 것처럼 투기를 발산하다가 이를 악물고 밖으로 나가 버렸다.

"자존심이 많이 상했을 거예요, 악 공자님."

"……?"

"아마 밖에서 싸우다 이곳까지 추격해 온 것 같은데… 악 공자님이 너무 쉽게 처치해 버리니 화가 날밖에요. 뭐, 어쩌겠습니까. 북명일패 님보다 악 공자님께서 실력이 월등하신데요."

조의찬이 죽는 광경을 뻔히 눈앞에서 봤던 위지무였다.

북명성이 그를 어떻게 상대했는지는 안 봐도 훤했다. 고생고생해서 싸웠으리라. 놓쳤다가 다시 찾은 걸 보면 틀림없었다. 그런 상대를 가볍게 죽였으니, 화가 난 것이 당연하리라.

그러나 악성은 왜 그것이 화를 낼 일인가를 몰랐다.

제제가 곤경에 처했을 때 도움을 줬듯이 위지무 때문에 나섰을 뿐이기 때문이다.

“몰랐네요.”

북명성은 방금 전에 있었던 일이 있을 수 있는 일인가 싶었다.

복도 끝에서 조의찬이 있는 곳까지는 그의 보법이라면 촌각도 걸리지 않는 거리였다. 중간에 위지무가 나타나서 좀 놀라기는 했으나, 괜찮았다. 위지무는 십이마를 죽일 능력이 안 되니까 얼마든지 나서서 까불어도 상관없었다.

그러나 악성과 백색 경장의 여인은 나서지 말아야 했다. 죽일 수 있었으면 더욱더.

아무렇지도 않게 단 한 수로 조의찬을 해치울 수 있었으면서 왜 나타나기 전에 그렇게 하지 않았는가. 복도 끝에서 조의찬에게 달려가는 그 짧은 순간에 끝낼 수 있으면서!

“저… 위지 각주님의 말을 들었습니다. 저는 그저 위지 각주님이 걱정돼서 그랬을 뿐입니다.”

북명성의 미간이 꿈틀거렸다.

“…됐소.”

“정말 본의가 아님을 알아주셨으면 합니다.”

“됐다고! 됐다잖아, 이 자식아!”

“…….”

악성은 당황해서 말을 잇지 못하고 눈만 껌뻑거렸다.

차라리 욕을 들으니까 미안한 마음이 어느 정도는 사라졌다. 오히려 웃을 수 있었다.

“예, 그만하도록 하지요.”

“…….”

이번에는 북명성이 할 말을 잃었다.

조의찬을 해치울 능력이 있는 자가 욕을 먹으면서 오히려 웃는다? 정말 기분 나쁜 자다.

위지무가 나오며 악성을 불렀다.

"악 공자님, 검을 잊으셨습니다."

"아, 맞다. 검!"

"……."

북명성은 또 한 번 말을 잃었다.

저런 허술한 자가 어떻게 그런 그림 같은 초식을 펼칠 수 있단 말인가?

"위지 각주, 저자의 정체가 뭐야?"

"예? 하하하, 악 공자님으로 말씀드리자면! 제 총령님과 친분이 있으시고, 천마께서 직접 이곳으로 보내셨다는 것만 알고 있습니다."

"제 총령님? 천마께서?"

"예. 아! 한 가지 더 있습니다. 남궁일패님께서 그것 때문에 악 공자님을 몹시 싫어하십니다."

"……."

이해할 수 있을 것 같았다. 자신을 저 정도까지 숨길 수 있는 자라면, 아무리 남궁엽이라 해도 상대하기 벅찰 것이다.

북명성은 피식 웃었다.

"후후후, 남궁일패가 운이 없는 건가?"

아니면 악성이 너무 뛰어난 자이거나.

촤악―!

피분수를 뿜어내며 쓰러지는 자.

천궁무백의 앞을 가로막은 죄로 반이 갈라졌다.

서쪽 숲이었다.

"지금껏 나를 건드리고 도망가는 자를 살려둔 적이 없다. 차라리 당당하게 승부를 겨루면 몰라도, 그런 자는 살려둬선 안 된다. 명심해라."

"명심하겠습니다."

천궁무백은 아직 나타나지 않은 그들, 숲에서 천궁을 피한 그들을 기다렸다. 곽명 때문에 약하게 손을 쓰긴 했지만, 이젠 그럴 필요가 없었다.

그들이 나타나도록 일부러 모습을 드러내며 덤벼드는 자들을 죽였다.

아버지의 당당함을 배워라.

아버지의 자존심을 배워라.

아버지의 마음을 알아다오.

천궁무백의 발걸음에는 혼자가 아닌 둘의 무게가 실려 있었다.

달려드는 자의 몸이 또다시 반으로 잘렸다.

곽명은 뒤에서 그런 아버지의 동작을 하나도 빼놓지 않고 머릿속에 기억했다.

지난 한 달 동안 똑같은 초식을 계속해서 반복하고, 그 초식을 곽명이 사용하면 다른 초식을, 또 다른 초식을 펼쳤던 것이다.

지금 천궁무백이 사용하는 초식은 궁을 검처럼 사용할 수 있는 마지막 초식이었다.

펼치지는 못해도 기억은 해야 했다.

‘아래서 위로, 당길 때는 약하게 밀 때는 강하게.’

곽명의 손이 검에 닿았다.

천궁무백 뒤에서 똑같은 동작으로 따라했다.

뒤쪽을 보지 않고서도 천궁무백은 곽명의 동작을 느낄 수 있었다. 이젠 궁을 알려주어도 괜찮을 것 같았다.

“좋구나!”

“예?”

“네 동작이 많이 좋아졌다고.”

“……!”

곽명은 그 말 한마디에 눈물이 와락 쏟아질 것 같았다.

사도마련의 등을 받치고 있는 봉우리 위.

염라문을 언덕에서 지켜보던 두 사람이 서 있었다.

회섬마검 추경과 단혼마도 패륵.

여전히 붉은 옷을 입고 하얀 얼굴로 아래쪽에서 벌어지는 일들을 지켜보고 있었다. 마치 자신들과는 전혀 상관없다는 눈으로.

“사도마련을 만들어놓길 잘한 것 같군요.”

“주광빈에게 패 호법님의 무공이 잘 녹아든 탓이죠.”

“자질이 모자라 겨우 강기무공에 입문한 자입니다. 저 정도는 거지를 데려다 십 년 동안 가르쳐도 할 수 있습니다. 버러지 같은 인간입니다.”

“지난 이십 년 동안 패 호법님과 제가 각각 세 명씩 가르쳤습니다. 곧 어느 정도나 몫을 해내는지 볼 수 있겠네요. 주광빈이 독안마군과 천궁무백 중 한 명이라도 상대할 수 있을까요?”

“꼴에 암황무적군단을 몹시 질시하더군요. 독안마군과 싸우다 죽을 겁니다. 물론, 독안마군도 죽겠죠.”

“암황무적군단에서 난리가 나겠군요.”

“나야죠.”

봉우리의 높이 때문에 아래쪽 사람들이 개미처럼 보이나, 두 사람은 그들을 모두 보고 있었다, 주광빈과 십여 명의 인물이 독안마군과 암황 사패를 몰아붙이며 건물들을 부수는 모습까지.

“독안마군이 어떤 표정을 지을까요?”

“그 모습을 바로 앞에서 보고 싶을 뿐입니다. 하하하!”

“가시지요.”

“…….”

추경은 떠나기 아쉬운 표정으로 패륵을 따라 돌아섰다.

추경과 패륵이 떠난 봉우리 바로 아래쪽.

두 사람이 직접 확인했던 건물에서 악성이 북명성과 함께 움직였다.

“저 위쪽은 봉우리뿐인가요?”

“그렇소.”

위지무도 궁금했던지 고개를 빼고 위쪽을 쳐다봤다.

“왜 그러시죠, 악 공자님?”

“그냥 저 위에서 누가 보고 있을까 봐서요.”

“저 위에서요?”

다시 올려다보는 위지무를 따라 북명성도 시선을 던졌다.

‘아무도 생각하지 못하는 곳이긴 하지. 하지만 저 위에서 뭘 할 수 있지? 천궁무백 정도 되는 고수가 아니면 궁을 쏴도 맞추기도 힘든 곳에서.’

이내 고개를 돌렸다.

그러나 적어도 상황이 어찌 돌아가는지는 누구보다 잘 알 수 있는 곳이었다.

"서두릅시다. 봐서 알겠지만 그들 개개인의 실력은 모두 나와 팽팽하거나… 더 뛰어난 자들이오."

북명성은 말을 마치고는 서둘러 날아올랐다.

위지무의 얼굴이 경직되며 걱정스러운 얼굴로 악성을 돌아봤다.

"위지 각주님, 괜찮으세요?"

괜찮을 리가… 북명성과 팽팽하다는데 그의 실력으로 어떻게 괜찮겠는가.

"아, 아닙니다."

"……."

악성은 무혼을 돌아봤다.

폭혈륜을 죽일 때와 조의찬을 죽일 때.

연습하지도 않았는데 호흡이 척척 맞았다.

'암황무적군단로 돌아가면 좀 더 무혼에 대해 알아봐야겠어. 정말 대단한 것 같다. 무혼을 당해낼 사람이 있을까?

위지무가 북명성을 따라가자고 하며 몸을 날렸다.

얼마 이동하지도 않았을 때였다.

삐―익!

"……!"

암황사패만이 알아들을 수 있는 휘파람 소리에 북명성은 급히 아래를 쳐다봤다.

"정일패… 진일패?"

급히 천근추를 시전해 떨어져 내렸다.

"북명일패님!"

"위지 각주, 따라와라."

"예? 예. 악 공자님, 북명일패님이 뭔가를 발견한 것 같습니다. 가시죠."

악성은 잠시 다른 생각을 하다가 떨어져 내리는 두 사람을 지나치고 말았다.

"위지 각주……."

이미 아래쪽으로 떨어져 내리고 있었다.

재빨리 밑을 쳐다봤다.

진율과 정문기가 한 사람과 싸우려는 모습이 보였다.

쾅—!

"응?"

저 앞쪽에서 굉음이 들려왔다.

아래쪽으로 내려가기엔 이미 늦었다.

"무혼."

무혼이 허공에서 몸을 정지시켰고, 무혼의 등을 밟고 높이 솟아올랐다. 한참을 위로 솟구치던 악성의 눈에 낯익은 무기가 눈에 띄었다.

궁이었다.

"천궁무백 대협! 명아!"

곽명을 한 팔로 감싸고 선 천궁무백이 궁을 꺼내 네 명을 상대하고 있었다.

아래쪽은 사 대 일, 천궁무백은 일 대 사.

어디로 가야 할지 답이 나왔다.

힘을 빼고 내려오는 속도 그대로 무혼의 등을 쳤다.

곽명은 눈앞의 네 명을 바라보며 숨을 죽였다.
천궁무백이 처음으로 궁을 고쳐 잡았기 때문이다.
"왔군."
"우리를 알고 있었나?"
"아니. 어차피 죽을 놈들 알아서 뭐 하겠느냐. 더 올 때까지 기다려
줄까?"
"흐흐흐. 그럴 정신이 있을지 모르겠군."
천궁무백은 무표정한 듯 보이지만, 실제로는 머릿속으로 이들을 어
떻게 상대할지 고민하고 있었다.
곽명은 싸우는 즉시 안전한 곳으로 숨을 것이다.
뒤에서 덤비지 못하도록 벽을 등지고 있으면 된다는 걸 이미 알려주
었다.
"명아."
"봐둔 곳이 있습니다."
"잘했다."
이들은 주광빈을 돕는 자들로, 오사(五邪)라 불렸다. 나머지 한 명은
정문기와 진율을 상대하느라 합류하지 못하고 있었다.
천궁무백은 담담하게 말했다.
"인질을 생각하는 모양인데, 미리 말해두지. 내 아들에게 다가갈 생
각 따윈 안 하는 것이 좋아."
그 말이 오사의 호기심을 부추겼다.
"이들 셋을 상대하는 동안 나는 저 꼬마를 잡아두마. 너희들 생각은

어떠냐?”

“흐흐흐. 대형, 우리야 상관없소. 이미 겪어보니 천궁무백에 대한 소문은 많이 과장되어 있더군요.”

스슥—

오사 중 대형이란 자를 제외하고 셋이 한꺼번에 움직였다.

그러나 이미 암시를 준 상태에서 그런 행동은 천궁무백을 너무 무시하는 처사였다.

싯—

“헉!”

대형이란 자는 자신의 얼굴로 날아오는 빛덩어리를 보고 몸을 피했다. 피하면서 셋의 공격을 봤다. 셋 역시 분분히 흩어지고 있었다.

동시에 네 개의 화살을 쏜 것이다, 그것도 각자의 움직임에 맞추어.

“조심해라!”

경고를 하면 뭘 하겠는가.

이미 천궁무백이 천궁을 사용하기로 마음먹은 이상, 당해낼 자는 그리 많지 않았다.

“차라리 전력을 다해서 공격해!”

다시 대형이란 자가 소리쳤다.

셋은 이전과 달리 몸에서 빛이 났다.

성강에 이른 자들이란 소리였다.

천궁무백의 눈빛이 처음으로 변했다.

궁을 하늘을 향해 들어올리자, 말을 하지 않았음에도 다들 들을 수 있었다.

누구라도 움직이면 첫 제물이 될 것이다!

기세가 천궁무백의 전신에서 흘러나와 모두의 몸을 꽁꽁 얼려 버린 듯했다.

대형이란 자는 시간이 더 지나면 공격할 기회조차 잃게 된다는 걸 느꼈다. 자리에서 벌떡 일어나 옆으로 달렸다. 최대한 간격을 벌리기 위해서였고, 곽명과 가까워지기 위해서였다.

셋 역시 기다리고 있었다는 듯이 전력을 다해 천궁무백을 공격해 들어갔다.

"갈!"

네 개의 빛덩어리가 조금 전보다 선명한 빛을 뿌리며 네 곳으로 흩어졌다. 무형의 화살이 날아가면서 꼬리가 앞으로 모이며 작은 공처럼 변했다.

콰콰쾅―!

셋의 무기가 그대로 터져 버리고 말았다.

대형이란 자는 뒤에서 쫓아오는 공을 막지 않고 더욱더 속도를 내서 곽명에게 다가갔다.

"흡!"

천궁무백은 전혀 예상치 못한 그의 선택에 굳은 얼굴로 공을 끌어당 겼다. 그대로 날아갔다간 그를 죽일 수 있겠지만, 곽명 역시 위험에 처 하기 때문이다.

대형이란 자는 자신의 선택을 탁월한 선택이라고 생각했으나, 곽명 의 얼굴에 떠오르는 웃음을 보고는 불안해졌다.

'저 자식이 왜 웃지? 갑자기 무서워서 미쳤나?'

곽명의 시선을 따라 뒤를 돌아봤다.

꽈득―!

가슴에 묵직한 통증과 함께 들려오는 소리.

"명아, 형이 늦지 않았지?"

"형!"

"이젠 형이라고 하네? 하하하!"

가슴을 밟고 선 악성은 활짝 웃었다.

폭혈륜의 가슴을 함몰시켰던 수법 그대로 펼친 것이다.

꿈틀.

악성이 다시 한 번 오사의 대형이란 자를 걸어찼다.

"컥!"

고통스럽게 가슴을 감싸 쥔 그가 한쪽으로 굴렀다.

곽명이 갑자기 그에게 달려갔다.

"명아, 뭐……."

스—걱!

"……!"

곽명은 너무도 자연스럽게 그의 목을 베어버렸다.

그 모습에 악성은 입을 벌린 채로 말을 하지 못했다.

"또 신세를 졌군."

악성은 천궁무백을 향해 돌아서며 물었다.

"저게 뭐죠?"

"뭐가?"

"사람 죽이는 걸 보셨잖습니까!"

"나도 한마디 해주려던 차야."

악성은 성급했던 자신을 탓했다.

"죄, 죄송합니다."

그러나 천궁무백은 인사도 받지 않고 곽명의 머리를 쓰다듬어 주었다.

"명아, 잘했다. 너를 죽이려 했던 자에게 관용을 베풀지 마라. 언제고 그 관용이 너를 위험하게 만든다. 명심해라."

"제자, 이미 명심하고 있습니다."

"……!"

당황한 얼굴의 악성을 보며 천궁무백이 넌지시 말을 건넸다.

"저길 봐라."

천궁무백한테 덤볐던 셋의 몸에 모두 구멍이 나 있었다.

"저들은 나를 죽이려 했다. 네가 지금 있는 곳은 무림이다. 네가 이미 발을 담근 이상, 무림은 네 손에 피를 묻히게 한다. 확실히 해라. 몇 년 후 네가 명이를 다시 봤을 때, 명이는 그들을 밟고 서 있을 게다. 명이에게 형이라 불릴 자격을 지녀라. 아니면 지금 그 자격을 버리든지."

"저보고 사람을 마구 죽이라는 말씀이십니까?"

"나는 그런 말한 적 없다. 단지, 나는 명이를 위해 누구든 죽일 수 있다. 그가 지옥의 명왕이라 해도 찾아가 죽일 것이다. 형이란, 내가 없어도 그 일을 대신해 줄 수 있는 사람이다. 네게 그 일을 부탁하는 것이다."

'부탁……!'

천하의 천궁무백이 악성에게 부탁하고 있었다, 강해지라고 곽명을 위해 강해지라고.

"명이는 그렇게 한다."

곽명은 악성을 똑바로 바라보며 고개를 끄덕였다.

악성은 손을 내밀어 곽명의 손을 잡았다.

"형도… 그렇게 한다."

천궁무백은 악성과 곽명이 잡은 손을 양손으로 덮었다.

"이제 너희들은 의형제의 연을 맺었다. 형제란 어떠한 고난에도 갈라서지 않는 걸 말한다. 약속할 수 있겠느냐."

악성이 먼저 대답했다.

"예, 의부님."

"뭐, 뭐라고?"

"제 동생의 부모님은 제게도 똑같습니다. 앞으로 의부님이라 부르겠습니다."

"형……."

곽명은 가슴이 벅차서 제대로 말을 하지 못했다.

"험, 험……."

헛기침 하는 천궁무백 역시 마찬가지였다.

"나도… 너를 아들처럼 여기마."

"감사합니다, 의부님. 아직까진 무림이란 곳에 대해 잘 모릅니다. 하지만 명이에게 부끄럽지 않은 형이 되도록 하겠습니다."

의형제.

무림에서 의형제가 갖는 의미는 아주 크다. 목숨을 준다는 의미이기 때문이다. 피를 나눈 형제보다 더욱 강한 형제애를 보여주는 이들도 허다한 이유는, 피 흐르는 곳에서 맺어진 연이라 그럴 것이다.

한동안 악성과 곽명의 시선은 떨어지지 않고 이어졌다.

지켜보던 천궁무백은 슬그머니 일어서서 한곳을 쳐다봤다.

"그거면 된다. 성아, 너를 부르는 것 같구나."

"예?"

달려오는 위지무를 보고서야 깨달았다.

"위지 각주님, 어떻게 됐습니까?"

"악 공자님, 어서 가시지요. 지금 독안마군께서 위험하다… 힉!"

위지무는 천궁무백을 발견하고 제자리에서 굳어버렸다.

"독안마군? 암황무적군단의 사마군 중 한 명이라는?"

"예."

'컥! 천궁무백과도 친분이?'

위지무의 입이 쩍 벌어져 닫혀지지 않았다.

그는 자신이 얼마나 줄을 잘 섰는지, 기뻐서 입을 닫지 못한 것이다.

독안마군은 상당히 지쳤다.

데려온 서른 명 중 남은 자는 모두 일곱 명뿐이었다.

부하들을 돌볼 겨를도 없이 몰아붙이는 데에야 방법이 없었다.

섬전마도를 발견했을 때만 해도 위기감은 없었다. 쪽지에 적힌 대로라면 섬전마도와 다른 한 명만이 성강의 단계를 넘어섰을 뿐이기 때문이다. 그들 둘만 없애면 문제될 건 없었다.

그러나 정작 나타난 여덟 명은 장난이 아니었다. 둘을 제외하고도여섯이 성강의 단계를 넘어섰기 때문이다.

처음으로 '비'의 정보가 틀렸다.

섬전마도만큼이나 강해 보이는 자는 남궁엽이 의외로 잘 막고 있었다. 나머지 일곱이 문제였으나, 막기만 하는 데에는 별 무리가 없었다.

섬전마도 주광빈은 독안마군을 향해 혀를 찼다.

"제룡의 개 노릇에 실력이 줄었나 보군. 쯧쯧쯧."

"개만도 못한 놈들도 많은 세상이야. 그보다야 낫다니 다행이군. 흘흘흘."

"아직 나불댈 힘이 있었나? 후후후, 곧 그럴 힘도 없어지겠지만 말이야. 왜? 우리가 생각보다 강하던가?"

공격은 꿈도 꾸지 못했다. 움직이기만 하면 일제히 덤벼드는 바람에 한 명도 제거하지 못한 상태였다.

'비야, 무슨 일이 있었던 게냐? 한 번도 틀리지 않던 네 정보가 어째서… 나는 이곳에서 죽어도 원이 없다. 이유가 있겠지. 이 우형은 네가 걱정이다. 그 이유가 너를 해칠까 봐……'

독안마군은 자신의 주먹을 꽉 움켜쥐었다.

쪽지를 전해준 '비'는 그와 의형제를 맺은 아우였다.

정천의 삼대신장(三大神將)과 싸울 때, 창에 눈을 찔려 피 흘리는 그를 숨겨주었고, 덕분에 지금까지 살 수 있었다. 그 아우가 걱정이 된다. 무슨 이유가 있을 것이다.

"왜 한꺼번에 공격하지 않지?"

"후후후, 네게 특별한 한 수가 있다는 걸 알고 있다. 굳이 그걸 보고 싶지 않아서라고 해두지."

"……!"

아우였다. 아우 '비' 외에는 알지 못하는 비밀을 주광빈이 알고 있었다.

'아우야!'

독안마군은 가슴이 무너지는 것 같았다.

제룡한테는 자신 외에도 세 명이 더 있었다. 그들이라면 자신이 없는 공백을 충분히 메워줄 수 있었다. 그러나 그의 아우에겐 아무도 없었다. 자신을 죽이려 해서가 아니라, 비밀까지 말해야 하는 아우의 상황이 너무나 안타까웠다.

천면수라(千面修羅)의 진전을 이어서 본 얼굴은 독안마군 외에는 알지 못한다. 문제는, 지금 어떤 얼굴을 하고 있는지 모른다는 사실이다.

독안마군은 죽은 부하의 검을 당겨 잡았다.

"……?"

주광빈은 의아한 얼굴로 그 모습을 지켜봤다.

여태 무형의 기를 유형화시켜 사용하다가 갑자기 검을 잡는다?

그의 상식으로는 이해가 되지 않는 행동이었다.

독안마군의 손에서 희뿌연 연기가 피어오르더니 검을 감싸기 시작했다.

주광빈도 저 정도의 강기는 만들 수 있었다. 물론 두 번 이상 사용할 자신은 없었다. 진기의 소모가 어마어마하기 때문이다.

'한 수에 모든 것을 걸겠다는 건가?'

곧바로 부하들을 향해 공격하도록 눈짓을 보냈다.

둘은 기를 집중하고 있는 독안마군을 향해 달려들었다.

독안마군은 여전히 검에 기를 모았다.

'무슨 사연이기에 말을 못한 거냐. 차라리 찾아와서 말을 하고 죽어 달라고 했으면 기분이라도 좋을 게 아니냐.'

분노가 그대로 둘을 향해 날아갔다.

쿠콰―!

삼마와 사마는 마치 불에 덴 것 같은 표정으로 떨어졌다.

둘 다 다치진 않은 것 같았다.

기세를 잡으면 몰아붙여야 이긴다.

주광빈은 삼마와 사마가 공격할 때 이미 허공으로 신형을 날렸다.

아들 주벽진이 아버지의 심계를 모를까. 함께 날아올랐다.

"독안마군, 언제까지 기다려 줄 것 같은가. 이젠 끝장을 내자!"

독안마군은 검을 들어올렸다.

츠츠츠—!

검이 점점 커졌다.

검을 감싸던 기운이 주광빈에게로 곧장 쏘아진 것이다.

쿠콰왕—!

"헛!"

주광빈의 입에서 헛바람 빠지는 소리가 나왔다.

'아직은 아니다.'

독안마군은 단 한 번의 공격을 위해 고통을 참았다. 무형검은 그 자체가 강기였다. 그런 무형검을 흘릴 수 있는 자들이었다. 그것도 무려 여섯. 그의 내부가 멀쩡하다면 오히려 이상했다.

치솟던 검의 기세가 약간 누그러지자, 주광빈은 크게 외쳤다.

"약해졌다. 일제히 공격해라!"

번뜩!

독안마군은 그 말을 기다리고 있었다.

"그래, 모두 죽자!"

마광혈참(魔光血斬)이었다.

주광빈이 뭔가 알고 있다는 듯이 말했던 그 무공이 펼쳐졌다.

독안마군의 전력이 담긴 검이 가로로 뉘이며 그대로 그의 손에서 떠났다. 느리게, 회전도 거의 없는 검의 모양이 모두 보일 정도로 완만하게 날아갔다.

너무 빠르면 오히려 느리게 보인다고 하지 않던가.

몽화와 함께 공격하던 자의 손가락과 도가 독안마군의 무형검을 때렸다.

'이상하다. 저렇게 쉽게 무기를 버릴 자가 아니지 않은가?'

주광빈은 갑자기 불안해지며 공격을 멈췄다.

깅기에도 단계가 있다. 무기를 통해 기를 유형화시키는 단계를 성강, 무기에 상관없이 기를 유형화시킬 수 있는 단계를 비로소 검강이라 부른다.

'호, 혹시 폭검강(爆劍罡)?!'

주광빈은 다급하게 외쳤다.

"부딪치지 마라!"

그러나 이미 그의 외침은 늦었다.

슈―악!

몽화의 손가락과 부하의 도는 물론이고, 그들의 몸이 한꺼번에 잘려 나갔다.

스―걱―!

"……!"

엄청난 위력에 주춤거린 주벽진과 부하 둘은 독안마군이 날린 검의 공격에 노출됐다. 주광빈은 공격을 포기하고 장력으로 셋의 등을 후려쳤다.

펑! 펑! 펑!

요란한 소리와 함께 셋의 신형이 아래쪽으로 떨어져 내렸다.

붉은 빛의 광채가 도신을 완전히 감싼 주광빈의 도.

그대로 독안마군이 날린 무형검과 충돌을 했다.

꽝―!

짤막하지만 장내를 울리는 굉음이 터지고 나서야 어마어마한 진동이 하늘에서 땅으로 쏟아져 내렸다.

쿠르르— 쿠— 콰콰콰콰—!

위지무는 안간힘을 다해 속도를 높였다.

곧 벌어질 악성의 활약을 지켜보기 위해서였다.

이번에는 어떤 놀라운 일을 벌일지…….

놓치면 안 된다는 생각에 더욱 속도를 냈다.

'설마 십팔마연합의 수장을 죽인다거나 하진 않겠지? 아무리 악 공자님이라도 그건 불가능하겠지?

그러나 내심으로 기대하고 있었다. 그럴지도 모른다고 생각하고 있었다.

벌써 악성과 벌어진 거리가 이십여 장에 이르렀다.

멀리 사람들이 손을 놓고 한곳을 쳐다보는 모습이 보였다.

'도, 독안마군님!'

북명성과 진율, 정문기는 자신들을 추월하는 세 사람을 봤다.

궁을 멘 어깨가 왼쪽보다 오른쪽이 더 넓은 자와 그들도 익히 아는 악성과 무혼이었다.

"저자가 어떻게!"

진율과 정문기가 동시에 외쳤다.

북명성은 이미 알고 있었기에 낮게 한숨을 내쉬고 말았다.

"우리는 남궁일패를 도우러 가자."

"독안마군님께서 위험하시잖은가."

"아직은 우리 실력으론 힘들어."

진율은 북명성의 말을 인정하지만 고개를 끄덕이기는 싫었다.

그러나 눈앞에서 벌어진 일을 보고는 북명성의 말을 따를 수밖에 없었다.

"무혼, 막아!"

악성의 명령에 무혼은 곧장 몸을 일자로 만들며 아래로 떨어져 내렸다. 그곳에는 주광빈이 붉은 도를 들고서 힘을 모두 소진한 독안마군을 내려치고 있었다.

무혼의 기세를 느끼지 않을 리 없었다.

주광빈의 몸이 비틀리며 도를 하늘로 쳐올렸다.

슈―왁!

독안마군을 공격했던 힘이 그대로 무혼을 향했다.

"무혼, 멈춰!"

무혼의 몸이 거짓말처럼 뚝 서버렸다.

주광빈이 뿌린 기운이 무혼의 옆을 스쳐 갔다.

"네놈은 누구냐!"

"당신을 지옥으로 보낼 사람이오."

"헛!"

무혼에 가려졌던 악성이 튀어나오며 말했다.

심장의 두근거리는 속도만 봐도 주광빈이 어느 정도의 고수란 건 짐작할 수 있었다.

무혼검을 꺼내 그대로 주광빈의 심장을 찔러갔다.

천마행공으로 가속된 상태에서 펼친 염라도법의 찌르기는 독안마군의 공격도 막아낸 주광빈을 당혹스럽게 만들었다.

스걱―!

“컥!”

툭─

잘려진 주광빈의 팔이 펄떡거렸다.

악성은 힘에 못 이겨 그대로 땅과 충돌하고 말았다.

부하들이 재빨리 주광빈을 부축했으나, 주광빈은 자신의 잘린 팔을 바라보며 물러설 생각은 하지 않고 오히려 악을 썼다.

“죽여! 저 개새끼를 죽여 버리란 말이야!”

몸을 빼낸 악성은 무방비 상태로 서 있었다.

“악 공자님, 피하세요!”

위지무는 다급하게 외치며 달려갔다.

第九章
철문비

위 지무는 악성을 어떻게든 보호하려 안간힘을 다해 달렸으나, 마음에 비해 그의 걸음은 너무 느렸다. 이미 주벽진 등은 공격할 준비를 끝내고 손을 쓰려 하고 있었다.

그러나 시퍼런 날을 세우던 그들의 공격은 허공에서 들린 묵직한 목소리에 의해 멈춰야 했다.

"성이를 공격하기 전에 내 천궁부터 받아라."

"천궁무백!"

잘린 어깨를 왼손으로 잡은 주광빈의 눈이 점점 커졌다.

공중에서 세 개의 빛덩어리가 그들을 향해 떨어져 내렸다.

"천궁이다. 피해라!"

세 개의 빛덩어리가 주광빈을 향해 시간을 두고 쏟아졌다.

쾅— 쿠콰— 콰콰콰—!

세 차례의 엄청난 폭음에 따라 땅이 진저리를 치더니 이내 잠잠해졌
다.

"쿨럭……."

"우웩……!"

악성을 공격하려던 주벽진과 삼마, 사마가 낭패한 모습으로 주광빈
의 곁에서 널브러져 있었다.

한 발자국도 움직이지 못한 것이다.

천궁무백은 악성을 보며 희미하게 웃었다.

"괜찮냐."

말을 건넸지만 무혼이 악성의 뒤를 보호하는 모습을 보고 이채를 발
했다.

"예."

"당분간 명이와 네 일은 묻어두어라. 명이가 곤란했던 일을 떠올리
면 될 게다."

전음의 뜻을 왜 모르겠는가.

천궁무백은 곽명을 악성에게 밀며 자상하게 말했다.

"형과 함께 있거라."

"예."

곽명은 악성과 나란히 서서 뒤를 자꾸만 흘끔거렸다.

무혼의 아름다움에 똑바로 볼 엄두를 내지 못하고 신경만 쓰는 것이
다.

"괜찮아. 무혼은 내 호위무사나 다름없거든."

"여자… 강한가요?"

"응."

“얼마나요?”

“글쎄… 아마도 엄청?”

씨익 웃는 악성을 보고 곽명은 어리둥절한 표정을 지었다.

주벽진 등의 공격이 고스란히 악성을 향했다고 하더라도 무혼이 충분히 막았을지도 모른다는 사실을 알 리 없는 곽명이었다.

악성은 곽명의 어깨를 양손으로 잡으며 뒤에 섰다.

주광빈은 기묘한 표정으로 악성을 쳐다보고 있었다.

천궁무백처럼 주위를 지배하는 기세도, 기운도 뿜어내지 않으면서도 그의 팔을 자른 것이다.

‘저놈은 뭐냐. 대체 어린놈이 어떻게 그렇게 빨리 움직였지?’

옆에 선 주벽진도 나이에 어울리지 않을 정도로 강한 무공을 지니고 있었으나, 그의 팔을 자른 악성에 비할 바는 아니었다.

아직 포기하기엔 일렀다. 어차피 사도마련이 만들어진 이유는 한 가지이기 때문이다.

주광빈은 잘린 팔을 누르며 남궁엽과 싸우고 있는 이마를 향해 의미심장한 미소를 머금었다.

‘아직도 마음을 정하지 못한 게냐, 딸을 목숨보다 아낀다면서? 어서, 어서 해치워 버려!’

광기가 번들거리는 주광빈의 생각을 끊어놓은 것은 천궁무백의 차가운 목소리였다.

“섬전마도… 산서가 싫은가? 힘들게 이곳까지 와서 죽으려고 하는 이유가 뭐지?”

“애쓰지 마라. 아직 다 끝난 건 아니니까. 크크큭!”

천궁무백의 입매가 일그러졌다.

“내가 누군지 알고도 그런 말을 할 수 있다니, 그 용기는 높이 사도
록 하지.”

“크하하하! 천궁무백이 앞에 있으면 모두 죽어야 하나?”

주광빈의 한마디에 모두의 시선이 천궁무백과 주광빈한테로 돌려졌
다. 동시에 누구 한 사람 주시하지 않던 싸움도 멈추었다.

힘겹게 공격해도 막아내고, 포기하고 피하면 막아서서 기다리는, 남
궁엽의 싸움이 멎었다.

“……?”

철문비가 공격을 그만두면서 자연스럽게 멈춰지게 된 것이다.

철문비는 남궁엽의 실력으로는 도저히 감당할 고수가 아니었다.

지쳐서 어깨까지 들썩이는 남궁엽을 바라보며, 그가 뱉은 한마디는
아주 지독했다.

“끝낼 때가 됐군요.”

남궁엽은 자신에게 한 말인 줄 알고서 모멸감을 느끼며 자조 섞인
웃음을 지었다.

“하, 하하…….”

마음껏 가지고 놀았다는 뜻이었다.

맥이 풀리면서 검을 땅에 박아야 설 수 있었다.

“죽…….”

“잘 가… 세요…….”

마지막 말은 멀리서 들렸다.

“……!”

잘 가세요.

남궁엽에게 한 말이 아니었다.

철문비가 향한 곳은 독안마군이 누워 있는 곳이었다.

모두의 시선을 훔친 바로 뒤.

남궁엽은 있는 힘을 다 짜내 소리쳤다.

"독안마군님, 조심하……!"

그러나 이내 입을 다물 수밖에 없었다. 이미 철문비의 검이 독안마군의 등을 뚫고 배 앞쪽까지 튀어나왔기 때문이다.

이런 황당함이란.

독안마군의 부릅뜬 눈이 뒤로 돌려졌다.

철문비의 얼굴이 서서히 변했다.

완고한 눈매가 아래로 처지며 순하게, 솟은 콧대가 뭉그러지며 뭉툭하게, 입은 아래쪽이 더 두툼하게.

눈을 마주치지 못하는 철문비의 눈에서 눈물이 흐르고 있었다.

"왜……."

독안마군은 예상하고 있던 질문을 하려 안간힘을 썼다.

"진아가 죽습니다… 형님."

"…그랬어. 이유가 있… 다니까… 하아……."

독안마군의 하나뿐인 눈이 삐죽이 튀어나온 철문비의 검을 보았다. 뭉툭한 그의 검끝이 검붉은 색이었다.

그냥은 죽지 않을 테니 독을 사용한 모양이다.

"…저… 저들이……?"

데리고 있냐는 뜻이었다.

"아닙니다."

"… 또, 호… 혼자서……."

"저는 언제나 그림자잖습니까."

“괜찮… 헉!”

독안마군의 입에서 검은 피가 마구 쏟아져 나왔다.

철문비의 눈동자가 급격히 떨렸다.

알고 있었다는 눈이었다.

그가 독안마군한테 정보를 제공한 ‘비’였다.

“호… 혹시나… 시… 심맥… 끊… 걱정… 마… 커헉!”

심맥을 끊으면서도 독안마군은 웃었다.

제룡을 생각하면 그의 행동은 명백히 배신이겠지만, 눈앞에서 울고 있는 의동생에겐 자신밖에 없었다. 사마군은 그가 없어도 되지만, 의동생에겐 그가 아니면 안 되는 것이다.

철문비의 눈 주위가 마구 경련을 일으켰다. 마치 눈물이 떨어지려는 걸 억지로 막으려는 듯이 보였다. 그가 의형을 죽인 것이다. 의형제로 삼십 년도 넘게 지낸 의형을.

천궁무백과 악성도 일이 벌어지고 난 후에야 돌아봤다.

“진짜 실력을 숨긴 자는 저기 있었군.”

천궁무백이야 독안마군이 죽든 말든 큰 상관은 없었다. 강자의 출현에 관심을 보일 뿐이었다. 그러나 악성은 달랐다. 아픈 몸을 치료해 주었고, 무작정 따라가겠다는 자신을 위해 나서준 분이었다.

“형…….”

곽명은 어깨에 통증을 느끼고 악성을 올려다봤으나, 악성의 시선은 여전히 앞쪽을 향해 있었다.

남궁엽을 제외한 암황사패 중 셋이 한꺼번에 공격하고 있었으나, 철문비를 상대하기엔 벅차 보였다. 아니, 단 일 수에 셋을 죽일 수 있음에도 일부러 그렇게 하지 않는 것처럼 보였다.

“무혼, 가자.”

무혼의 신형이 빠르게 철문비를 향해 날아갔다.

셋이 철문비와 붙었다가 떨어질 때 무혼의 주먹이 철문비의 얼굴을 때렸다.

훙―

비켜 나간 무혼의 팔에 철문비의 검이 작렬했다.

캉―!

“……!”

철문비는 멀쩡한 무혼의 팔을 보며 훌쩍 뒤로 물러섰다. 물러서면서도 검으로 보호하는 걸 잊지 않았다. 무혼의 반대편 주먹이 날아왔기 때문이다.

캉―!

또다시 날카로운 쇳소리가 들리며 무혼의 힘을 이용한 철문비가 칠 장여나 멀어졌다.

악성은 독안마군한테 다가가 무릎을 꿇었다.

“독안 어르신…….”

“…….”

눈동자에 힘이 하나도 없었다.

심맥을 끊으면 즉사했어야 하지만 내공 덕분에 아직은 살아 있었다.

“주… 기… 안… 록…….”

털썩.

“독안마군님!”

암황사패가 동시에 독안마군의 죽음을 외쳤다.

악성은 마지막 말을 들었다.

왜 철문비를 죽이지 말라는 것인가?

'왜?

악성은 불현 듯 염라문에서의 일이 떠올랐다.

아이들. 오십여 명의 아이를 구하기 위해 달려온 일곱 명의 인물.

결국에는 모두 죽게 됐지만, 이곳에서도 같은 일이 벌어졌을지도 모른다는 생각이 들었다.

철문비를 똑바로 쳐다보며 물었다.

"독안 어르신과 아는 사이였소?"

"……."

그는 아무런 대답도 없이 가만히 있었다.

악성은 이번엔 엉뚱한 질문을 했다.

"아이를 구하기 위해서인가요?"

"……!"

놀란 표정의 철문비를 보자, 악성은 자신의 생각이 맞았다는 걸 깨달았다. 천궁무백을 돌아보며 걱정스러운 표정을 지었다.

"네가 무슨 걱정을 하는지 다 안다. 하나 천뢰폭이 터지면 나로서도 무리다."

천뢰폭이었다.

오십 명의 아이를 건물과 함께 날려 버린 마물.

철문비의 놀람보다 더 크게 놀란 사람은 주광빈이었다.

'저, 저 자식이 어떻게 알고 있지?

그와 철문비 사이의 일이었다.

그걸 악성이 어떻게 알고 있단 말인가?

아들 주벽진을 돌아보며 살짝 눈짓을 했다.

주벽진은 소매에서 검은 물건을 꺼내 들었다.

주광빈 역시 도의 손잡이를 교묘하게 비틀어 무언가를 빼냈다.

천궁무백과 악성이 아무리 주시해도 알아차릴 수 없는 상황이었다.

"우리는 이만 가볼까 한다. 피해가 생각보다 너무 컸다."

"닥쳐! 어딜 도망가려 하느냐!"

북명성이 주광빈을 노려보며 차갑게 소리쳤다.

신경 쓸 주광빈이 아니었다.

그때였다.

위지무가 옆쪽에서 그들을 가리키며 외쳤다.

"저자들이 손에 뭔가를 쥐고 있습니다!"

악성은 재빨리 손가락으로 주광빈을 가리켰다.

"무혼, 저자를 공격해!"

천궁무백 역시 곽명을 바라보며 뒤쪽을 가리켰다.

"명아, 달려라!"

쉭— 쉭—

날아오는 두 개의 검은 물체.

거리도 가까웠을 뿐만 아니라, 한꺼번에 막기에는 날아오는 간격이 너무 달랐다. 게다가 천뢰폭이란 것을 알고 있는 상태에서는 대비하기도 쉽지 않았다.

악성은 그중 하나를 무혼이 잡게 했고, 나머지 한 개는 천궁무백이 잡아갔다.

문제는 전혀 엉뚱한 곳에서 일어났다.

날아오는 물체가 뭔지 모르는 암황사패와 위지무가 주광빈을 잡으려 몸을 날린 것이다.

"멈춰요!"

남궁엽을 제외한 넷은 벌써 땅을 박찼다.

악성은 안타까운 목소리로 다시 외쳤다.

"안 돼!"

주벽진은 천뢰폭을 보고 벌 떼처럼 달려드는 천궁무백 등을 가소롭다는 듯이 쳐다봤다.

"진즉에 이 방법을 사용할 걸 그랬어요, 아버지."

"바보 같은 놈."

"예?"

"그랬으면 독안마군이 죽었겠느냐. 비록 내 한 팔을 잃었지만, 그건 혈왕께서 보상을 해주실 게다."

"……."

혈왕.

주벽진이 보기에는 아버지의 무공은 충분히 강했다. 그러나 벌써 몇 년째 무슨 일만 있으면 혈왕을 입에 담았다. '혈왕이 어떤 약속을 했다' 든지, '혈왕의 무공만 얻으면 암황무적군단나 정천을 충분히 상대할 수 있다' 든지 하는 말들.

"다른 자들은……."

"어차피 죽이려고 했어, 이 녀석들처럼."

어디서 그런 힘이 나왔을까?

주광빈은 한 팔을 휘둘러 두 명의 부하를 천궁무백한테 던졌다. 그냥 '툭' 민 것에 불과했건만, 두 부하는 미친 듯이 앞으로 달려갔다.

그의 팔이 잘리기 전과 전혀 다를 바 없는 모습이었다.

“저것들은 어차피 독안마군을 죽이려고 보내진 것들이야. 안 그런
가, 철문비? 크크큭!”

“…….”

철문비. 독안마군의 의형제이자, 정보 제공자. 또한 의형을 죽인 죄
책감에 천하의 몹쓸 자라고 생각하는 그는 말이 없었다.

‘철문비? 철 형의 이름이었나 보군.’

주벽진은 모든 것이 궁금했으나, 아래쪽에서 벌어질 일을 기대하며
시선을 내렸다.

‘응? 저 자식이 또 나서네?’

주벽진은 자신과 비슷한 나이의 악성이 주광빈의 팔을 잘랐다는 사
실을 믿을 수가 없었다.

아무리 주광빈이 방심했다 하더라도 위험을 느끼는 즉시 호신강기
가 일어나는 경지에 이르러 있었다. 자신이 비무에서 아무리 공격해도
옷깃조차 스칠 수 없는 고수의 팔을 잘랐다? 질투가 일어나는 것은 당
연했다.

천뢰폭에 맞아 피떡이 되어 죽는 모습을 보고 싶었다.

첫 번째 천뢰폭은 아름다운 여인이 맨손으로 잡았다.

곧 몸이 터져 죽으리라.

두 번째 천뢰폭은 천궁무백이 막으려다 주광빈이 던진 두 명의 부하
들 때문에 악성에게로 향했다.

북명성 등은 악성보다 일찍 신형을 박찼음에도 곧 추월당하고 말았
다. 그러나 주벽진은 다섯 모두가 죽는 것은 시간문제라는 걸 믿어 의
심치 않았다, 적어도 황당한 일이 벌어지기 전까지는.

“……!”

천뢰폭을 잡으려는 줄 알았던 악성이 돌연 북명성 등 넷을 향해 신형을 뒤집었다. 머리와 발의 위치가 뒤바뀐 채로 공격을 한 것이다.

넷의 신형이 당연히 주춤하며 물러섰고, 악성은 또다시 머리와 발의 위치를 뒤집는, 말도 안 되는 행동을 보여주었다. 그러면서도 전혀 속도가 줄어들지 않았다.

"진아, 뭐 하는 게냐!"

"예? 예!"

뒤쪽에 있던 봉우리에 도착한 것이다.

주벽진은 왠지 다음에 일어날 일을 봐야 할 것 같았으나, 어쩔 수 없이 절벽을 밟고서 봉우리 위쪽으로 솟구쳤다.

뒤쪽에서 폭음이 들렸다.

쿠콰— 콰앙—!

한꺼번에 터졌는지 거대한 굉음이 한 번밖에 들리지 않았다.

셋은 봉우리 정상에 도착한 후 아래쪽을 내려다봤다.

뭉게구름처럼 생긴 뿌연 먼지구름이 사도마련의 본거지 위를 가득 메웠다.

"크크크. 천뢰폭 두 개가 터지고도 살아남는 자가 있다면 인간이 아닐 게다. 어떤가, 철문비. 이런, 대답할 기운도 없는 것 같군. 이제 딸을 찾으러 가나?"

"……."

철문비는 한마디도 하지 않았다.

"아차, 깜빡했군."

"……?"

너무 태연한 '깜빡 잊음' 이었다.

"딸 때문에 의형을 죽였으니 가슴이 많이 아플 거야. 하지만 어쩌겠나. 그것이 숙명인 것을. 크크크!"

"…닥쳐!"

주광빈은 동요하는 철문비를 바라보며 웃었다.

"네 덕분에 이번 임무를 완수했으니, 그 말은 못 들은 걸로 해두지."

주벽진은 눈동자를 빠르게 굴리며 물었다.

"아버지, 그게 무슨 말씀이세요?"

"그런 게 있다, 철문비와 나만이 아는 일이. 크하하하! 가자. 가서 할 일이 많아."

"팔부터 치료를 하셔야지, 어딜 가시려고요?"

"팔? 이까짓 팔이 무슨 대수겠느냐. 네가 혈왕의 제자가 되기만 한다면 목이라도 내놓을 수 있다. 크크크, 그래야 더 높은 분들을 만날 기회가 생기지."

"……?"

주벽진은 혈왕보다 더 높은 사람이 있을지도 모른다는 말에 의아한 표정을 지었다.

철문비는 여전히 입술을 악다물며 주광빈을 외면했다.

그때, 주벽진의 입에서 외마디 비명이 터져 나왔다.

"저저……!"

그들의 눈앞에서 새처럼 솟아오른 붉은 인영.

분명히 아래쪽에서 올라온 것이다.

천뢰폭 두 개가 폭발한 곳에서 살아남았다는 뜻이 아닌가?

'정말로 저 녀석이었군.'

철문비는 독안마군을 죽이고 난 후에 달려든 무혼이, 사마군 중 소소마군이 만든 무혼시란 걸 알고 있었다. 그랬기에 부딪치지 않고 피했다. 아니, 정확하게 말하면 무혼을 조정하는 자가 따로 있다는 사실에 놀라서 피했다.

그러나 악성의 명령을 듣는 것을 보고 긴장했던 마음을 풀었다.

무혼을 조정하는 자가 천궁무백이라면 얘기는 달라지지만, 악성이라면 긴장할 이유가 없기 때문이었다.

'너희들은 아직 죽어선 안 된다. 내 손으로 완전히 갈아버릴 테니까.'

악성을 향해 검을 들어올렸다.

기이한 현상이 그의 검에서 일어났다.

검끝이 갈라졌다. 바로 곁에서 보는 주벽진의 눈에는 분명히 그렇게 보였다. 그리고는 갈라진 공간에서 엄청난 빛덩어리가 빠져나갔다.

"파강(波罡)?"

주광빈은 무심결에 말도 안 되는 한 가지를 떠올렸다.

하나의 현상일지도 모른다는 생각 때문이었다.

검기를 실처럼 풀어서 사용할 수 있는 검사의 단계를 넘어선 자라 해도 운이 좋아야 검파(劍波)의 단계를 맛볼 수 있는데, 이는 검사를 신체의 일부처럼 떼어내서 사용할 수 있는 단계였다.

그러한 경우는 강기무공에도 예외는 아니었다. 지금 철문비가 시전하는 것은 분명히 성강의 단계를 넘어선 자가 성강을 떼어내서 사용할 때와 똑같았다.

악성은 눈앞으로 곧장 쏟아지는 백광을 바라보면서도 그대로 철문비를 향해 내리 꽂혔다.

지금 악성의 상태는 마치 물속에 몸을 담근 것처럼 고요했다.

방금 전.

악성은 위지무 등을 구해야겠다는 생각을 하자, 심장이 급격하게 뛰면서 원하는 곳까지 날아가도록 도와주었다. 무중력의 상태라도 된 것처럼 붕 뜬 악성의 몸은 그들을 되돌아가게 만들었고, 느리게 날아오는 천뢰폭을 향해 손을 뻗게 해주었다.

그때는 심장의 두근거림이 전혀 느껴지지 않았다.

너무 빨리 뛰어서 오히려 뛰는 걸 느끼지 못한 것이다.

천뢰폭은 악성의 손에 들어오기 전에 터졌다. 그러나 폭발은 악성의 손아귀를 벗어나지 못했다. 퍼지려면 쓰다듬고, 퍼지려면 쓰다듬는데 무슨 수로 빠져나가겠는가.

진흙으로 공을 만들듯이 천뢰폭을 몇 번이고 쓰다듬던 악성은 이내 아래쪽으로 버렸다. 악성의 손을 떠난 천뢰폭은 고철덩어리가 된 지 오래였다.

철문비의 파강이 바로 눈앞까지 다가왔음에도 당황하는 기색이 없을 수 있는 이유이기도 했다.

파강을 양손으로 감싸 쥐듯이 잡아갔다.

"저런 미친놈! 파강을 맨손으로 잡다니. 파하… 하……."

주광빈의 웃음은 이어지지 않았다.

백광을 감싼 악성의 손이 계속해서 원을 굴리자, 서서히 철문비의 파강이 사라져 갔기 때문이다.

"……!"

파강을 막는 악성의 모습에 재차 손을 쓰려던 철문비의 눈이 찢어질 듯 부릅떠졌다.

"뭐 해, 철문비, 어서 공격해!"

철문비는 긴장한 표정으로 움직이지 않았다.

지금은 공격할 상황이 아닌 것이다.

그가 움직이기만 하면 파강의 빛을 고스란히 전해주겠다는 눈으로 악성이 바라보고 있잖은가.

'다 보인다.'

악성은 자신이 한참 동안 허공에 떠 있다는 것도 잊고, 철문비가 어디로 움직일지, 어떤 공격을 할지, 다 보고 있었다. 기의 흐름이 보이는 것이다. 물론, 그것이 기라는 건 알지도 못했다.

철문비의 파강을 통해 백광을 흡수한 탓인지, 똑같은 빛이 오른쪽으로 갔다가 왼쪽으로 이동하는 경로가 모두 보였다. 지금은 어느 쪽으로도 움직이지 않고 있었다.

안정된 상태의 철문비는 철옹성과 다름없었다.

스스스슥—

악성은 파강의 빛이 손에서 완전히 소멸됨과 동시에 무혼검을 꺼냈다.

그때였다. 허공에서 음울한 음성이 들렸다.

"그들은 아직 죽을 때가 아니다."

『일위강』 2권에 계속